中公文庫

お山の上のレストラン

七歳児参りのふっくらムニエル

髙森美由紀

中央公論新社

目次

お山の上のレストラン

七歳児参りのふっくらムニエル

第一話　七歳児参りのふっくらムニエル

魚は好きだが、その骨が喉《のど》に刺《さ》さって泣かされたことが何度もある。一生取れなくて一生痛み続けるんじゃないかと不安になった夜もあったが、気がつくと取れていて、まあ今のところ、取れなかったことはないのである。

「美玖《みく》ちゃん、コロッケ揚《あ》がったよ〜」

使い捨ての透明《とうめい》なプラスチックのフードパックを作業台に並べていた青木《あおき》美玖は、背後で鼻歌交じりにライスコロッケを揚げていた店長の明智登磨《あけちとうま》に声をかけられた。

「はいっ」

学生の頃、柔道《じゅうどう》部員だった美玖の返事は切れがいい。ショートボブの毛先を揺らして振り返って、油切りバットを受け取った。

サイコロ状に切ったモッツァレラチーズをチキンライスで包んだピンポン玉大のそれは、キツネ色にカリッカリに揚がり、湯気《ゆげ》と共に香《こう》ばしい匂いを立ち上らせている。

バットを一旦《いったん》、作業台の端《はし》に置いて、先にフードパックを並べてしまう。身長百八十センチオーバーの登磨に合わせて作られている作業台は、百五十センチの美玖には高い。フードパックを並べるだけならいいが、奥のほうのそれにおかずを詰める時は踏《ふ》み台《だい》を使う。

カウンターのキッチンは狭《せま》いため、美玖は登磨の後ろと作業台の間を横向きに通って冷蔵《れいぞう》庫《こ》へ向かうことになる。特製タルタルソースの瓶《びん》を取り出すと、再びカニ歩きで戻る。移動のたびに登磨にぶつかるが、彼は文句もいわないし、鼻歌も特に途切れない。以前に、広くする工事をしようかと登磨に打診《だしん》されたことがあったが、美玖は即「いえこのままで大丈夫です！」と止めた。

登磨の動きを見て次に必要とする具材を用意したり、落とした菜箸《さいばし》を拾ってシンクへ向かったり、作業台の角に爪先《つまさき》をぶつけて悶絶《もんぜつ》したりで忙《せわ》しない美玖と対照的に、登磨の物腰は落ち着いている。

フロアでは、登磨の甥《おい》であり、中学二年生でありながら店でのキャリアが美玖の一年先輩《せんぱい》になる明智瑛太《えいた》が、メガネを上げながら注文を取る。

春まだ浅い頃はおぼろげだった山の輪郭《りんかく》が、いよいよくっきりし始めた風薫《かお》る五月。木枠の窓の向こうでは、ヤマツツジやヤマフジが盛んに咲き、ウグイスやヤマバトが鳴いている。耳を澄《す》ませばそこに、木々が伸《の》びをする音が混じってさえいるようである。

一帯が、一新された土の爽《さわ》やかな香りで満たされていた。

本州最北県の南に位置する標高約五百メートルの葵岳《あおいだけ》。

その登山口にあるのがここ、『コッヘル　デル　モタキッラ』。美玖は『葵レストラン』と呼んでいるし、地元の人も親しみを込めてそう呼んでいる。

広い町営駐車場から薄いベージュ色のレンガが敷かれたアプローチの境目《さかいめ》には、A型看《かん》板《ばん》。登磨の思い切った癖字《くせじ》で、今月のおすすめが記されている。

チーズがとろ〜っと溶け出す新鮮セリ入りライスコロッケ

採れたてタラの芽のサクサクフリット（店長のように上質な山菜をふわっと軽い天ぷらにしました）

姫竹のバルサミコのグリル（焦《こ》げ目が香ばしい炙《あぶ》り焼き）

苺《いちご》ごろごろシュークリーム（おすすめ！　店長のように極甘で爽やかな苺がたっぷり！）

カッコ書きは、お客さんがイメージしやすいように美玖が勝手に書き加えたもので、心の声がダダ洩《も》れである。時々、勢い余って単語の使い方がおかしな具合になったりもするが、心意気に押されてか、誰もが見逃してくれるし、登磨は見守るだけで何もいわない。メニュー看板をあとにして、さっぱりと掃《は》き清められたアプローチを進めば、赤い三角屋根のハーフティンバー風のこぢんまりとした建物。黒い柱や梁《はり》がデザインのように、白い漆《しっ》喰《くい》の壁に露出《ろしゅつ》している。木の温《ぬく》もりと、メルヘンなかわいらしさが醸《かも》し出されていた。

木製のドアにはアーチ型のすりガラスがはめ込まれ、店内に北国特有の柔《やわ》らかな光を迎え入れている。高い天井からは、ガラスの鈴蘭《すずらん》形ランプが下がり、明るい色の板張りのフロアにはテーブル席が四つ。

もう二台ぐらいテーブルを置いても、そこそこ広く使えるのだが、登磨の「お客様にはゆったりとくつろいでほしい」というコンセプトで、この台数となっている。

フロアの奥には化粧室《けしょうしつ》。壁際に薪《まき》ストーブ。短い廊下の先には裏口のドアが控《ひか》え、そこからも光が差し込んでくる。

登磨の母親が育てたハーブや、美玖が摘《つ》んだレストラン周辺に咲いていた花や、薪割りの時に美玖が彫《ほ》った会心のキュートさを誇るセキレイ——なぜか、登磨の字よりも難解なようで、初見のお客さんには稲荷寿司《いなりずし》だのツチノコだのと勘違いされる——が飾られているカウンターには、席が五つ。カウンターの向こうがオープンキッチンだ。

キッチンの奥にはドアがあり、登磨が暮らす母屋に続いている。美玖は、汗をかいたり、頂上への弁当配達の際にすっ転んで泥《どろ》だらけになったりした時には、そこで着替えさせてもらっていた。

農業が盛んなのどかな町に葵レストランができて三年足らずながら、地元の食材を使った確かな味の創作料理と弁当を提供するレストランとして、口コミで広まり、葵岳登山者以外にも、季節のメニューや店のほんわかした雰囲気《ふんいき》目当てで、今や町外からもお客さんを呼ぶようになった。

平日は朝ドラが終わったあたりからおば様たちで賑《にぎ》わい始め、お昼になると営業の外回りの農協さんや信用組合さん、配達員さんたちが席を温め、午後は幼稚園《ようちえん》の制服を着た子を連れた若い奥様たち、軽トラを三輪車ぐらいのスピードで転がして来るご年配の方々がまったりしていく。土日ともなれば、ここに自転車を駆《か》ってやってくる学生さんが加わる。

女性客八割の来店目的は、どうしたって店長と瑛太にある。

美玖にいわせれば、ルーブル美術館あたりに展示されていてもおかしくない見目麗《うるわ》しい顔立ちの店長は、飄々《ひょうひょう》として安穏《あんのん》とした人柄で、和洋中なんでもおいしく作るし、スイーツも最高。調理姿は至宝《しほう》。包丁さばきやフライパンを振る姿は国宝級で、布巾《ふきん》で手を拭《ぬぐ》う姿でさえフォトジェニック。

瑛太も、登磨の甥だけあって容姿端麗《たんれい》で、接客が時々、塩対応になることはあっても基本的には礼儀《れいぎ》正しく慇懃《いんぎん》なサーブをし、年上で後輩の美玖がしでかすミスのフォローもぬかりない。彼に関しては、不登校を心配しての見守り型のお客さんも多いが。

このふたりは、今にユネスコに登録され、レッドデータブックに載《の》り、ノーベル賞を獲るだろうと美玖は踏んでいる。

そして花盛り二十歳、黒いエプロンの丈《たけ》を詰めるだけ詰め、とうとう長めのタンクトップのようになったものを身に着けた美玖はといえば、常連の佐々木《ささき》のじいさん曰《いわ》く、「美玖ちゃんだって評判いいんだよ。活《い》きのいい仔熊《こぐま》みたいだって、みんな微笑《ほほえ》ましく眺めてるんだから」ということで、間違いなく看板娘《むすめ》だ。

――以上は青木美玖が葵レストランと店長と同僚に抱く個人的感想であり、使用感には個人差があります。

美玖は粗熱《あらねつ》を取ったライスコロッケを順にワックスペーパーで包んでいく。脇には破けたりねじれたりしたペーパーが山となっていた。

不器用なりになんとか包み終えたら、フードパックにきつね色の焼き色が美しい山女魚《やまめ》のムニエル、大粒ホタテのクリーム煮、タラの芽のフリットを小型トングを使って詰めていく。

「おはよう〜」

山のてっぺんにいるかのような大声に顔を向けると、店の出入り口から白ひげの老人が顔を覗《のぞ》かせていた。

美玖に対するお客さんのイメージを「仔熊」の一言に見事に集約してくれた佐々木のじいさんである。ハンチング帽をかぶって、赤と緑のチェックのネルシャツにワークパンツ姿。パンツの丈が短く、赤と緑のボーダーの靴下《くつした》が見えている。アンクルパンツというわけではなく、単にツンツルテン。

「おはようございます、佐々木さん」

美玖は満面の笑みを浮かべて迎える。

「おーこれはこれは。すっかり整ってるじゃないの。ありがとう」

弁当を見渡した佐々木のじいさんに、「姫竹、いかがですか」と美玖はカウンターから出て、バター醤油《しょうゆ》味の菜の花と姫竹のペンネを勧めた。この辺りに生える根曲竹《ねまがりだけ》は姫竹ともいい、柔らかな乳白色をしている。万年筆ほどの太さで、筋張ったところも癖もなくて食べやすく、味も浸《し》みやすい。包丁を多く入れず、一本を丸ごと使ってポクポクとした食感を残して調理している。

頰張《ほおば》った佐々木のじいさんは「うーん、微妙！」と元気よく判定。登磨が頭のバンダナを結び直しながら笑った。

「それ美玖ちゃんが作ったんだよ。昨日のうちに茹《ゆ》でて皮剝《む》いて、ね？」

「じゃあ、んまい」

「『じゃあ』って」

美玖は笑って佐々木のじいさんの肩をバシッとはたく。痩《や》せぎすのじいさんはよろめいて、カウンターを拭いていた瑛太にぶつかった。瑛太は目元を覆《おお》うようにメガネを上げながら、ケガはないですかと佐々木のじいさんを案じ、渋面《じゅうめん》を作る。

「ちょっとー、青木さんやめてくださいよ。佐々木さんの肩折る気ですか」

「え、ごめんなさい。軽くはたいたつもりだったんですが」

美玖は七十がらみのじいさんの薄い右肩に手を添《そ》え、具合を確かめる。

「叩《たた》かれたの、こっち側なんだけどな」

佐々木のじいさんが目をしょぼしょぼさせて、どこかすまなそうに左肩を指した。

「まあ、ありがたいことに肩はふたつあるもんね。ひとつぐらい折れたって困りゃしないよ、ねえ佐々木さん」

登磨がフードパックに輪ゴムをかけながら、佐々木のじいさんに微笑みかける。

「登磨黙れ。そういう問題じゃない」

瑛太は手厳しい。

「相変わらず美玖ちゃんは小さいのに力が強いね。さすが柔道部員」

美玖よりわずかに背が高い佐々木のじいさんは、幅が自分の倍はあっても美玖を「小さい」といってくれる貴重な人だ。

「やだなあ、柔道やってたのは学生時代じゃないですか。もう現役ほどの力はないですってば」

「この間は、薪割ってましたけどね。バッキバキと」

瑛太が澄まし顔でいい添える。冬になると薪ストーブを使うので、手が空いた時に割ってストックしておくのだ。

すごいねえと称賛を贈ってから、佐々木のじいさんはカウンターの弁当を見渡した。

「それにしても……今年は少ないなあ。つき添いのを抜かすと、八つだもんね」

店頭販売用とは別の予約分、合計十一個。

「年々、子どもの数は減ってるし、参加者も減ってるんだもんねぇ。隣町の子が混じっててこの人数だよ。じいさん、寂《さび》しくなっちゃう」

暖かそうな白ひげが顔の三分の二を占《し》める顔を、クシャリとさせる。

「寂しがる必要なんかないですよ、佐々木さん。店長の料理で移住者を増やしましょう！ほら、ふるさと納税の返礼品にここのお食事券つけたりするんです！」

美玖の自信満々の思いつきに、瑛太が呆《あき》れている。

十一個の弁当と水筒《すいとう》を三つのリュックに分けて詰めていると、お客さんが入ってきた。長靴に泥や草をつけている人もいれば、ワンピースにサンダルの人もいる。

レジ横の平台に積み重ねている弁当の前にも、ハイカーの格好《かっこう》をしたおばさんがやってきた。

「お弁当、ふたっつちょうだい。魚っこは選べんのね。したら、あんだ、どれさする？」

レジの前のセキレイの置物をしげしげと見ているおじさんは、なんでもいいと返事をする。

「あの人いっつもああだのさぁ。んだら、この鮎《あゆ》のさするかな」

弁当の内容は、今月のおすすめと同じものが入っている。ムニエルにしている鮎、岩魚《いわな》、山女魚は裏の渓流《けいりゅう》で登磨と美玖が釣《つ》った天然もの。ここの魚は生臭さや癖がなく、銀色の鱗《うろこ》はプラチナのように輝き、ギュッとしまった身は真珠《しんじゅ》色。火を通すとふっくらとし、箸でほろりと解《ほぐ》れる。

「こっちは珈琲《コーヒー》ふたつね」

おじさん客からは、マイステンレスボトルを手渡される。

「はい、かしこまりました」

美玖はそれを登磨に渡す。

登磨はボトルサイズを見て、豆の量を決め、挽《ひ》いてネルに空ける。揺すって粉を均《なら》したら、粉の真ん中にお湯を、そっと置いていく。少し待ち、お湯が粉に浸み込んだのを確かめてひと呼吸おいてから、のの字を描《か》いて注ぎ入れる。粉が深呼吸するように膨《ふく》らむ様子を見ながら湯を注ぎ足していく。その間、静謐《せいひつ》なまなざしを珈琲から逸《そ》らさない。

急がない。慌《あわ》てない。珈琲の呼吸に合わせる。

じっくりじんわり広がる珈琲の湯気が、薄い窓ガラスから差し込む緑色の木漏《こも》れ日を、まろやかにしていた。珈琲の馥郁《ふくいく》たる香りが広がると、お客さんたちは顔つきを穏《おだ》やかにし、イスの背もたれに体を預ける。

登磨はひとつひとつの作業を楽しんでいるように見えて、美玖はそういう登磨のそばにいるのが心地いい。

ここ葵レストランには、時間が豊かに存在しているように美玖は感じる。

美玖が以前勤めていた運送会社は時間が貧しかった。従業員は前のめりで、いつも小走りだった。常にエサを探し回る鶏《にわとり》のように。

そこで出会った友人、理恵《りえ》とは今も連絡を取り合っていて、聞けば、会社は相変わらず「クソ忙しい」という。電話を受けながら髪《かみ》をかき上げたら、何が気に入らなかったのか、暇《ひま》そうだな、と課長に嫌味を吐かれた彼女は、髪の毛のない彼に、「課長は時間の使い方が上手でいらっしゃって羨《うらや》ましいですぅ」とやり返したそうだ。それでもクビにならないのは、彼女の能力の高さに依《よ》ろう。ポンコツの美玖はたとえ人材不足であっても、呆気《あっけ》なくお払い箱にされてしまったのだから。

豊かな珈琲の香りにつられたのか、佐々木のじいさんをはじめ、ほかのお客さんも次々同じオーダーをする。

「ご一緒に苺のシュークリームはいかがですか？　町内の『あけちふぁ〜む』の温室で育てられた新鮮な苺をたっぷり使いました。ホイップクリームにも練り込んだんです。かわいい桜色ですよ。軽い食感ながら濃厚。鼻に苺の香りがふわっと抜けるんです」

登磨の実家で育った苺。美玖はホイップクリームに混ぜる苺を潰《つぶ》す過程で、登磨に「あっという間に跡形《あとかた》もなく潰してくれるねえ」と絶賛されたものだから、その嬉《うれ》しさをみんなにも伝えたく、自然と宣伝にも力が入る。勧めたお客さんのほとんどが注文してくれるのがまた、嬉しい。

弾《はず》みながらおじさん客にステンレスボトルを渡し、珈琲代のお釣りを返すと、お客さんがおや、という顔をした。

「お釣り多いよ。八十円でいいのに」

「あ、すみません、間違えちゃった」

「はは、黙っときゃよかったな」

おじさん客は笑って余計な十円を返してくれた。次はミスらないようにします、と美玖は心の中で宣誓《せんせい》する。

「ありがとうございました」

おじさんをお見送りしてから寸胴《ずんどう》鍋に向き合っている登磨をチラッと見ると、彼は小皿によそったスープの味見をしていた。「うへぇ、野菜の味」と顔をしかめる。

登磨は食材に関しては目利きだし、料理の腕もいいが野菜嫌い。野菜の味、と評するからにはかなりいいスープに仕上がっているのだろう。

小皿をすすぎ、新たなスープを注ぐと、美玖に差し出した。

「どお？」

登磨がワクワクした顔で尋ねてくる。店長は料理をする時は純粋な目になるなあ、と美玖は惚《ほ》れ惚《ぼ》れとしながら、親指を立てた。

「野菜の旨味《うまみ》がしっかり出てますね。雑味とか臭味はありません。素晴《すば》らしいです。ただ優しすぎかもしれません。ピリッとした何か……あ、そうだ、ショウガを加えてはいかがでしょう」

「ＯＫ」

登磨も親指を立ててから、ショウガをすって加えた。

トースターが焼き上がりの合図を鳴らす。美玖が、バゲットを取り出そうと扉を開けて、うおぅっと呻《うめ》く。また焦がしたんですか、と瑛太がカウンターに身を乗り出して調理場を覗くと、美玖は耳の縁《ふち》まで赤くして「バゲット入れてなかった」と明かした。

「ほんっとすみません。次からはミスらないようにします」

登磨が吹き、佐々木のじいさんは「美玖ちゃんは今日も絶好調、佳《よ》きかな佳きかな」と目を細める。

これがここ、葵レストランの日常である。

いつもの朝のラッシュがひと息ついた頃、店の前が子どものはしゃぎ声で賑わい始めた。珈琲を飲み切って、腕時計を確認した佐々木のじいさんが腰を上げる。

「そろそろ、行くか～」

ハンチング帽をかぶり直し、使い込まれた靴の紐《ひも》をきつく結ぶ。弁当と水筒が入ったリュックを背負い、もうひとつは手に持って、足音を小気味よく響《ひび》かせて出ていった。

「じゃあそろそろあたしも。瑛太君、お願いね」

空の器を端に寄せてテーブルを拭いていた瑛太を呼んで、レジを交代する。

お釣りの件で一瞬だけ落ち込んだ美玖だが、すぐに切り替えて三つ目のリュックの弁当と水筒の隙間にレジャーシートを詰め、背負った。

「いってらっしゃい」

「気をつけて」

登磨と瑛太に送り出されて駐車場に向かうと、佐々木のじいさんがツンツルテンのパンツの裾《すそ》を風になびかせて仁王立ちしていた。そのそばには、佐々木のじいさんから受け取ったリュックを背負って、ウエストポーチから傷薬や消毒液などをひとつひとつ出して確認している若い女性の姿がある。事前に聞いていたつき添い役の文化協会の若い女性で、今年初参加の持田《もちだ》さんだろう。何もしなくても大きい目が、重量感のありそうなつけまつげによって、さらに存在感を増している。

そしてふたりの前には、しゃがんで地面を石でひっかいたり、地面をつつくキセキレイを追いかけたりしている七歳児八人。

みんな小さな頭に白い鉢巻《はちまき》を締め、華奢《きゃしゃ》な体を真新しい白装束《しろしょうぞく》で包んでいる。今回の主役だ。加えて、中には一家総出じゃないかと思われるほどの人数でやってきている保護者《ほごしゃ》たち。

　佐々木のじいさんが手を打ち鳴らした。

「はいっ、じゃあみんな、準備はいいかな？」

　彼は七歳児を束ねて案内する役を毎年担っているのである。両手を掲《かか》げて手招きすると、子どもたちが親に背を押されながら、なんとなくといった体《てい》で集まってきた。

「全員揃《そろ》ってるかな。お名前を呼ぶので、元気にお返事してくださいねっ」

　子どもたちはしんとして、細い肩を上げ、手を握り合わせたり、ズボンを握ったりしながら、ひげのじいさんを見上げている。直前までの緩《ゆる》んだ空気は一掃され、今は全児童が緊《きん》張《ちょう》しているようだ。

「ん？　どうしたのかな？　お名前を呼ぶので元気にお返事してくださいねっ」

　耳に手を当てて前屈《まえかが》みになるという教育テレビの歌のお兄さんを思わせる動作で繰り返すと、キセキレイが、代表するように高らかに鳴いた。それによって空気が解れ、子どもたちからはい、という返事がパラパラと上がる。

「それでは、呼びますよ」

　名前を呼ばれると、子どもたちはもじもじしつつ返事をしていった。

「では最後、灰島基《はいじまもと》樹《き》君」

「はい」

一番小柄な子だ。足など美玖の腕より細い。

人垣《ひとがき》の向こうに、基樹と鼻や口元がそっくりのひょろりとした男性が遠慮がちに立っているのが見えた。おそらく父親だろう。彼は、基樹の後ろ姿をじっと見守っている。

こうして八人の子どもたちの出欠をとった佐々木のじいさんは、意気揚々《ようよう》と自己紹介を行い、本日の目的を口にした。

「今日はみんなが無事に七歳になったことのお礼と、これからの健康をお祈りするために頂上の社《やしろ》へ行きます」

美玖も、七歳の時に佐々木のじいさん――当時は「佐々木のおじさん」――の引率で登ったものだ。

「お礼と一緒に、お願いしたいことがあれば頼んでみてくださいね」

それを聞いた子どもたちは、あれが欲しいこれが欲しいと急に盛り上がる。そんな中、基樹だけはじっと登山口を見ている。

勝手な行動をとらない、走らない、道を逸れないなどの注意事項のあと、佐々木のじいさんを先頭に、カメラを向ける親に見送られていよいよ出発。

一般のハイカーとは別の、修験者《しゅげんじゃ》が通ったとされるルートで山頂を目指すのがこの行事のしきたりだ。登山口から少し離れたほぼ藪《やぶ》と化している道に踏み込むと、虫がワッと立った。子どもたちもワッと悲鳴を上げる。

行列の真ん中にいる持田は、おっかなびっくり踏み出していく。

美玖は最後尾につく。弁当配達兼見守り役だ。昨年までは、佐々木のじいさんと文化協会職員の都合ふたりが引率していたのだが、参加者から安全管理の徹底《てってい》のため、もうひとり追加してほしいと町に要望があったらしい。弁当を頼みに来た町の担当者と、その場にいた佐々木のじいさんが苦慮しているのを見た美玖は、無意識のうちにあたし行きますと手を挙《あ》げていた。

頭上から野鳥の声が降《ふ》ってくる。春の鳥は歌の練習に余念がない。恐《おそ》る恐《おそ》る声を出してみたり、明らかに音を外したり、納得がいかないのか、何度も同じメロディを繰り返したり。若葉の間を抜けた木漏れ日が柔らかく頭をなでる。足の裏全体で踏み込みながら、美玖は足を前へ前へと進める。

同じ山の中にも季節の隔たりはあって、日が射《さ》さない斜面や窪地《くぼち》には氷になりかけた雪が未《いま》だに残っていたり、日当たりのいい場所ではスミレが咲き、山菜が育っていたりする。土の香りが強い。落ち葉が腐葉土になって覆う地面は、足を置く先から水が浸み出す。集団の後ろになればなるほど道はぬかるみ、不利になる。しかし、先頭を行く子どもたちも苦戦しているようだ。隠れた根っこに躓《つまず》いて転ぶ子が続出している。泣きべそをかく子、黙って立ち上がる子、転んだ子を突っ立ったまま眺めている子、手を貸して立ち上がらせる子、さまざまだ。彼らと同い年の頃の美玖は、転べば痛みや恥《は》ずかしさを隠して誤魔化《ごまか》し笑みを浮かべたものだ。

佐々木のじいさんは、大丈夫か〜、と声をかけるが、手を貸すことはない。持田も転んだ子を励《はげ》ましながら、歩き始めるのを辛抱《しんぼう》強く待っている。修験道には途中、休憩《きゅうけい》場所がないので一気に登るしかない。佐々木のじいさんは時々後ろを振り向いて、全員がついてきているか確認する。七十前後には見えないほどの健脚《けんきゃく》で、集団の中で最も元気がある。

　山が濃くなってきた。泥の上に獣《けもの》の足跡がついていて、そこに水が溜《た》まっている。子どもたちに「鹿《しか》の足跡だよ」と教えると、集まってきて興味《きょうみ》津々に見下ろした。犬や猫以外の動物の足跡を初めて見たと興奮《こうふん》し、ママのスマホ持ってくればよかった、と悔《くや》しがる。

　奈美《なみ》というシュシュで髪を結《ゆ》った子が、つかまろうとして幹に手を伸ばした。美玖が注意する前に、色白でぽっちゃり型の幸也《ゆきや》が「それウルシ。かぶれる！」と警告。

「かぶれるって何」

　奈美は、注意喚起《かんき》に対しての邪魔《じゃま》くささと、危険を回避《かいひ》できた安堵《あんど》が入り混じった顔をした。

「赤くなって、かゆくてたまらなくなるんだ」

「あんた知ってるの」

「おじいちゃんと山に行った時にかぶれたから。かゆすぎて死ぬかと思ったもん」

団子鼻《だんごばな》を高くする幸也に、みんなの憧《あこが》れと尊敬《そんけい》のまなざしが集中する。

「みんなはいつも何して遊んでるの？　山に登ったりする？」

美玖が尋ねると、登んなーい、と輪唱。家でゲームしてるし、お稽古《けいこ》に行ってるしー。

「お姉ちゃんは？」

「あたしは昔っから……昔はよくこの山に登ってたんだよ」

ブランクを経て、再び登るようになったのは、去年、葵レストランに勤めてから。

佐々木のじいさんが、肩越しに美玖をうかがった。

「佐々木さん、前見て歩かないと」

持田がいったそばから、佐々木のじいさんは根っこに躓いて四《よ》つん這《ば》いになり、子どもたちに笑われた。

しつこく目に向かって飛んでくる黒い虫を払い、血管のように地面を這う根をまたぐ。大人でも息を切らす険しい道は、まだまだ上に向かって続く。

美玖のすぐ前には基樹。荒《あら》い呼吸をし、黙々と登る。華奢なうなじに、水をかぶったように濡《ぬ》れた髪の毛が張りついていた。

真っ白だった装束は、先へ進むにつれて泥に染まり、今や靴も靴下もチョコレート色だ。女子たちは露骨にうんざりしているが、男子たちはどっちがより汚《よご》れているかを競っている。

美玖はそんな汚れ放題の基樹たちを前に、沁《し》みるような切なさを覚える一方で、頼もしさも覚える。大きくなるためには、泥んこになるのも必要なようだ。

ここで、キャラクターのスニーカーを履いた杏樹《あんじゅ》という子が転んだ。長い髪を振り乱して、ワーッと泣き出す。

「もう歩けな〜い、疲れたー、帰るぅ」

本日もっとも大きな声だ。

色黒で負けん気の強そうな顔をした優生《ゆうき》が足を止め「うるさい！」と怒鳴った。杏樹は一瞬息をのんだが、次の瞬間には感情を爆発させて泣き叫んだ。幸也は、辟易《へきえき》した様子で顔を手のひらで拭う。泥が筋状になすりつけられた。ほかの子は疲れ切った顔で木に寄りかかったり、しゃがんで虫を見たりする。

「杏樹ちゃん、頑張《がんば》ろうよ」

奈美が健気《けなげ》に励ますも、ヤダもう歩けないと杏樹はぐずる。登山口でなかなか返事もできなかった彼女の強情な態度に、美玖は少し驚く。

持田が杏樹の顔をタオルで拭ってあげながら、小さな声で懸命になだめるが、杏樹はしゃくりあげながら両手を持田に伸ばした。

「おんぶー」

「ずるいぞ」

「自分ばっかり」

子どもたちから次々に非難の声が上がる。

ほとんどの子どもが弱音を吐いてきたが、そういえば、基樹だけはまだ一切の弱音をこぼしていない。彼は集団の最後尾で、肩で息をしながら騒ぎを見上げている。

たいしたものだ、と美玖は舌を巻き、だが少し心配になる。

「ごめんね。おんぶしてあげたいけれど、自力で登るのがしきたりなの。おんぶされて登るのなら、誰でもできるでしょう？」

　持田がご機嫌取りも兼ねた説得をするも、杏樹は足踏みをしておんぶおんぶと連呼する。大変力強いステップで、その勢いで山頂まで一気に駆け上がれるんじゃないかと美玖は内心期待したが、「足が痛いのっ、もう歩かない！」と、その場に座ってしまった。我《が》を通すためには恥だの外聞だの知ったことかという肝《きも》の据《す》わりっぷりといったら、小さくともやはり女である。

　大人が、どうするか目で意見交換を行っていた時、「杏樹ちゃん」と控えめな声が聞こえた。

　声をかけたのは基樹だ。一番小さい基樹に視線が集まる。その中でも杏樹の視線は鋭《するど》い。事と次第によってはタダではおかない、という並々ならぬ気迫を、その目に漲《みなぎ》らせている。

「杏樹ちゃんのお願い事、なあに？」

「――え？」

　杏樹はまばたきする。

「てっぺんまで行ったら、お願い事できるんだよ」

　基樹の顔は美玖の位置からは見えないが、声は真剣で明るい。

　杏樹は一瞬顔を輝かせたが、すぐさま「まだまだ不機嫌なんだ」という態度を取って、もそもそと明かした。

「ティアラとドレスがほしい」

「よしよし。そうね。じゃあここにいるこの佐々木のおじいさんにも、一緒にお願いしてもらおう。なんたってこのおひげのおじいさんは神様の親戚《しんせき》なんだから」

美玖が佐々木のじいさんを手のひらで示すと、彼は目をぱちくりさせた。子どもたちの熱い視線を一身に受けていることに気づき、慌てて、そうです私が神様の親戚です、と白ひげをなでて見せる。

子どもたちは空気を読んだらしい。小さな肩が下り、空気が緩んだ。

ひとりが、ぼくのもお願いして、とリクエストすると、あたしのも、と続々声が上がる。自分ひとりが願うより、誰かも願ってくれたほうが心強いのだろう。くじけそうになる気持ちを鼓舞《こぶ》しているようにも見えて、美玖は目を細めて七歳児たちを見回した。

力を得て、再び列は進む。

が、山小屋と湧《わ》き水《みず》を通りすぎた所で、彼らに次なる試練が襲《おそ》いかかる。大きな岩が行く手を阻《はば》む、最大でありながら最終の難所、鎖場《くさりば》だ。

通常のルートにも鎖場はあるが、さすが修験道。岩はそちらのルートよりずっと巨大で荒々しい。しかし、ここを越えればもう頂上。岩の向こうは、彼らを歓迎するように清々《すがすが》しい青空が広がっている。

女子は怯《ひる》んだが、男子はただの山道より血湧《ちわ》き肉躍《にくおど》るようで、テンションの上がりっぷりは半端《はんぱ》ない。果敢《かかん》に挑み始める。

みんなに続いて基樹も登り始めた。だが、彼が手を伸ばした先に大きなハチがいることに気づいた美玖は、思わずハチ！　と叫んでしまった。基樹がハッと手を浮かせる。その拍《ひょう》子《し》に足元がおろそかになって、靴の底で岩を擦《こす》る音がしたかと思ったら、下で見守っていた美玖に向かって降ってきた。

まぶたの裏に、ストロボが焚《た》かれたように光った情景――。

美玖は基樹を抱きとめた。バランスを崩《くず》しかける。柔道の要領で足を前後に大きく開き重心を落とし、丹田《たんでん》に力を入れる。岩からぬかるみに片足がずり落ちて埋まる。膝《ひざ》の力が抜けた。咄嗟《とっさ》に体をねじって基樹を抱いたまま岩に沿ってしゃがみ込む。

――白い光の中に瞬《またた》いたのは、社に向かって手を合わせる女の人の背中。

――耳に蘇《よみがえ》ったのは、願いを唱える張りのある声。

『家内安全。無病息災。すべてこの世は事もなし。みんな、楽しく笑って毎日を送るので、そこのところよろしく！』

「おうい、ふたりとも大丈夫か～い」

岩の向こうからこっちを見下ろす佐々木のじいさんが目に映《うつ》ると、脳内の情景は消えた。

「美玖ちゃん……？」

心配そうに、どこか危ぶむように見下ろしている佐々木のじいさん。子どもたちと持田も岩にへばりついたまま、こちらをうかがっていた。美玖は咄嗟に笑みを作る。

「だ、大丈夫で～す！」

気張った大声がこだまとなる。基樹から腕を解《ほど》いた。

「ごめんね。怖かったでしょ？」

「ううん、平気です。ありがとうございます」

基樹は、少し舌っ足らずながら、しっかりした口調で答えた。言葉とは裏腹に、泥だらけの手は震《ふる》えている。

「お姉さんは、大丈夫ですか」

「大丈夫よ。心配してくれてありがとう。あまり無理しないでね」

いってからすぐに、無理しなきゃいけないところだけど、と訂正《ていせい》する。

基樹は強いまなざしでもって「無理はしていません」ときっぱり。その顔つきに美玖は戸惑いながら「ならいいんだ。さ、行こうか。もうひと踏ん張り」と基樹の肩を軽く叩いた。

頂上を踏んだ順に、歓声を上げる子どもたち。

彼らにとっては、初めての保護者なしでの冒険《ぼうけん》達成である。

基樹も悪戦苦闘しながら、なんとか鎖場を脱し、最後に美玖も頂上に達した。

天から直接下りてくる風は、世俗のしがらみからとことん自由で、澄み渡っている。頂の上には、圧倒的な青空が広がっていた。周囲には、ここより高い山はないからぐるりと絶景。春先は霞《かすみ》がかかっていた景色も、今は八甲田連峰《はっこうだれんぽう》や八戸《はちのへ》市まで望める。遥《はる》か下には、緩やかなカーブを描く馬淵《まべち》川に沿って田畑が拓《ひら》け、その中にささやかな商店街を中心として住宅が放射状に広がる町が見渡せた。

広くはない頂上の中央には、古い社がある。年季が入った階段と賽銭《さいせん》箱。渋《しぶ》く錆《さ》びついた鈴。社を背にして設置された赤いペンキのはげたベンチ。

そばにはお地蔵さんが立っていて赤い涎《よだれ》かけをなびかせていた。みんながなでるので、頭がつるつるになっている。その足元に佐々木のじいさんが持参した酒を供《そな》え、子どもたちに参拝を促すと、泥まみれのちびっこたちは行儀よく並んで、ひとりずつお礼とお願いをしていった。

基樹は山に入ったのと同じで、八人のうち一番最後に手を合わせていた。風に乗ってお願い事が美玖の耳に届く。

持田も手を合わせた。

「彼氏ができますようにイケメンの背が高くてお金持ちで優しい彼氏ができますように彼氏とにかく彼氏めっちゃ彼氏」

眉根《まゆね》を寄せるその横顔には鬼気《きき》迫るものがあったので、美玖は見ないようにして次に手を合わせる。

「無事にみんなをここまで導《みちび》いてくださってありがとうございます。帰りも守ってくださると信じております。家に帰るまでが七歳児参りなんですからね、そこのところよろしくっ」

ッツピーッツピーという澄んださえずりがこだました。顔を上げると、キセキレイがお地蔵さんの頭の上に舞い降りた。かと思ったら、滑《すべ》って背後へ落ちた。

吹き出した美玖の後ろで「あ、落ちた」という子どもの声がした。振り返ると基樹がいる。彼も鳥が滑って落ちるという光景を初めて見たのだろう。たまげている。

「あ、復活した」

　基樹が美玖を通り越した先へ焦点を結んで呟《つぶや》く。美玖が顔を戻すと、キセキレイはお地蔵さんの肩に留まっていた。

「おーい、きみちゃん」

　美玖がキセキレイに呼びかけると、黄色い小鳥は首を傾《かし》げ、尾を上下に振る。

「きみちゃんっていうの？　どうしてですか？」

　基樹の疑問に美玖は微笑む。

「卵の黄身《きみ》みたいに黄色いから、というのが理由のひとつ」

「キセキレイの卵って食べられるんですか？」

　ふたりの会話を聞きかじったのか、持田が仰天した顔で口を挟《はさ》んだ。不意打ちに美玖はよろめく。

「え、ど、どうかな。考えたことなかった」

「そうですか。一瞬、ウズラの卵みたいな味なのかなって思ってしまいました。でもやっぱりかわいそうですよね」

　美玖は困惑の笑みを浮かべながら検討する。

「……それしか食べるものがなかったら、食べるかも。生きるために」

　基樹が、美玖からそっと半歩引いた。

　美玖はキセキレイに視線を戻す。

寿命ではない死が、誰かを何かを生かすためにあるなら、諦《あきら》めもつくのだろうか。そんなことを美玖は思った。

背後では「さあ、お腹《なか》空いただろう。お弁当を食べよう」という佐々木のじいさんと、「お腹空いたー」という子どもたちの解放感いっぱいの歓声が響いていた。

慌てて美玖は、リュックからレジャーシートを引っ張り出して敷いた。熊のキャラクターがちりばめられた黄色い敷物は、登磨のチョイスである。

子どもたちは、弁当とお茶を受け取った順に靴を脱ぎ散らかして飛び込み、二、三人ずつに固まって座った。

集団の隅《すみ》に、基樹がいる。男の子たちが胡坐《あぐら》をかく中、基樹は正座だ。脱いだ靴は、これまたピシッと揃えられている。

佐々木のじいさんの音頭《おんど》で「いただきます」をしてからおしぼりで手を拭う。ふたを取った先から、さっそく「うわ、魚だ」というぼやきが上がった。

「男子〜、ちゃんと全部食べなよ」

奈美が説教する。

「じゃなきゃ作ってくれたお店の人にもお魚にも悪いじゃん」

もうひとりのメガネをかけた女の子も口を揃える。

「だってオレ、魚が苦手なんだもん」

「うるさい男子！　黙って食え！」

奈美が怒鳴ると、男子は素早く俯《うつむ》き、せっせと口に運び出した。

ムニエルを食べた優生が、箸をくわえたまま目を見張った。

「あ、うめえ」

女子たちは、ほら見なさい、と自分の手柄のように小鼻を広げる。

その様子を眺めてから、大人たちも弁当のふたを取った。

ワックスペーパーに包まれた、ひと口大のライスコロッケ。真ん丸でこんがりきつね色に揚がっていてパセリが振りかけられている。

旬の山女魚のムニエルは焼き色がついて、福地《ふくち》産のニンニクがいい香りを放っていた。質のいいバターの風味が、山女魚の奥深い滋味《じみ》を引き出す。

クリーム煮の大粒ホタテは隣の八戸産。肉厚でぷりっぷりの食感とまろやかな甘みが持ち味。一旦ソテーしてから煮込み、弁当ということで、とろみを強くして汁漏れしないように工夫されている。

山菜の王様であるタラの芽のフリットはサクサクで、ほろ苦さの奥に甘みがあった。

菜の花と姫竹のペンネは、出来立てより時間がたった今、こがしバター醤油がよく馴染《なじ》んで香ばしく、菜の花の春らしい爽やかな苦みと、姫竹の風味を引き立てている。

それと、大きな苺をたっぷり使ったシュークリーム。

「今度はお母さんと、お弁当作って持ってきたいな！」

優生が顎《あご》にご飯粒をつけて元気にいう。

「お母さんのこと好きなんだね？」

美玖がいうと、優生は顔を真っ赤にして口を尖《とが》らせた。

みんなが笑う中、静かに基樹が立ち上がった。レジャーシートからベンチへ移ると、弁当から顔を上げることなく、箸を弁当と口の間でひたすら往復させ始める。

美玖は少し思案してから、基樹の隣に座った。

「基樹君はお魚、平気？」

話しかけられて、基樹は肩をすくめたが、ニコニコしている美玖を見ると、肩の力を抜いた。

「はい。魚は、いつも食べてるから」

証拠を見せるように、ムニエルを器用に箸先で解して口に運んで、おいしい、と小さな頭を縦に振って感心する。

「そう！　よかった！　これね、登磨店長が作ったんだよ。店長、都会のレストランでコックさんをやってたんだ」

「そうですか。ぼくたちも別の所にいたんですが、お母さんが死んじゃって。少し前に、この町に引っ越してきたんです」

美玖は言葉を失《な》くした。それでさっきのお願い事か、と納得する。基樹の淡々《たんたん》とした語り口は、この件についてもう彼の中で何度も何度も浮上し、そのたびに繰り返し胸を痛めて悩んできて、少しずつ受け入れてきたことをうかがわせた。

「こっちには、おじいちゃんとおばあちゃんが住んでいた家があるから、ちょっとのんびりしたいねってお父さんがいって」

美玖は、そう、と相槌《あいづち》を打った。それから少し考えて、のんびりできてる？　と尋ねた。

基樹ははい、と笑みを見せる。前歯が一本抜けていた。母親は息子の抜けた歯を見ることはできたのだろうか。

「前は、お父さんすっごく忙しかったから、あんまり家にいなかったけど、今は夕方もいつも同じ時間に帰ってくるし、お休みの日も家にいてくれるんです」

そうなの、と美玖は静かに目を細めた。

「お母さんは、朝ご飯か夜ご飯のどっちかに、必ず魚を出したんです。ぼくが早く大きくなれるようにって」

薄い唇《くちびる》を引き結んで、弁当に視線を据える。美玖はまつげに光を溜めている彼を見つめた。

基樹は顔を上げると再び続ける。

「今はお父さんが焼きます。朝か夜のどっちかに出てきます。でも、必ず焦げてるんです」

とっておきの内緒話をしたみたいに、華奢な肩をすくめて笑った。

「焦げてても、基樹君はお父さんが焼いてくれたお魚が好きなんだ」

「はい。大好きです。それに、食べるのはぼくのほうが上手なんですよ。お父さんはいつも骨を喉に引っかけて、痛い痛いって泣きそうになってるんです」

「魚の骨って、細いのに刺さると痛いんだよねえ。刺さってる場所も、刺さってるものも分かってるのに、自分じゃ取れなくて……」

もう一生取れなくて、一生痛み続けるんじゃないかって不安になるよね……。美玖の視線が宙《ちゅう》を彷徨《さまよ》う。

子どもたちの賑わいが耳に入ってきて、美玖は再び視線を基樹へ戻した。

「基樹君は刺さったことないの？」

「あります。でも、いつの間にか、痛くなくなってます」

「……そうだね、いつの間にか痛くなくなってるもんだよね」

美玖は、この世に生を享《う》けて七年ばかりの、いかにも傷つきやすそうな薄く透明な肌を持つ少年を見つめる。

美玖と目が合った基樹は、何かを察したみたいに、ふいにおしゃべりをやめ、残っていたムニエルを口に入れた。弁当は空っぽになった。

「骨のない魚もあるけど」

基樹がいうのは、骨を抜いて調理したもののことだろうか。

「ぼく、魚は骨があったほうがいいです」

「そう？　刺さったら痛いでしょうに。それに、たいていは取るのを面倒がるもんだけど……」

「でも、骨がある魚だと、お父さんとのご飯の時間が長くなるから」

美玖は何もいえなくなり、柔らかな栗《くり》色の髪の毛を風にそよがせながら、空になった弁当容器にふたをかぶせ、輪ゴムをかける基樹をただ見つめる。

基樹は次いで、苺シュークリームに取りかかった。両手でないと間に合わないくらい大きく見える。口一杯に頬張って、目を見張った。

「これも、おいしいっ」

薄いシュー皮はふっくら柔らかく、たっぷり入っている苺のクリームは甘酸っぱくて爽やかな香り。苺の粒々は食感のアクセントに一役買っている。手のひらに受けるもったりとした重さは、色っぽささえ感じさせた。

「だよね～、店長ってなんでもできるんだよ。おまけに優しいし大らかだし」

鼻息荒く美玖がぐいぐい詰め寄ると、基樹は大人びた愛想《あいそ》笑いのまま、若干身を引いた。

いつの間にか下山時刻《じこく》になった。

登ってきたのと同じ配列で慎重《しんちょう》に下りていく。誰も押したり急《せ》かしたりはしない。

美玖は前方の張り出した枝に違和感を覚えて目を凝《こ》らした。ツタがU字形にぶらさがっている。幹に手を添えながら下っていく少年のひとりがそのツタに手を伸ばす。

「待って！」

美玖は飛び出し、滑り下りながら少年の手がつかむ寸前に「ごめんよっ」とツタをなぎ払った。手に一瞬だけ感じた冷たい弾力。吹っ飛んだツタは別の枝に絡まると、シュウッと巻きついて、枝をするすると伝って葉の間に消えた。

「ぎゃっ、蛇《へび》？　蛇も出るの」

子どもたちは悲鳴を上げる。テンションはがた落ちである。

「わあ、おっきい蜘蛛《くも》！　蜘蛛出た！　お姉ちゃん助けて」

今度は女子が身をすくめて宙を指さしている。

美玖はお任せください！　と、もはや完全に停止した隊列を分けて近づく。親指大に肥えた蜘蛛が、空中で揺れている。美玖は糸を摘まんで葉っぱの上に移した。そこから下草の上にかさりと音を立てて落ちた蜘蛛は、八本の足をわやわやと動かして逃げていく。美玖に注目した全員からため息が漏れた。美玖はそれを純粋な尊敬と受け止める。

蛇や蜘蛛だけじゃなく、山は虫や爬《は》虫類《ちゅうるい》の宝庫だ。そのたびに子どもと持田は悲鳴を上げた。

テンションを上げるために、美玖は大きな声で歌い出した。佐々木のじいさんがつんのめる。持田も尻餅《しりもち》をついた。

佐々木のじいさんが持田に手を貸す。持田が佐々木のじいさんにつかまって立ち上がりながら「え、何こういう人？」と目で問うと、佐々木のじいさんも「こういう子」と、確証を持った目で頷き返す。子どもたちも歌い出す。歌詞は同じだが、美玖とはまるで違うメロディだ。ほとんどやけっぱちで声を発し、足を前へ出す。

基樹も小さい声で時々口ずさみ、みんなについて行く。足を泥に取られて何度も膝をついた。それでも彼はひと言も弱音を吐くことなく、泥だらけの手を、泥だらけの白装束に擦りつけて、何度も立ち上がった。

八人全員が生けるゾンビのようになった頃、ふもとから上がってくる香ばしい匂いが鼻腔《びこう》をくすぐった。大人たちの話し声も聞こえてくる。子どもたちの目に生きる力が蘇る。

焼肉だ！　優生が叫ぶと、弾かれたように焼肉焼肉と、駆け出した。

「ほら、走ると転ぶぞー」

佐々木のじいさんが頬を緩ませて注意を促しても、子どもたちの抑制《よくせい》にはならない。歓声を上げ、足をもつれさせながら一直線。基樹もみんなに小走りで続く。

やがて、緑の間からふもとが見えてきた。登山口近くの駐車場にバーベキューが用意され、保護者が待っている。串《くし》に刺した魚を炙る登磨と、肉を焼く瑛太の姿もある。

食事に手をつけることなく待ち構えていた家族が、我《わ》が子の誉《ほま》れ高き泥だらけの姿に「おおっ」と声を上げた。男性は満面の笑み、女性はハンカチを目に当てる。立ち昇る煙《けむり》までが、無事の帰還を歓迎しているようだ。

両手を広げて中腰になったそれぞれの家族の元へ、子どもたちはまっしぐらに飛び込んでいった。

抱き締められた途端、泣き出す子、笑い出す子、興奮して道のりを一から十までまくしたてる子、さまざまだ。

出発前、基樹を見守っていた父親の灰島が、集団の向こうからこっちに首を伸ばしていた。

美玖は基樹の姿を探して見回す。

　喜びに沸く人たちの中で、膝に手をついて頭《こうべ》を垂《た》れ、身じろぎもしない基樹の姿があった。泥と草の汁でこっぴどく汚れた膝を握る華奢な手が真っ白くなり、青い血管が浮いている。

　美玖は駆け寄って覗き込んだ。

「基樹君、どうしたの？　具合悪い？　我慢してた？　大丈夫？」

基樹は奥歯を噛《か》み締め、目を強くつむっていた。その目からポタポタと涙が落ちている。

そばに灰島が立った。基樹の肩に手を置く。

「基樹、おかえり」

灰島の目元が綻《ほころ》ぶ。基樹の泣き顔を覗きこもうとはしない。

基樹は顔を上げようとしない。細い背中を震わせ続けている。

華奢な肩にのった大きな手を美玖は見つめた。その温もりが、基樹を温めるのを想《おも》った。

「よく頑張った、偉《えら》かったぞ」

声が滲《にじ》む。灰島は目と鼻を赤くしていた。

その言葉を聞いた基樹はやっと体を起こすと、「お父さん！」と灰島の腰に飛びついた。

灰島は息子を軽々と抱き上げる。基樹は父親の首っ玉に取りすがって声もなく泣いた。

美玖の目も潤《うる》む。涙を誤魔化そうとして俯き、前髪を直すふりをして目元を拭った。

基樹が落ち着いてきたので、美玖は洟《はな》を啜《すす》り、深呼吸して気持ちを整えてから灰島親子の分の焼肉を取りにコンロに足を向ける。

「おかえり」

登磨が笑みを見せた。

「歌、随分先から聞こえてきてたな」

「そうですか、私、歌には自信があるんです。カラオケではみんなを黙らせたほどなんですよ。それに、子どもたちの無事のご帰還をいち早く知っていただけて何よりです」

上機嫌になる美玖。箸で肉を取ろうとしたものの不器用っぷりを遺憾《いかん》なく発揮《はっき》して取り落としてしまうと、登磨がのっけてくれた。赤ワインとブラッドオレンジ、ラズベリーのフルーティなソースが香る。いそいそと灰島親子へと運んだ。

「どうぞ。このお肉は町の特産の放牧牛です。ストレスフリーで育てられているから肉質がいいんですよ。脂《あぶら》はさっぱりしていてしつこくないので、いくらでも食べられます」

「ありがとうございます」

父親は受け取って、まずは息子に渡した。基樹もそっくりな口調で礼をいい、ふたりはそばのイスに並んで腰かける。

あちこちで、親が好き嫌いするなと説教しながら山女魚や鮎の串焼きを押しつける光景が繰り広げられている。山の上で魚を食べた子どもたちは、親の前では食べたくないとごねる。

「お願い事に魚が食べられるようになりますようにって頼んだかい？」

キャンプ用のイスに腰かけた神様の親戚が、ビールを片手に少年たちをからかい、煙たがられている。

「基樹は何をお願いした？」

灰島がウーロン茶を飲みながら、息子に尋ねた。基樹は皿に視線を落として口の中のものをゆっくりと噛みながら、いおうかいうまいか思案している。美玖は基樹を見守る。肉を飲み込んだ基樹は、唇に力を込めた。

「……お父さんをもう泣かさないでください……って」

灰島がハッとする。基樹は、肉がなくなりソースだけが残る皿を凝視《ぎょうし》している。

息子の頭に父親の手が置かれた。基樹の細い首は、その手を支えきれずに、頭を揺らす。

「ありがとう。父さんはもう泣かないぞ」

灰島の声は震えていたが、前へ踏み出す強さがあった。基樹は俯いたまま頷く。

――お父さんをもう泣かさないでください。

社の前で泥だらけの小さな手を合わせ、彼は確かにそう願った。

子どもは、親をどこまでも想う。親の気持ちに敏感で、親が口に出さなくとも汲《く》み取る。

好き嫌いしない、靴を揃える、泣きごとをいわない。そして。

何度転んでも、何度だって立ち上がる。

美玖はそんな基樹が切なくて愛《いと》おしい。そんなに頑張らなくていいんだよ、今しか甘えることってできないんだからめいっぱい甘えるのが君の仕事なんだよ。そう伝えたかったが、伝えたら、かえって基樹を追い込みそうに感じたため、ぐっと堪《こら》えた。

肉を焼いていた瑛太と目が合う。美玖は慌てて目をしばたたかせた。

「煙がね、煙いんだよ。あ、ほら、瑛太君もたくさん食べて」

美玖は、洟を啜りながらいい訳し、バーベキューコンロに近づく。皿を手にし、そばにあったトングでせっせと焼けた野菜を取って、瑛太に差し出した。

「肉をください」

瑛太が野菜の山の向こうからひどく切実に訴えた。

野菜の上に肉を重ねて「日本昔ばなし飯」風に仕上がったそれを崩していく瑛太の背後から、中学校指定の小豆《あずき》色のジャージを着た痩身《そうしん》の女の子が自転車で近づいてくるのが見えた。

「早苗《さなえ》ちゃん、こんにちは」

美玖が挨拶《あいさつ》すると、瑛太が肩越しに振り返って、一瞬肩を強張《こわば》らせた。

自転車からひらりと降りて、スタンドを立てる。自転車のフレームが輝いた。

「こんにちは、青木さん」

快活な挨拶をする藤島《ふじしま》早苗は、瑛太の同級生で学級委員長だ。身長は美玖と同じぐらいだが、幅は半分。臆《おく》することなく人の目を真《ま》っ直《す》ぐに見返す子だ。

「休日なのに、部活？」

「はい」

背負ったテニスラケットのベルトをちょっと直す。

「お疲れ様。お腹空いてるでしょう。早苗ちゃんも食べてって」

美玖は皿に肉を盛って早苗に差し出した。

「ありがとうございます。そっか、今日は七歳児参りの日だったんですね」

いただきます、と早苗は箸をつける。

ところで、と早苗は瑛太に向き直った。ツヤツヤのショートカットがさらりと揺れる。

「明智君、昨日も学校来なかったでしょう？」

瑛太は邪魔くさそうに半歩引いた。

「関係ないだろ。てゆうか、別にここに来なくてもいいよ」

瑛太は手で目元を覆うようにメガネを上げて呟く。早苗とは目を合わせようとしない。

「じゃあ家に行けばよかった？」

早苗は自転車のカゴから茶封筒《ちゃぶうとう》を取り、瑛太に差し出した。封筒には学校名が記されている。瑛太の顔を覗き込むその大きな瞳《ひとみ》は、賢《さか》しげによく動く。

早苗が学年トップを保持しているというのは、瑛太から聞いていた。瑛太はそのせいで万年二位なのだそうだ。学校にろくに行っていないのに二位を死守しているのも、これはこれで結構なものだと美玖は感心している。

「夏の課外授業のお知らせと月曜までの宿題、持ってきてあげたんだから」

「いらないのに……」

「いらなくない。週明け提出するんだよ、いい？」

「藤島さん、部活で疲れてるんでしょう？　こんなところまでやってくることないのに」

冷たく硬《かた》い口調に美玖はヒヤリとして、つい瑛太君とたしなめたが、瑛太は聞こえないふりをする。

「ここに来る暇があったら、勉強するなりテニスの練習するなりすればいいんだ。特に勉強は、そうやって油断してるとオレに追い越されますよ」

メガネを上げながら通告した瑛太は、あとはもう知らないといった感じで早苗に背を向け、コンロから肉を取るのに没頭する風を装う。

早苗は眉を寄せて瑛太の背中を見据えていたが、「青木さん、お肉ごちそうさまでした」と、皿と箸を重ねて美玖に渡すと踵《きびす》を返した。自転車を押して二、三歩行くと足を止めて瑛太を振り返り、それから、美玖に会釈《えしゃく》をする。

美玖も会釈を返した。顔を上げた時にはもう、早苗の姿はなかった。

瑛太に視線を移す。

「親切な子だよね」

「四角四面ってゆーんです。ルールブックみてぇな優等生」

吐き捨てると、瑛太はコンロの端まで行って、封筒を炭火《すみび》にくべた。まるで火を吸い寄せるように、あっという間に炎《ほのお》に包まれる。

「おおっ、よく燃《も》えてるな〜」

何も知らない登磨が呑気《のんき》に喜んだ。

葵レストランの営業は朝七時オープンと早い分、店じまいも早い。夕方六時には閉める。

冬はもっと短くなる。基本、ハイカーに合わせているのだ。営業当初はディナーもやっていたが、朝派が多い地域性もあって、わざわざ夜の農道をやってくるお客さんは少なく、昼間のほうが断然収益率が高かったため、営業時間を見直したのだった。

業務を終えて店を出る。辺りはまだまだ明るい。パールピンクのコンパクトカーを駆って、美玖は農道を家へと向かう。

中古のこの愛車はあと一年ローンが残っているが、フロントバンパーには、飛び出してきた鹿を避《よ》けて側溝《そっこう》に落ちた時の凹《へこ》みや、冬にスリップして杉の木にぶつかった跡がある。美玖にとっては愛しい思い出がたくさん刻《きざ》まれた車である。

農道沿いの果樹園では、カシスやブルーベリーの薄紫《うすむらさき》色や白の花が咲き誇っていて、薄く開けた窓から清々しく優しい香りが入ってくる。低い果樹の向こうで、林檎《りんご》の摘果《てきか》作業が進められている。梯子《はしご》に登って実を摘んでいる農家さんと目が合うと、手を振り合った。

一キロほど走ると、民家と田んぼが入り混じる地区に入る。この地域は家と家の間が離れていて、広い敷地を持つ旧家が多い。そこに、美玖と父が住むちんまりとした築二十年の二階建ての家がある。

玄関前に停《と》めてある黄色い乗用車に、今日は土曜日だったと改めて気づかされた。サービス業というものは、油断しているとすぐに曜日を忘れてしまうのだ。

黄色い車の隣にピンクの車を停めた。

父の車は十年目を迎える。仕事でも使うので、走行距離は十二万キロを超えている。車体の下のほうは錆びている。塗装《とそう》し直しても冬になれば融雪《ゆうせつ》剤を浴びるので、やっぱりすぐに錆びてしまう。マフラーは腐《くさ》って、一度もげた。あの時は、尻に雷《かみなり》でもくっつけているような爆音を立ててくれた。時々エンジン音も不安定になって止まりかけるが、父は買い替えることなく騙《だま》し騙《だま》し乗り続けている。

玄関扉を開けると、カレーの香りがした。

「たっだいま〜」

右手の台所から、玉暖簾《たまのれん》を割って父が現れる。

「おかえり美玖。今日はカレーだよ」

「こっちは焼肉と姫竹のグリル」

美玖は笑顔でフードパックを収めたレジ袋を掲げた。余り物が出ればもらえるのだ。

ダイレクトメールや調味料などが所狭しと並べられたテーブルの隙間《すきま》にレジ袋を置いて、シンクで手を洗う。それから、廊下を挟んだ居間の奥の父の寝室に入った。

箪笥《たんす》の上の仏壇《ぶつだん》に手を合わせてから居間に戻ると、カレーと、温め直した焼肉と姫竹が並んでいた。父が窓を背に座り、美玖はそのはす向かいに座る。

「七歳児参りはどうだった？」

「それがね」

美玖は身を乗り出して今日のことを話した。道のりを聞いた父は渋面をこしらえる。

「もっと緩い道を行けばいいのに。ケガでもしたらどうするんだ。それに、何も美玖がつき添うことないんじゃないか」

「でも、保護者の要請もあったし、手が空いている大人はあたしだけだし、弁当とかの荷物があるから、佐々木のおじいさんと文化協会の人だけじゃ無理なんだよ。まあコミコミで、町から請け負ってるからね」

ちなみに、駐車場とトイレの管理も請け負っているのだ。少ないながらも、葵レストランにとっては貴重な固定収入なのである。

登山に関して、父にいろいろいいたいことはあったが、言葉をのみ、姫竹を口に入れた。

「父さん、姫竹、食べてみて。店長とあたしとで採ってきたんだ」

「あの山の？」

「――うん」

美玖は笑みを貼《は》りつけたまま慎重に頷く。父の箸は伸びてこない。

「香ばしく焼けてるな。だが今日はカレーと肉でお腹いっぱいだろう。あとでいただくよ」

姫竹に手をつけないことを取り繕《つくろ》うように誉め言葉を口にすると、あとはカレーを食べ進めていく。父は十年前から、葵岳の栄養を吸収して育ったものを食べなくなった。

その口元のしわを眺めながら、美玖はスプーンを口に持っていく。

「乗り越えた子どもたち、みんないい顔してたよ。基樹君っていう子が、父子家庭らしいんだけどこれがすごく健気でねえ」

基樹の話をすると、父は眉をハの字にした。

「父親がもっとしっかりしなきゃならんな」

「お父さんはお父さんで大変なんだよ。つらい気持ちを抱えてやってかなきゃいけないんだもん。その上この先の不安だってあるんだろうし」

もぐもぐと嚙んで飲み込み、水を飲んでからまたカレーを口にする。

「いろいろ考えちゃうとさ、子どもよりもある意味きついと思うよ、誰にも頼れないとか思ってたらなおさら」

父は娘を見つめて、そうだな、とため息交じりに呟いた。

ふたりとも無言でスプーンを動かす。黙々と食べているうちに気がつくと、美玖はおかわりをしていた。

父が焼肉を口に運ぶ。

「おお、この肉はいい肉だね」

顔を上げると、父はささやかな笑みを浮かべていた。美玖はここぞとばかりに身を乗り出す。

「町の特産の肉なんだよ。佐々木のおじいさんの差し入れ」

「それにタレもいい」

「それは登磨店長のお手製。評判が良くて産直にも卸《おろ》してるんだっ」

美玖は登磨のこととなると、目が生き生きとしてくる。最近はメッセージアプリでのやりとりがほとんどになった理恵にも、「あんたはあの店長のこととなると途端に長文になって読みにくい」と苦言を呈《てい》されていた。

父は、上司とうまくやってるならそれでよし、とカレーがかかっていない白いご飯の上に焼肉をのせて、ご飯をごっそりと巻いた。

今日は美玖が食事の後片づけ担当だ。食器を洗う美玖の手が、シンクの横に重ねられた皿に伸ばされ、途中で止まった。

そっくりそのまま残されている姫竹を見つめる。古い冷蔵庫が低く唸《うな》り始めた。目を逸らすと、窓の向こうに黄色い車とピンクの車が見えた。まどろむような光にふんわりと包まれている。おぼろ月が、住宅の屋根の向こうに見える葵岳の上にかかっていた。

カジカの声が聞こえてくる。

うちはゆるゆるとだけど、うまくやれているし、基樹君たちもきっとうまくやっていけるに違いない。

確信のような願いのようなことが、胸を温めた。

第二話　崖っぷちのオッキ・ディ・ブエ

中学生の頃、美玖《みく》は笑っていた記憶《きおく》しかない。なぜなら、誰よりもいっぱい笑ってやるんだって決めていたから——。

サクランボの直売所が、農道脇に立ち並ぶ緑滴《したた》る七月。春先より随分上手になった鳥たちのさえずりが早朝の葵岳《あおいだけ》に滲《にじ》み、葵岳の影《かげ》が、辺りを覆《おお》う朝靄《あさもや》に映《うつ》っていた。一羽のキセキレイが駐車場に舞い降り、飛び跳《は》ねながら歌う。胸元の黄色が鮮やかになってきた。

ほうきでゴミを集めていた美玖が、そのかわいらしい姿に目を奪われていると、エンジン音が道を上ってきた。

靄を割って駐車場に入ってきた3ナンバーのセダンが美玖の前に停《と》まる。濃紺《のうこん》色した鏡面のボンネットを霧《きり》が滑《すべ》っていった。

後部座席から降り立ったのは瑛太《えいた》。

「おはようございます、青木《あおき》さん」

「おっはよ、瑛太君」

助手席の窓が下がった。

「青木さん、おはようございます」

運転席側から体を傾《かたむ》けて挨拶《あいさつ》をしたのは、スーツを着て、結ぶ前のネクタイを首にかけた、革張りの車内がよく似合う紳士《しんし》。登磨《とうま》の年の離れた兄にして、瑛太の父親だ。

「息子がいつもお世話になってます」

余裕のある笑みで落ち着いた口調も、素敵《すてき》である。

「こちらこそ」と美玖も頰《ほお》を緩《ゆる》ませる。

「もうご出勤なんですか？」

「ええ。朝一の便で飛ばなきゃならず」

瑛太は父親の車の都合で、早朝でも手伝いにやってくる。だから不登校の理由は朝が苦手ということではないようだと、美玖は推察《すいさつ》している。じゃあ、いじめだろうかとも検討してみるが、店での堂々とした振る舞いと、中学生らしからぬ冷静さをみると、その可能性もまた排除《はいじょ》していいだろう。成績も申し分なく、授業についていけないという理由も合わない。

「瑛太、青木さんに迷惑かけるんじゃないぞ」

父親に念を押された瑛太は、鼻にしわを寄せてドアを叩《たた》きつけるように閉めた。

父親は苦笑いして美玖に一礼し、車を発進させる。

見送って踵《きびす》を返した時、店から鼻歌を歌いながら登磨が出てきた。玄関前の水道でじょうろに水を注ぎ、大あくびをかます。その数秒間だけ鼻歌は途切れるが、すぐに再開する。植木鉢《ばち》に水をやりつつTシャツの裾《すそ》から手を入れて腹をかく。

美玖が笑みをこぼすと、タイミングよく登磨が振り返った。鼻歌を続けながらキョトンとしている。サイドの髪《かみ》が寝癖《ねぐせ》で跳ねているのが、美玖の乙女《おとめ》心《ごころ》をくすぐった。

「だらしねえなあ」

瑛太が呆《あき》れる。

「かわいい」

美玖がうっとりと呟《つぶや》き、瑛太を引かせた。

美玖は「店長」と呼びかけながら近づく。

「あたしすごい幸せ者ですよ」

「だろうね」

二発目のあくびをしながらの登磨。

「君の顔を見たら、顔認証システムもNシステムも『この人間は幸せ者だ』って判断するよ」

三人揃《そろ》って店に入ろうとしたところ、駐車場にまた新たな車が入ってきた。今度は白の軽トラだ。プップー、とご機嫌なクラクション。ボディに『あけちふぁ～む』とペイントされている。

登磨がアプローチを戻る。軽トラがアプローチ前に横づけされ、運転席から深緑色の農協の帽子《ぼうし》を逆向きにかぶったおじさんが降りてきた。帽子からはみ出ている髪には白いものが交じっている。登磨の父親で瑛太の祖父だ。

「おはよう、諸君」

「おはようございます」

美玖も駆《か》け寄る。

「やあ、美玖ちゃんはいつも笑顔でいいねえ。おじさんもうちょっと若くて、かかあ持ちじゃなかったらアタックしてたところだよ」

「タイミングが合いませんでしたね。でも、そのうち家族になっちゃうかもしれませんよ」

「ははは。そうなるといいねえ。なあ登磨」

おじさんはトラックの後ろへ回っていた登磨へ話を振る。

「ああそうねえ……」

生返事の登磨は、野菜を検分するのに集中していた。

「すまないね、あいつ料理馬鹿《ばか》だから」

おじさんが顔の前に片手を立てて詫《わ》びれば、美玖は、店長はあれがいいんですよ、と目を細めて登磨を愛《め》でる。

ポコラポコラと長靴の音をさせておじさんも軽トラの後ろへ向かった。荷台に上がってコンテナを下ろしやすいように端《はし》に寄せていく。美玖も下ろすのを手伝った。トマト、ピーマン、茄子《なす》、トウモロコシ……パリッと張った皮に光を反射させる色鮮やかな夏野菜。生きているものたちは個性的な香りがする。

「おう、瑛太。さっき、涼真《りょうま》とすれ違ったぞ」

おじさんが、店先に佇《たたず》んでいる中学生の孫に声をかけた。

「お前さっぱり学校行ってねえそうじゃねえか」

「学校行かなくても勉強はできる」

瑛太は口を尖《とが》らせると、店に入り、ドアをバタンと閉めた。

「あいつは変わってんなあ。学校に行けば友だちと遊べるじゃねえか、なあ?」

おじさんが、閉ざされた戸に向かって呟く。その声には、理解できないながらも、孫を案じる気持ちが交じっていた。

登磨が野菜の代金を差し出し、父親は領収書を渡す。親子といえどもそこは商売。

軽トラを見送ったあと、登磨は寝癖の上にバンダナを巻いて、白いコックコートに袖《そで》を通した。背が高く引き締まった体が映える。コックコートは男を上げる作りになっているんじゃないかと美玖は思う。

登磨は岩魚《いわな》を冷蔵庫《れいぞうこ》から取り出した。

「今日のお弁当の予約は、生徒さんなんですよね」

弁当の予約は六つ。そのほかに店頭販売用を作る。

「うん。この三尾の尺物《しゃくもの》は、弁当用にしよう。六人分に相当するからちょうどいいな」

尺物とは、大きさが三十センチ以上の岩魚のことで、めったに釣《つ》れない貴重サイズ。これを香草《こうそう》焼《や》きにして弁当のメインにするらしい。

ちなみに岩魚は、今月のおすすめメニューのひとつでもある。

今日のおすすめメニューは——

白金豚のジェノベーゼ（柔《やわ》らかく上品な味のお肉を、店長のように爽《さわ》やかなバジルソースでどうぞ！）
茄子とトマトのバルサミコマリネ
アボカドの冷製スープ
オッキ・ディ・ブエ（店長のように輝く夏みかんのジャムを挟《はさ》んだ大きなクッキー）

　先日、オッキ・ディ・ブエってなんていう意味なんですか、と幼稚園児《ようちえんじ》連れの若いお母さんたちに尋ねられた美玖は、前のめりに、イタリア語で「牛の目玉」という意味ですと答え、鼻の穴を広げた。へえ、と物珍《ものめずら》し気な反応をされたので、さらに得意になって鼻の穴を一段と広げつつ、八センチくらいある大きな丸いクッキーなんですよ、とつけ加えた。お母さんたちは、目玉なのか鼻の穴なのか混乱し、暇《ひま》を持て余した幼稚園児はイスの上に立って、美玖の鼻の穴にサラダのひよこ豆を押し込んだ。お母さんが泡《あわ》を食《く》い、子どもははしゃぎ、美玖は登磨に笑われつつ「おしおきだっ」と鼻息で片一方ずつ豆を吹っ飛ばして子どもたちの額を打ち、さらに子どもたちを沸《わ》かすという実に有意義なひと時を過ごした。

　銀色の岩魚を洗う登磨。美玖は茄子の皮をピーラーで剝《む》いたりトマトを切ったりして下準備を進めるかたわら、登磨の動きを見て次の作業に必要なものを出し、不要になったものを片づけるのに精を出す。

登磨が料理する手つきは色っぽいと思う。魚の柔らかで冷たい腹によく砥《と》がれた刃を滑らせたり、玉ねぎに爪を立てて高速でスライスしたり、白身と黄身《きみ》を卵の殻《から》で分けたり、もったりとしたソースをヘラで混ぜ合わせたり……。

無駄な力が入っておらず、しなやかなその動きは流麗《りゅうれい》ですらある。美玖も料理をするが、硬《かた》いしぎこちない。材料や道具などと息が合っていないのを実感させられる。

オーブンがオッキ・ディ・ブエの焼き上がりを知らせた。美玖は登磨の後ろを通って、オーブンの横にかかっているミトンをはめて天パンを取り出す。今回は生地の入れ忘れはなく、ちゃんとクッキーがそこに並びバターと小麦の甘い香りを漂わせている。

瑛太がカウンターを布巾《ふきん》で磨きながら覗《のぞ》いた。

「いい焼き色っすね」

「うん、これは満点だよねっ」

瑛太は調味料のトレーを持ち上げて拭《ふ》き、その調味料の底も拭く。カウンターの隅《すみ》などは人差し指に布巾をかぶせてきっちり埃《ほこり》を取るのだから、大変にまめで気が利いている。美玖はいつもこの子を手本として多くを学ばせてもらってきた。

十時過ぎ頃、表で自転車のブレーキ音やスタンドを立てる音が響《ひび》いたのに続いて、どやどやと五人の子どもたちが入ってきた。

「こんにちはー」

男子ふたり、女子三人は中学校指定の小豆色《あずき》ジャージを着ている。

みんなの中心に立つ早苗《さなえ》は、いつ見ても、青竹のように健《すこ》やかで爽やかである。美玖が着ると立派なサツマイモになる小豆色ジャージが、彼女が着るとフェンディの新作のように見える不思議。

「いらっしゃい。どうしたの、今日は平日だけど……」

友だちに会えたような明るい顔で、美玖はカウンターを出た。

早苗の視線が、美玖の背後へ移る。美玖がその視線を辿《たど》って振り向けば、薪《まき》ストーブの埃をハンディモップで払っていた瑛太が、こっちをチラッと見て顔を背けた。

「町の歴史文化をテーマに、地元の理解を深める課外授業なんです。あたしたちのグループは、葵岳をテーマにしようってことになりました」

「葵岳って今更《いまさら》って感じもするんですけど、早苗がここがいいって推《お》すもんですから」

大きな丸メガネの女の子がつけ加え、ね？　と早苗を見る。

早苗が葵岳を選んだのは、瑛太がいるのも理由のひとつだろうと美玖は推測した。

「はい、弁当」

登磨が、弁当が入ったレジ袋を差し出す。

「岩魚はでかいから、別に入れた。みんなでシェアして食べてくれ」

「え～、オレ骨苦手なんすよ。切り身じゃないの～？」

流行《はや》りの髪型をしていて、ひょろりとした男子が愚痴《ぐち》ると、登磨が長身を屈《かが》めてその子の手を見る。

「お、こりゃあ立派な手だ。この手なら骨ぐらい簡単に引っこ抜けるじゃない。負けるな少年！　君ならできる！」

肩を力強く叩かれた男子は、極めて迷惑そうな顔をした。

「今日の弁当の注文は六つだけど、あとひとりはどうした」

美玖の背後で、ゴツッと靴音がした。全員がそちらへ意識を向ける。少し背中を丸めた瑛太が、裏口に通じる廊下へ踏《ふ》み込むところだった。

「明智《あけち》君の分も頼んだんだよ」

早苗が瑛太に向かって声を伸《の》ばす。瑛太は肩越しにチラッと早苗を見て、苦々しげな顔をした。登磨は眉《まゆ》を上げる。

「登校拒否《きょひ》の分もか。だったらこいつの分は、お駄賃《だちん》からさっぴーておこうな」

瑛太はあくまで「手伝い」なので、名目は「お駄賃」だ。

「登磨、知ってたな！」

瑛太が食ってかかる。

「もうお弁当もできてるんだから、明智君も一緒に行くんだよ」

眉をきりりとさせた早苗から顔を背けて、瑛太は裏口へ足を向けた。

待ちなさい、と登磨が芝居《しばい》じみた声で呼び止めて、瑛太の未発達な肩をむんずとつかむ。

瑛太は振り払おうとしたが、登磨は片手なのにびくともしない。

「こうして美人が頭を下げて迎えに来てるんだ、行ってやるのが男だろ。据《す》え膳《ぜん》食わぬは男の恥《はじ》というんだぞ」

美玖は天を仰《あお》ぎ、中学生男子はキョトンとし、メガネの子とゆるふわ巻き髪の子は目配せしながらひそひそし合う。

「何いってんだ、馬鹿登磨！　意味が違うし、オレは行かないからな」

瑛太は早苗たちに向かってではなく、登磨に向かって威勢よくまくしたてる。口元はピリピリして、目元は赤い。逆に顔は青ざめていた。おう、今何つったと身を乗り出す登磨と瑛太の間に美玖は「まあまあ」と割って入る。登磨はあっさりと手を離した。

「明智君」

早苗は機嫌をうかがうような声音で呼びながら、瑛太に歩み寄る。瑛太は視線を斜め下に落とすと、「あんた、うざい。優等生辞めれば？」と、吐き捨てた。美玖までがグサリとくる冷ややかさで。

早苗が息をのんで瑛太を見つめる。その大きく見開かれた目に、じわじわと透き通った水が集まってくる。この山の、澄《す》んだ空気中の水分が集まっていくようだ。

美玖は早苗が気の毒になり、それに、瑛太にもみんなの中に入ってほしくて出しゃばった。

「瑛太君、行ってみたら？　学校じゃないんだし、気楽についてけばいいよ。お弁当、おいしくできたからさ、山のてっぺんで味わっておいでよ」

瑛太は押し黙りながらも、ほかの四人をチラッと見る。

ひょろりとした男子は、襟足《えりあし》の髪を指に巻きつけ、もうひとりのキャップをかぶった眉の太い男子は弁当の入ったレジ袋を覗いている。メガネの女子とゆるふわヘアの色白な女子は雨降らないといいねとか、靴汚《よご》れちゃったらヤだなあなどと話し込んでいた。

「明智君……」

早苗は上目遣いに瑛太を見つめる。

「でもオレ、ペンとかノートとか持ってないし」

相手の眼力に、わずかながらも気持ちが動いたのか、断固とした姿勢を和らげた瑛太はもごもごという。早苗の顔にわずかに明るい兆《きざ》しが差した。

「そんなのあたしが貸してあげる。プリントもないんでしょ？　五月ぐらいに持ってきた封《ふう》筒《とう》に一緒に入れてあったんだけど」

「ああ、あれ素晴《すば》らしかったよ。バーベキューの肉の焼けっぷりといったら、あっという間に黒焦《くろこ》げにしてくれるほど火力が上がったからな、たいしたもんだ。みんなも燃《も》やしたいプリントがあったらじゃんじゃん持ってきていいぞ。うちでは炭火《すみび》が常に待ち構えてっから」

登磨が胸を反らせると、中学生は白けた半目になる。瑛太は耳まで真っ赤になって「分かった行くよ」と渋々《しぶしぶ》同意した。

「気をつけてね」

弁当を背負った生徒たちを店先で送り出した。美玖とすれば、息子を送り出す夫婦のように登磨と並んで見送りたかったが、将来の夫――妄想《もうそう》劇場――は注文の珈琲《コーヒー》を淹《い》れねばならず、それはかなわなかった。

瑛太は振り向くことなく、集団から数メートル離れてついていき、六人は木漏《こも》れ日が彩《いろど》る山道へと消えた。

吹く風は、生温かく、土と葉っぱの匂《にお》いを含んでじっとりと湿《しめ》っている。キセキレイの声までも、こもって聞こえた。

昼時には、営業の外回り中のサラリーマンや、女子会というか婦人会を催《もよお》される方々などで賑《にぎ》わっていたが、ピークが過ぎた昼下がりの今、店内にお客さんはいない。

シュワシュワとした蟬《せみ》の声が耳に心地いい。

「今日は何食べる？」

店長が冷蔵庫の中身を確かめながら背中で尋ねる。まかないという憧《あこが》れの食べものに、美玖はここに勤めるようになって初めてあずかれた。

「ええと……」

「よし分かった、オムライスだな」

登磨が袖をまくり上げる。

「あ、そうですそうです」

いつものように決められてしまうが、登磨が作るものならなんだってありがたい。

登磨は卵をひとつひとつ丁寧《ていねい》に割る。二個いっぺんに割れるほど器用なはずだが、そうはしない。ガラスのボウルに滑り落ちた地鶏《じどり》の卵は、こんもりと盛り上がっている。

温めたフライパンにバターを滑らせた時点で、このオムライスは絶品である、と美玖には分かる。

バターが泡立ったところで玉ねぎと、脂《あぶら》を丁寧に取り除いた鶏肉を炒《いた》める。次いでケチャップを加える。ケチャップは『あけちふぁ～む』のトマトで登磨が作った。農協が引き取れないものは登磨が加工して、ケチャップだけでなく、ジャムやドライトマトにしてしまう。

火が通っていく玉ねぎの甘い香りと肉の香ばしさとケチャップの甘酸《あまず》っぱさを、バターのコクのある香りがふんわりとまとめていく。

フライパンと五徳《ごとく》がぶつかったり擦《こす》れたりする音や肉が焼ける音、卵をとく音、すべてが耳に心地いい。香りには奥深さがあり、流れる時間には大人の余裕がある。

投入されたご飯がしゃもじで切られていくうちに赤く染まっていく。着々とおいしそうになっていくフライパンの中身に、美玖の頬も同じように染まる。

ジューッという音からチリチリピリピリという音に変わり、ご飯粒が跳ね始めた。

フライパンを振る登磨の腕に筋肉の筋が浮く。

皿に取り、今度は卵を流し込む。

上下するフライパンの中で、卵はまるで自ら丸まっていくように見える。

料理はショーである——と、池波正《いけなみしょう》太郎《たろう》あたりが断言していそうである。

一切の躊躇《ちゅうちょ》も迷いも無駄もない、あらかじめプログラミングされているかのような動きをする登磨は、普段以上に美玖の目を奪う。

チキンライスにぽってりとのせられると、ラグビーボール形の卵はそこからさらに膨《ふく》らんだ。

登磨がナイフで触れれば、花が開くように観音開きになったオムレツ。内側から、湯気《ゆげ》を従えて半熟《はんじゅく》卵が溢《あふ》れ出た。美玖は目を見張って、言葉も出ない。

そこにケチャップを帯状にのせ、パセリを散らす。バターの香りとケチャップの香りは相性がいい。湯上がりのような湯気までが金色に見える。

「なんということでしょう。こんなに美しく、興奮《こうふん》する光景はそうあるものじゃありませんよ店長」

美玖は大いに喝采《かっさい》を送る。

店長の手料理を毎日食べられるなんて、あたしは世界一の果報者だ。きっと前世で国ぐらいは救ったな。

「ははっ。そうでしょ。って毎回いってんな」

登磨は笑って、自分の分のオムライスに取りかかる。

突如《とつじょ》、乱暴《らんぼう》にドアが開いて、早苗たちがなだれ込んできた。みんな血相を変えている。

「店長さん、美玖さん！」

「早かったね。おかえり。みんなケガもなく帰って来てくれて……」

中学生は五人しかいない。美玖は笑顔のまま首を傾《かし》げる。

「瑛太君は？」

早苗以外が目配せし合う。息を切らした早苗が半歩前に出た。

「……明智君が、いなくなりました」

登磨がカウンターから出てきた。

「鎖《くさり》場《ば》まで登った所で用を足すといって、列から外れたっきり戻って来ないんです」

美玖はキョトンとする。

遠くで雷鳴《らいめい》がとどろいた。

メガネの子が、「みんなは探しに行こうとしたんだけど、早苗が二次遭難《そうなん》になるから大人に助けを求めようって」と説明する。それは英断だと、美玖は早苗の判断を支持する。おそらく一番に探しに行きたかったであろう早苗は、自分の気持ちより瑛太とみんなの安全を最優先したのだ。

「待て待て。この山で遭難ってことはないだろ。小さい子ならまだしも、中学生が」

登磨の見立てに、中学生らは少しほっとする。しかし早苗の顔は険しいまま、お腹《なか》の辺りのジャージをギュッと握《にぎ》り締めていた。頬にかかる髪の毛の先が震《ふる》えている。

「でも現に出てこないんです」

「じゃあとりあえず、オレが行ってみる」

登磨がコックコートのボタンを外しながら壁時計を見る。「あと二時間してオレが瑛太を連れて帰ってこなかったら、警察と親に連絡して。それ以上になると日が暮れてしまうから」

遭難じゃないとしても……。

美玖の胸に黒い影が差す。

「あたしも、探します」

美玖はエプロンを外した。

「美玖ちゃんは店番」

「いえ、行かせてください」

美玖の目を見た登磨は、一瞬言葉に詰まった。

その隙をつくようにして、美玖は登山口へ駆け出していた。

鎖場付近でいなくなったと聞いた。だが、その周辺にまだいるとは限らない。どんどん奥へ入っていく可能性もある。

美玖の脳裏に、行くのを渋っていた瑛太の姿が蘇《よみがえ》った。——万一、本人の意志で消えたのだったら厄介だ。

頭上を覆う高い木々。ざわざわと梢《こずえ》を揺らす重たい風。奥深い所から発せられる雉《きじ》の尖った声。降りやまない蟬しぐれ。人の腕を思わせる太くうねる根っこ。

馴染《なじ》んでいる山とはいえ、ひとりぼっちで歩くと心細くなってくる。

傾斜《けいしゃ》がきつくなり、地面が近くなる。最近ようやく親しみを感じられるようになってきた土の匂いが、再び禍々《まがまが》しいものに戻りつつあった。

「瑛太君、どこー？　青木姉さんが来ましたよー」

単に迷っただけなのだったら大声で自分の存在を知らせたいが、そうでない場合、探されていると知ったら、ますます奥へ入り込んでしまうだろうか。

だが、いずれにしろ大きな声を出さないと、熊《くま》だのカモシカだのに遭遇する危険もある。熊はもちろんだが、カモシカだって馬鹿にできない。突進してきた彼らに頭突きをされたら一発アウトだ。

ふいに、蟬の声が止《や》んだ。一瞬、耳が詰まったかのような静寂《せいじゃく》が降りる。

ぽつり、と葉を打つしずく。それを皮切りに一斉《いっせい》にパラパラと音がし始める。カエルが四方八方で鳴きだした。やがて雨は葉を伝って粒を育て、美玖にも降り注ぐ。

ずぶ濡《ぬ》れになりながら、鎖場まで辿り着いた。左右、どちらの藪《やぶ》へ入ったものか迷って、下草を注意深く観察する。右側にわずかだが、踏み潰《つぶ》されている箇所を見つけた。よしこっちだ。

藪に踏み込むと、虫の大群がワッと立った。呼吸を浅くして吸い込まないように注意しながらイバラやツタを払い進む。ここまで来て自分が半袖であることに気がついた。しかも足首丸出しのアンクルパンツ。いつの間にか笹《ささ》で切ったらしく傷が無数についている。

「瑛太くーん！」

瑛太を呼びながら這《は》うように登る。いい加減、声も嗄《か》れてきた。

はったと立ち止まる。下ばかり見ていたので、自分が今どこにいるのか分からなくなっていた。顔を拭う。洟《はな》を啜《すす》る。冷たい雨が体に浸《し》み込んで体温を奪っていく。

こんな状況下で、瑛太君は大丈夫だろうか。

足元に視線を落とした美玖はまばたきをした。さっきまで見えていたはずの、いや、見えていると思っていたはずの痕跡《こんせき》を見つけられなくなっている。

背後は数メートルの所までは足跡がついているが、それから向こうはもう消えてしまっていた。雨に打たれると、草は生気を取り戻しシャキッとするのだ。

ツツピーツツピー。

鳥の声がするほうに顔を向ければ、梢の間から黄色がちらちら見えた。目を凝《こ》らす。

「きみちゃん……っ」

キセキレイが低い位置の枝に留まっていた。喉元《のどもと》を膨らませたりすぼめたりして高く鳴き、尾を上下に振る。その尾からしずくが跳ね散っていた。

美玖はキセキレイのほうへ足を踏み出す。鳥は奥の枝に飛び移って鳴く。誘われるように歩を進める。

また雷鳴がとどろき、木々が震えた。

圧迫感さえ覚えるほどの太い雨は、葉をしならせ視界を遮《さえぎ》る。虫は葉の裏に隠れた。

キセキレイを追いながら、疑念が湧《わ》き出してくる。

こっちじゃないのかもしれない。キセキレイは単に追ってくる人間から逃げているだけなのかもしれない。なのに闇雲について行って、どんどん山の奥へ迷い込んでいってしまってるんじゃないだろうか。熊とかカモシカとかなんかそういうのが出たら、どうしよう。

息が切れ、ついに足が止まる。

分かっている。嫌な感覚がつきまとうのは、瑛太の行方が分からないせいだけではない。

ツツピーツツピー。

丸みを帯びた甲高《かんだか》い声に顔を向けた。

何弱気になってんの――。きみちゃんに活を入れられているような気がしてきた。

今あたしがやるべきことは、瑛太君を探し出すことで、立ちすくむことじゃない。

頬を両手で叩き、気合を入れる。

「よしっ」

万が一、熊だのカモシカだのに出くわしたら、一本背負いしてやれ。

キセキレイは美玖に尻《しり》を向けて、行く手を見ている。美玖もキセキレイが注意を奪われているほうへ目を凝らした。茂みが揺れる音がしている。一瞬体が強張《こわば》った美玖だったが、思い切って一歩、二歩、三歩、と踏み出すと、目の前をふさぐ藪に突きを食らわせた。手ごたえがあった。漏《も》れなく「ぐっ」という、人の呻《うめ》き声《ごえ》も。

ギョッとして手を引き抜き、藪をかき分けると、鼻血を出した瑛太がいた。

「ひえっ！　ごめんね」

こんな近くにいたのに、気がつかなかった。瑛太は鼻を押さえると身を翻《ひるがえ》す。藪に潜《もぐ》りこまんばかりに奥へ突き進んでいく。

「瑛太君、待って！」

追いかけた美玖の顔面をしなったツルが直撃する。が、いちいち怯《ひる》んでいられない。こんにゃろーとなぎ払い、追いかける。水の中を進んでいるかのように全身ぐっしょり濡れて葉がまとわりつく。蜘蛛《くも》の巣に頭を突っ込もうが、泥《どろ》に足を取られて転ぼうが、前進あるのみ。

右手に洞窟《どうくつ》があることに気づいた。

――ここは。

自分がいる位置がだいたい分かった。血の気が引く。

「瑛太君、そっちは……」

つんのめりながら追う。ふいに視界を覆う緑が途切れた。ゴウッと風が吹きつける。

瑛太の背中のその向こうに、ガランとしたねずみ色の空が見えた。

――崖《がけ》。

急に止まれず、瑛太は落下防止柵《さく》の横板に勢いよく突っ込む。横板が外れて吹っ飛んだ。瑛太が宙《ちゅう》へ身を躍らせる。

「わああ！」

柵の向こうに瑛太が落ちる。美玖はスライディングし、瑛太の手をつかんだ。左手で柵の支柱につかまる。体重が一気に右腕にかかった。肩が抜けそうになる。背中が突っ張った。

外れた横板が回転しながら落ちていく。それを追うように、光の軌跡《きせき》を描《えが》いてメガネも。

十数メートルはあろう崖下から少しかび臭い風が吹き上げてくる。草の一本もない白っちゃけた大地に、荒々《あらあら》しい岩石がゴロゴロしている。残されたベルトコンベアや錆《さ》びた鉄筋が、墓標《ぼひょう》を思わせる放置された採石場だ。

瑛太は右手で美玖の手を、左手で崖から突き出た細い根をつかんでいる。足が心許《こころもと》なく揺れたまま、引きつった顔で美玖を見上げていた。

「た、助けて……」

瑛太が声を絞《しぼ》り出した。心細そうな彼が美玖にすがっている。

「あ、あたしの腕を伝って、上がってきて」

歯を食いしばって指示する。支えるだけでも精いっぱい。引き上げるなんてことは無理だ。

「できない、怖い」

瑛太が拒否する。美玖は首を横に振りかけたが、少しの動きでさえ生死を分かつ刺激《しげき》となりそうで動けない。

黒ずんだ木製の支柱が軋《きし》む。腐《くさ》っているのだ。

ずりっと崖下へ向かって滑る。胃がゾッとする。下を見た瑛太が息をのむ。美玖の手が白く濁《にご》っていく。しびれてきた。奥歯がギリリ、と鳴る。雨で瑛太の手がずり下がった。

「早くっ。もたないっ」

「無理だよっ……」

美玖は、脳裏に浮かんでいることをいおうとして口を開いたが、躊躇《ためら》う。支柱が不気味な音を立ててさらに傾いた。遥《はる》か下の地面が見える。死が近づく。躊躇いが払われた。

瑛太君、知ってる？　と食いしばった歯の間から声を絞り出す。

「ここから、昔、人が落ちて、死んだんだっ」

瑛太の目が見開かれる。その足元から体に沿《そ》って浮上してきたキセキレイが、美玖の眼前で軽くホバリングする。

「な、なかなか遺体《いたい》を……くっ、取りに行けなくて、何日かして……うっ、やっと行けたら、あちこち、食われてたんだよ」

一層青ざめる瑛太。

「そうやって……死にたくないならっ」

もし、店長の大事な甥《おい》っ子《こ》まで奪おうものなら、あたしはもうこの山を許しはしないっ。

美玖は、圧迫された胸を押し広げるように強く息を吸い込んだ。

キセキレイが雨を散らして空へと舞い上がった。

「這い上がれ！」

「うわああああ！」

瑛太は雄叫《おたけ》びを上げて体を持ち上げる。同時に美玖は渾身《こんしん》の力で腕を引いた。瑛太が握っていた木の根が引っこ抜ける。

美玖はつかまっていた支柱を強く押し、反対に、瑛太を思い切り引きよせた。支柱が耐《た》え切れずについに根元から折れ、何もない宙に放り出される。

落ちていく支柱と入れ違いに瑛太が胸の中に飛び込んできた。美玖は瑛太をしっかりと抱き止め、横向きに滑り倒れる。雨に濡れた草が、激しいノイズを立ててまとわりついた。

地面に乗り上げた瑛太は、力尽きたように動かなくなった。

美玖は腕を解《ほど》き、仰向《あおむ》けになった。自分の胸が大きく上下しているのが確認できる。酸素を取り込もうと懸命だ。悔《く》やんで罪悪感でいっぱいになって、生きていたくなくなったとしても、それでもこの体はいつだってひたむきに生きようとする。

ねずみ色の空からザンザン雨が落ちて来る。ひと粒ひと粒が明確な意思を持っているように顔を打つ。

ああ、雨だ。今あたしは、雨の感触を味わえてる。

美玖は笑い出した。

ほっとした。瑛太が生きていることに。自分が生きていることに。そして、この山を再び憎まずにすんだことに――。

瑛太が突っ伏したまま震え、嗚咽《おえつ》する。美玖は重たくしびれた腕を持ち上げて、自分の目を拭《ぬぐ》おうとしたが、その前に瑛太の頭をポンポンと叩いた。

「生きてるね？」

軽く尋ねる。軽くないとやっていられない。瑛太はぐずぐずと鼻を鳴らす。彼の頭は温かい。

よかったー、と美玖は長い息を吐いて、雨を浴びた。

しばらくして身を起こした瑛太は、気まずそうだった。

美玖は雨宿りをしようと、洞窟のあるほうへ歩き出す。

　メガネを失《な》くした瑛太は、恐《おそ》る恐《おそ》る足を踏み出した。美玖は引き返して瑛太の手を取る。瑛太は一瞬手を強張らせたが、振り払いはしなかった。

　洞窟に入り、外に向かってふたりで並んで膝《ひざ》を抱える。

　美玖は瑛太のこびりついた鼻血を見てすまない気持ちになった。

「ごめんね。殴りつけちゃって」

「いえ」

　手の甲《こう》で強く拭った瑛太は、美玖に頭を下げた。

「助けてくれて、ありがとうございます」

「気にしないで。それより、どうしてさっき、逃げちゃった？　もしかしてあたしのこと熊と間違えた？」

　瑛太は身を屈めるようにして耳の後ろをかきながら、理由を探しているようだった。

　その手を放り出すように下ろした。

「捕まったら、またあの空気の中に引き戻されるって焦ってたし、自分がしたことで迷惑かけたって思ったら、恥ずかしくなって……取り乱してしまいました」

　美玖は足首をかきながら、ちょっと不思議そうな顔で瑛太の話を聞いている。足首はかなり蚊《か》に食われていて、皮膚《ひふ》の下に小豆が埋まっているみたいだ。そう口にすると、瑛太は眉をハの字にした。

「傷だらけっすね。すみません、オレのせいで。痕《あと》が残るかもしれませんね」

「痕ぐらい残ったほうがいいよ。なんていうか、ああこういう思い出もあったなあって、あとから懐《なつ》かしめるじゃん」

瑛太はけったいなものでも見るような目で美玖を眺めた。

「第一、瑛太君のせいじゃないから。あたしが虫にまでモテモテってだけだからね」

「刺《さ》すのはメスの蚊だけなんですよ」

「え、そうなの？　学校で習ったの？」

「まさか」

瑛太は小さく笑う。

「そういうことは学校じゃ教えません。教えるのは、葉緑素《ようりょくそ》とか、単細胞生物とかです」

「あははは、懐かしい。あたしも単細胞生物っていわれたことあるよ」

あれって、丸くてかわいいよねと、美玖は後ろ手をついて笑った。明るい笑い声が洞窟いっぱいに響く。

瑛太はメガネを上げようとして、何もない空を押し上げてしまい、手を一瞥《いちべつ》して、ため息をつく。

美玖は笑いの尾を目元に残したまま、崖のほうを見やった。雨が弱まってきた。

「瑛太君、酷《こく》なことを聞くけど、落ちてく時って、何を想《おも》った……？」

毛先を頬に張りつかせ、ふつりと笑みを消した美玖は、静かに尋ねた。

「何も考えられませんでした。心臓《しんぞう》に鉄球をぶつけられたみたいな衝撃《しょうげき》を覚えて、指先まで血が巡って、血管が裂《さ》けそうなくらいどっと血が流れたのを感じました。体が、死にたくないって叫んでました。オレ、死にたくないって思いました」

死にたくない。美玖はその言葉をなぞり、目を伏せ唇《くちびる》に力を込めた。

「本当にすみませんでした」

瑛太が頭を下げる。髪の毛からしずくがこぼれ落ちた。

美玖は我《われ》に返って背筋《せすじ》を伸ばした。何の話してたんだっけ、と呟く。

「あ、そうそう蚊だ。じゃあ、蚊については瑛太君、自分で学んだんだね」

「ま、まあそうです」

瑛太は洟を啜った。

「えらいねえ」

「えらいことないです。それより、テストの点のためとはいえ、将来使わないものを覚える労力と時間がもったいないです」

「万一使うことになるかもしれないよ」

「興《きょう》味《み》のないことを万一使うことになるほど、人生っていうのは、余裕があるものなんですか？」

美玖は笑って肩をすくめた。

「あたしにはそんな難しいこと、分からないよ。瑛太君は、将来何やりたいの」

「集団で行動しなくてもいい仕事をしたいです」

「なるほど。選択肢が多いのか少ないのか分からないね」

「青……み、美玖さんは、中二の頃、何になりたかったんですか」

「そうだなあ……」

宙に視線を彷徨《さまよ》わせると、キセキレイが横切っていった。

「働いたり、休んだりしたいと思ってた。結婚して子どもができて、家族でご飯食べたり、カラオケ行ったり、子どもが成人して、元気に生活してるのを見届けて、それで……」

美玖は言葉を切った。一拍の間のあと、顔を上げ、そういう一生を送る人になってたらいいなあって思ってた、と口元を綻《ほころ》ばせた。

瑛太は逆に、口を少し尖らせる。

「ふうん。平凡《へいぼん》っすね。オレがいえたことじゃないけど」

「平凡かあ。いいね、へーぼん」

美玖は木々の向こうの崖を、透かし見るように目を細めた。

「——平凡って案外、難しくて尊《とうと》いものかもしれないよ」

瑛太も洞窟の外へ目を向けた。膝の上に腕を引っかけるようにして、手を握ったり開いたりしていたが、少しして呟いた。

「……オレ、みんなについていくうちに、なんか息苦しくなったんです」

早苗が話しかけてくる。気を遣っていることぐらい分かる。それがプレッシャーとなる。話を振られると、どう答えるのが正解か空気を読み、考えて考えて、なのに聞かれた内容とはかけ離れたことを答えてしまって、集団の空気にぽかりと空白ができる。

その空白は、埋めようがないほど深い。冷汗が出てきて、自分の居場所がないような気がして、自己嫌悪に陥り、たまらなくなり、結果、逃げ出した。

「他人といると、オレ、どんどん自分が嫌いになっていく」

合わせた手のひらをねじって土を落とそうとしながら、瑛太は続けた。

「二年生になってすぐだった。命の授業をやったんです。豚を殺して食べるのを、みんな、ひどいとか、かわいそうとかってことだけに注目して騒いだんだ。オレ、なんか腹が立ってきて『自分で殺せないなら食べなきゃいい』って発言したんです。そうしたら、空気が一変して。ひとりの男子が、『お前だって食うだろ。お前やってみろよ』って犯罪者を弾劾《だんがい》するみたいにいうもんだから、できないよって返した」

瑛太はそこで唇を引き結んだ。美玖は励《はげ》ますように見守っている。瑛太は再び口を開いた。

「それで、オレはいったんだ。『ひどいだのかわいそうだのいうけど、人にやらせて自分らは手を汚さずに食うじゃないか。旨《うま》いとか不味《まず》いとかいって。オレだってそうだよ。でも、豚を潰すのがひどいって感想をいい合うだけで終わっていいのかよ』って」

終わらなかったらどこが終着地だっつーんだよ、と男子生徒は突っかかってきた。

「よく分かんないけど——」

その男子は瑛太の「よく分かんないけど」という言葉をからかいながら真似《まね》て、周りを見回した。周りから、うかがいつつの密《ひそ》やかな笑いが起こる。瑛太はみんなを睥睨《へいげい》すると、腹に力を込めた。

「誰だって何かの命をもらわなきゃ生きられない。それを忘れてる。生きるために殺す時代から、社会のシステムの中の一部として殺す時代になって、そうすることで命を潰すっていう壮絶《そうぜつ》な場面から、オレたちは離れてしまった。目の前に出された肉が旨いか不味いかにだけ焦点が絞られて、元がオレたちと同じ生きてた動物だったってことを忘れてる。そこを考えなきゃいけないんじゃないの」

たぶんその時に先生が何か教訓みたいなこととか、考え方とか、まとめとか、いったと思うけど、それはもう覚えていない。

「とにかく、白けた雰囲気《ふんいき》になった。みんな、互いに目配せし合っていた。一瞬だったけど、そのまばたきする間に、オレの運命は決まった」

——ああ、明智瑛太って、そういう感じの人なわけ？

それ以降だ。

挨拶すれば返ってくるし、給食の配膳《はいぜん》もみんなと区別なくよそってもらえるし、何か具体的で露骨《ろこつ》な排除があったわけじゃない。ただ、教室の気持ち悪い空気がオレを見張ってる。閉塞《へいそく》感でいっぱいになった。

学校っていう場所は、息を潜めていなきゃならない。他人と違うことや、自分が思ったことを自由に発言すると叩かれる。たとえ命という重いテーマであってさえ、自分の考えをねじ曲げて、教室で最も権力を振るっている「空気」に合わせる。みんな、友だちと笑い合いながら笑顔の皮一枚下でヒリヒリした腹の探り合いをしてる。

「窒息《ちっそく》ものだよ。美玖さんだって分かるでしょ、そういう雰囲気」

美玖は今朝、葵レストランにやってきた中学生五人を思い出した。確かに、彼らの中で本気で心配していたのは、早苗だけだった。瑛太がため息をつく。

「窒息するぐらいなら、初めから集団に属さなきゃいい。オレはそう思ったんです」

「そっか、瑛太君は学校が嫌いなんじゃなくて、集団の雰囲気が嫌いなんだね。ごめん、あたし勘違いしてたわ」

瑛太は視線を落とした。

「こんなくだらないことで煩《わずら》わされたくない。そう思ってるのに、実際はすげえ気にしてるオレ自身も嫌だ。こんなの、かっこ悪いすね」

「かっこ悪くなんかないよ。ただ、もったいないなと思って」

「もったいない？」

「うん。学校って、先生がいるじゃん。聞きたいことサクッと聞いてどんどん身につければいいんだよ。別にみんなのいる教室に行けっていってるんじゃないよ？　保健室登校とかでよくない？　瑛太君はなりたいものがあるわけでしょ。ええと、集団で行動しなくてもいい仕事だっけ？　仕事したいなら、学校行っといて損はしないよ。だからもったいないなって」

それにさ、と美玖は瑛太に微笑《ほほえ》みかける。

「早苗ちゃん、一生懸命じゃないの。君が好きなんだよ」

瑛太の耳が真っ赤になる。

「女子が、オレなんか好きなわけないじゃないですか。美玖さんの勘違いです」

美玖はこの瑛太の横顔をずっと見ていたくなる。緊張《きんちょう》感を湛《たた》える澄んだ渓流《けいりゅう》のような瑞々《みずみず》しいその横顔を。

じっと見つめられた瑛太が眉の間にしわを刻《きざ》んで、なんすか、と身を引く。美玖は顔をくしゃっとさせた。

「いやあ、その透明《とうめい》な『青春』がかわいくて切なくてヒリヒリしてるなあって。あたしにも六年前には確かにそういう青春があったなあって」

瑛太は顔を背ける。徐々に赤みが引いていく。くしゃみを放った。

「自分のこと嫌いになるっていってたけど、そんな必要ないよ。だって君、すごいんだよ。レジ間違えないし、掃除《そうじ》は丁寧だし。あたし、いつも勉強させてもらってるよ」

瑛太の黒目勝ちの目が美玖を捉える。

「美玖さんは、空気読まないといけないとかいうプレッシャーはなかったですか」

「うーん、あたしは周りの人にとことん恵《めぐ》まれたからなあ」

「いや、めちゃくちゃ該当《がいとう》しそうですけど」

「ないない。課外授業の時だって、みんながバスの一番前の、眺めのいい席を勧めてくれてね、ふた席をひとりで使わせてくれたし。お弁当食べる時だって、あたしだけ一番眺めのいい場所を用意してもらえたし、修学旅行の時も、みんな同じ班になるのを畏《おそ》れ多いってあたしを譲《ゆず》り合ってたぐらい敬《うやま》われてたの。柔道《じゅうどう》部も、顧問の先生自らがスカウトしにきてくれたっけ。だから、あんまり空気読むとかしなくてもよかったかな」

瑛太は、胴上げの最中に手を引っ込められた人を見るような目を美玖に向けた。

「……それって思いっきりハブられてたんすよ」

「そーんなことないよう。あたしは人気者だったんだよ～」

気の毒に、瑛太君は完全に被害妄想に取りつかれちゃってると、美玖は美玖で瑛太を不憫《ふびん》に思った。

鳥の鳴き声が山にこだました。美玖は、洞窟の外を見やる。

「あっ、雨上がったね」

日が射《さ》していた。爽やかな風が吹いて葉っぱのしずくを散らす。そのしずくはエメラルドグリーンに輝いている。

洞窟の天井に頭をぶつけないよう中腰で出る。

「さて、帰ろうか」

膝を抱えている瑛太を手招きした。

瑛太は地面に視線を落とす。

みんなが心配してる、といいかけた美玖は、葵レストランに駆け戻ってきた中学生を思い出して、「店長も早苗ちゃんも心配してる」とすり替えた。

「どの面《つら》下げて帰れっていうんですか」

「瑛太君は、どの面もこの面も、その面しか持ってないじゃない。その面を上向けて、堂々と帰ればいいの。帰らないよりは帰ったほうがいい、絶対」

一緒に帰ろう、と美玖が呼ぶと、瑛太はやっと腰を上げた。

洞窟を出た瑛太は崖のほうへ顔を向けた。木々の間から青い空が覗いている。

「向こうに崖があったなんてオレ、知らなかった」

美玖はチラッとそっちのほうに視線を走らせただけで、あとは崖に背を向けて進み始めた。

瑛太は幹に手をかけ慎重《しんちょう》に足を踏み出す。美玖は引き返して瑛太の手を取った。瑛太はその手を控《ひか》えめに握り返す。

「あそこは封鎖《ふうさ》された道だから」

「人が落ちたから、ですか？」

美玖は頷《うなず》いた。

「もうほとんど道はなくなってましたね」

「十年経《た》つから。防護《ぼうご》柵も腐ってたしね」

事務連絡のように説明しながら美玖は瑛太の手を引いて、枝が折れたほうへ足を向ける。

「食われる動物も、もしかしたら殺される瞬間は、さっきのオレと同じ気持ちなのかな」

瑛太の呟きを美玖は背中で聞いた。

歩を進めるうちに、登山者の声が聞こえ始めた。どんどん見通しが利いてくる。茂みを払うとそこに山道が現れた。

「あ、出た！」

淡々《たんたん》としていた美玖の声に勢いが戻った。

藪からひょいっと顔を出した美玖たちを、合羽《かっぱ》を着た登山者が「出たっ」とびっくり顔で見る。たとえ、元が美男と、美女——美玖個人の見解です——だとしても、全身泥と葉っぱまみれで茂みから現れたら、妖怪《ようかい》だと思われても致《いた》し方《かた》ない。

山を下りる道中、瑛太はひと言も、今後どうするかについても言及しなかった。ほとんど口を利くことなく、黙々と下りる。

傾斜が緩やかになり、地面に落ちる木漏れ日が増えるにつれて、瑛太の歩みが遅くなってきた。美玖は瑛太に合わせて歩調を加減する。

やがて眼下に登山口が見えてくると、登磨のすっと伸びた立ち姿が真っ先に目についた。すぼめた傘《かさ》を手に、早苗とこっちに向かって並んで立っている。

登磨の姿を見たら、今更《いまさら》ながら崖の恐怖と瑛太を死なせずにすんだ安堵《あんど》が入り混じって、泣きたくなった。

登磨が左手の店に向かって何かいい、美玖たちを指さした。早苗が傘を放り出してこっちに向かって駆け上がってくる。ほかの子たちも、登山口へぞろぞろと出てきた。

美玖は瑛太の手を離そうとしたが、瑛太は握ったまま。美玖は瑛太に向き合った。

瑛太の顔を伝う汗がキラキラと光っている。その輝きは、彼のたくさんの可能性のように美玖には見えた。

「あのね。学校にいてしんどくなったら、いつでも葵レストランに帰ってくればいいよ。あたしたちはいつでもいるし、いつでも君を迎えるんだから」

瑛太は美玖を見つめた。美玖は、ねっ、と笑う。瑛太は美玖が笑ってもつられて顔を緩ませるということがない。きっとそれが青春なんだと、美玖は思う。

猛進してきた早苗が、美玖をかすめると瑛太に抱きついた。その衝撃で、美玖の手が瑛太の手から抜けた。

瑛太は倒れないように足を踏ん張る。生徒らはその光景に足を止めた。メガネの女子生徒は目を丸くして口元を手で覆い、ゆるふわヘアの子はメガネの子の腕をつかみ、キャップをかぶった眉の太い子は棒立ち、ひょろりとした男子は腕組みした手を顎《あご》に添えてにやにやと眺める。

瑛太は早苗を押しやった。早苗は目を潤《うる》ませて、「大丈夫？　ケガしてない？」と案じる。

美玖は蚊に刺された足首をかきむしりながら「大丈夫だよ」と伝えた。が、早苗は美玖の声など耳に入っていないようで、瑛太の体を点検するのに夢中になっている。

瑛太はみんなに頭を下げた。

「勝手な行動してすみませんでした」

みんなはちょっとのまれた雰囲気で、お互いの顔を見合わせる。

「そんなのいいの、気にしないで。無事に戻ってきてほんとによかった」

早苗が、目尻の涙を人差し指の関節で拭って、健気《けなげ》な笑顔を見せた。

瑛太は頭を下げたんだからもういいだろという風に、淡々と「登磨、シャワー借りるから」と店内へ入っていく。その瑛太の行動に、早苗以外の生徒たちは顔を見合わせる。白けた空気が漂った。

「美玖ちゃん。ごくろうさん」

顔を向けると、登磨がそばにいた。美玖のみじめな格好《かっこう》をしみじみと見る。

「もしかして君らは、泥川にでも落ちた？　ケガは？」

「あ、全然。してませんよ」

美玖が顔の前で手を振ると、登磨は複雑な顔で少しだけ笑った。

「あいつ上がったら、次シャワー使って」

「え、いいんですかっ」

汚れた場合に備えて、着替えは持ってきているものの、いつもは着替えるだけですむ程度の汚れだったので、シャワーを使うことはなかった。

「いいよ、もちろん」

登磨が店へ足を向ける。美玖はぼうっとしてその背中を見つめた。

てててんちょーのシャワールームを使っていいのだ！　僥倖《ぎょうこう》すぎる。ひょっとしたらあたしは、前世で国ばかりか星を三つぐらい救ったのではないか。

背の高い男子が、レポートはまたあとにするとして今日はもうやめようと提案し、自転車へ向かいかけたのを「待て待て」と登磨が引き留めた。

「弁当ここで食べてったら？ うちの阿呆《あほう》な甥が心配かけた詫びに、今度はキンキンに冷やしたチェリーソーダ、サービスするよ」

早苗を除く四人の生徒は、パッと顔を輝かせ、我先にと店内に突入する。どうやら美玖たちを待つ間に、別のジュースをサービスされていたようである。みんなのあとから早苗も店内へ入った。

チェリーソーダはこの辺りの果樹園で採れたサクランボを氷砂糖につけて、そのシロップをソーダで割ったものだ。上品な桜色で、すっきりした甘みは夏にぴったり。

美玖も外の水道で手足の泥を洗い流す。

開け放った窓のすだれ越しに、店内の声や音が途切れ途切れに聞こえてくる。美玖が足に水をかけながら覗くと、生徒たちは、テーブルの真ん中に並べた三つのフードパックに箸を伸ばし、尺物の岩魚をつついていた。ったく、この骨めっ、とぼやきながら。それぞれのかたわらには、細長いグラスに注がれて、シュワシュワと気泡《きほう》を上げるチェリーソーダが添えられている。

手足をざっと洗った美玖が店内に入ると、シャワーを終えてさっぱりした瑛太が奥のドアから現れた。わいわいしている同級生を目の当《ま》たりにして、途端《とたん》に迷惑そうな顔を登磨に向ける。

声を押し殺して何かを抗議したようだが、ピッチャーを冷蔵庫にしまう登磨は、眉を上げただけで、それに関して特に答えず、スツールを指す。

「お前も座って、食べろ」

「嫌だ」

きっぱり拒否する瑛太。美玖は思わず笑ってしまう。

「みんな、もう食べてるでしょー。お前の分の岩魚がなくなるって」

「いらん」

美玖はカウンターに近づいた。レースペーパーを敷いた籐のカゴから、オッキ・ディ・ブエを二枚取る。大きなクッキーで目を覆って瑛太を振り向いた。瑛太が困惑顔をする。

「牛の目って大きくて優しくない？　瑛太君は、内側にこういう目を持っててさ、なんだってよく見えちゃうんだよね。おまけにこんなにパッチリかっぴらいてるし。おっきいとゴミも入りやすいし、真ん中の柔らかい所は傷つきやすいから痛いことが多いかもしれない」

真ん中の夏みかんのジャムが宝石のように輝く。登磨はクッキーの生地をこねながら、目元を緩めて耳を傾けている。

「だけどね、だからこそ君は強くなるよ。目だけじゃなくて心もかっぴらけるくらいに強くなる。見えるもの、何もかもを拒《こば》まなくたって、君は大丈夫だよ」

美玖はオッキ・ディ・ブエを差し出した。

瑛太は美玖の手の中で輝く瞳《ひとみ》を見下ろす。おずおずと受け取ると、微笑む美玖を見て困ったようにではあるが、少し笑った。

テーブル席からガタン、と音がした。美玖たちがそちらへ目を向けると、早苗が岩魚のフードパックを手に近づいてくるところだった。瑛太の顔が硬くなりつつある。

彼女はフードパックを瑛太の前のカウンターに置いた。

「これ食べて」

丸一匹のままの岩魚の香草焼き。

「それじゃあ、君の分の岩魚が……」

登磨が早苗を見て首を傾げると、彼女は首を横に振って「あたしはいいです」とにこりとした。テーブルに戻り、弁当を食べ始める。女子ふたりが早苗に岩魚を差し出すが、早苗は手を振って笑顔で遠慮した。

本当は、瑛太と一緒に食べたいんだろうなと美玖は察する。でも瑛太がそういうのを好まないのも、早苗は理解している。だから彼女はテーブルに戻ったのだ。

瑛太はカウンターのスツールに腰かけると、岩魚の頭の後ろに箸を入れた。器用な箸さばきによって、絹《きぬ》のような白身が背骨からほろほろと剝《は》がされていく。

自分の弁当に半身分の岩魚フレークを移し、きれいに半身が残ったパックを手に早苗へ足を向ける。

瑛太が岩魚を差し出すと、早苗は目を見開いて瑛太を見上げた。女子ふたりは肩をすくめて目配せし合う。男子は食事に夢中で一切の関心を払っていない。早苗が目元を綻ばせて受け取った。

瑛太はぎこちない足取りでカウンターに戻ると、雑に腰を下ろし黙々と食べ始めた。

その食べっぷりを見ていた美玖のお腹が、切なげに鳴く。

「店長ぉ、あたしもお腹空《す》きました」

訴える美玖は、半月ほど飲まず食わずで放浪《ほうろう》してきた野良犬然としていたのだろう。ひもじがる野良犬に、慈愛《じあい》に満ちたまなざしを向ける登磨。

「おお、そうかそうか。しかし岩魚もオムライスもうないんだ」

まなざしは慈愛に満ちていても、その口から出た言葉は非道である。

ええ〜、という美玖の不満の声よりも腹の虫が、腹の皮を揺さぶるほどの恐ろしい声で唸《うな》り、生徒らの箸を落とさせた。

「何がいいかなあ」

冷蔵庫を覗く登磨。

「あっ、地鶏肉があるわ。お客さんからもらったやつ」

昼食はおあずけのまま数時間山をうろついて空腹も絶頂に達していた美玖は、「よっしゃあ！」と万歳。そうしたところ、カウンター越しにその両腕を登磨につかまれた。ドキリとして固まってしまう。

「美玖ちゃん、これは一般的にケガっつーんじゃないかな」

「え？」

首をねじって、つかまれたままの二の腕の裏側を覗く。肘から先しか洗っていなかったが、二の腕の裏側こそ泥と血で最も汚れていた。

「気合入った擦《す》れっぷりだなあ。痛いだろ」

瑛太が腰を浮かせ、説明しようとした。登磨が瑛太へ顔を向ける。

「瑛太お前、メガネどした」

美玖は、咄嗟《とっさ》に声を発した。

「あ～、このケガはあたしの持ち味でありますところのおっちょこちょいのすっとこどっこいをここぞとばかりに発揮《はっき》して……」

「登磨、美玖さんのケガは、オレが……」

登磨のくっきりした二重まぶたの奥の目がひたりと瑛太を捉える。瑛太が一瞬言葉を失った。登磨は軽く咳払《せきばら》いすると美玖の腕を解放した。

「ま、とりあえず、飯の前に美玖ちゃんもシャワーだ。その間に食事と薬、用意しとくから」

「はいっお願いします」

美玖はツッコまれる前に店を飛び出し愛車《あいしゃ》に走った。着替えの入った紙袋をさらって店に駆け込む。登磨の腰に紙袋をぶち当てたのにも気づかず駆け抜けて、母屋のドアに手をかけた。だが――。

「美玖さん、ごめんなさい！」

背後からの瑛太の謝罪に、美玖はつんのめってドアに頭突きを食らわす羽目になった。

「オレのせいで」

「瑛太君はなんも悪くないんですよ。あたしが横落《よこおとし》を決めたもので」

いい訳しながら美玖は額をさする。今はとにかくデコっぱちが痛い。登磨が首を傾げる。

「横落って?」

「あ、柔道技です。相手の下にスライディングするようにして、投げ落とす技です」

「ははっスライディングって。威勢がいいね。何だってそんなこと」

「オレが、崖」

「あーったしが、調子こいて昔取ったタカラヅカを披露《ひろう》してしまったから」

「美玖さん、『杵柄《きねづか》』です」

「山ん中でそんな技やって、よくそのまま滑落《かつらく》しなかったもんだ。生きて帰ってきて何より」

美玖と瑛太は目を合わせた。登磨はそれ以上追及せず、手元に顔を戻し、肉をスライスしていく。

「旨いやつ作るから、とっとと泥を落として来なさいよ」

美玖は瑛太に、口の前に人差し指を立てて釘《くぎ》を刺してから登磨に向き直る。

「はいっ。楽しみです」

おっちょこちょいのすっとこどっこいは、今度こそ勇んで浴室へ飛び込んだ。

森の緑が滲む窓のすりガラスを通して、せせらぎが絶えず聞こえてくる。鳥の声が近い。

全面若草色の浴室の濡れた床に立つと、途端に五感が冴《さ》えた。いい香りが溜《た》まっている。登磨の香りだ。そりゃもちろん、思いっきり深呼吸する。瑛太が先に入っていたとかは、まあ、この際関係ない。

鏡の前には、シャンプーとボディソープ、シェービングクリームのほか、何もない。さっぱりしている。それであの美貌《びぼう》を保っていられるのかと思うと、自分とはそもそもの種《しゅ》が違うのではないだろうかと思う。シャワーヘッドから滴る水さえ美玖の家のと違う気がする。

「てーんちょー」

声を張り上げると、ややあって、はいよー、という返事が遠く聞こえた。

「アメニティお借りしてもよろしいでしょうかー」

「よろしいですよー」

ふっくらとしたきめ細かな泡が二の腕に触れた途端、焼けるような痛みが走って、図らずもひいいいっと悲鳴を上げてしまった。香りは優しいが洗浄力は厳しい。

え〜、何ー？　呼んだー？　と遠くから声をかけてくれる登磨に、なんでもありませーん、と返す。

柔道部時代は毎日飽《あ》きずに擦り傷を作っていたものだが、あの懐かしい痛みである。「青春」の痛みである。思い出したら、ヒリヒリした痛みは、心にまで沁《し》みてきた。

昇降口のはっきりと言葉としてとらえきれない喧騒《けんそう》とか、雨に濡れた制服の匂いとか、部室の制汗スプレーの霞《かすみ》とか……。あの頃、美玖は笑っていた記憶しかない。

美玖は鏡に映る相手に確かめる。うん、笑っている。あの頃だって、間違いなく大口開けて笑っていた。

下足箱の中の画鋲《がびょう》とか、廊下に出されていた机とか。きっと、誰かのと間違えてあたしの下足箱や机にいたずらしたんだろうけど、それは本当のターゲットにされていた生徒がいたということだ。かわいそうに……。その子は、瑛太君のように空気を読むのに疲れたりしていなかっただろうか。

——今、瑛太君はあの頃のあたしと同じ世界にいるんだなあ。

痛かったけど、沁みたけど、柔道部に入ってよかった。笑っていて、よかったな。だから今こうして店長と出会い、部活で培った体力が瑛太君の役に立ったんだから。

鏡が曇《くも》って美玖自身の姿がぼやける。美玖はシャワーをかけて曇りを払った。ちゃんとそこに笑顔の美玖がいることを、目に刻みつける。あの日誓《ちか》った通りの笑顔を——。

浴室から出ると、廊下にはオレガノやローズマリーの爽やかでほろ苦い香りと、香ばしい肉の香りが漂っていた。

カウンターとを隔てるドアの前に薬箱が置いてある。

「店長、お風呂ありがとうございます！」

「はいよー」

ドア越しに礼をいうと、油が跳ねる音とともに返事があった。二の腕に傷薬を塗《ぬ》ってガーゼで覆う。かきむしって傷だらけになった足首には、虫刺され軟膏《なんこう》を擦り込んだ。カウンターに戻ると、生徒たちはもう帰ったあとだった。席は半分ほど埋まり、瑛太が注文を取っている。

美玖はお気に入りの真ん中の席に着いた。そこは調理台の前なので、たいてい登磨を正面にできるのだ。

目の前に、ベイクドキャベツを添え、マスタードソースが帯状にかけられた二枚の地鶏肉のソテーが登場した。表面の所々に焦げ目がつき、ジュージューと音を立て肉汁が浸《し》み出してきている。立ち昇る湯気には、肉の香りと香草の香りが溶け込んでいて、湯気にさえ奥行きが感じられた。

「いただきまぁす！」

フォークは少しの抵抗のあとですんなりと刺さり、キラキラした肉汁が溢《あふ》れる。それを、ふうふうと吹いて口に入れた。

肉はプリプリとしていて、旨味が強い。口の中に広がった肉汁は、甘みとコクがある。それを、ピリッとしたマスタードの辛みと酸味が引き締める。肉汁と馴染んだソースをベイクドキャベツで拭う。焼いたことによってキャベツの味が引き立ち、マスタードソースとよく合っていた。

「店長、お醤油《しょうゆ》、差しました？」

「おお、よっく分かったな」

登磨は顔をしかめるようにして笑う。美玖は目を細めた。

それから無心で食べていると、まいどー、と運送会社の帽子をかぶったおじさんが、小麦粉の袋を担いで入ってきた。

「やあ、美玖ちゃん」

「市川《いちかわ》さん、おつかれさまです」

受け取ろうと立ち上がりかけた美玖は、登磨に「いいよ、座ってて」と止められる。

カウンターから出ていく登磨を、その優しさに感動しながら目で追う美玖。そばに来た瑛太が、美玖がカウンターに飛ばしたタレをひと拭きし、「肉を握り締めてる人、前にしたら、登磨じゃなくたってそういいますよ」と現実に引き戻すひと言を放って去っていった。美玖は手元に目を戻す。確かに肉を刺したフォークをへし折らんばかりに握り締めていた。

「最近会ってないけど、おじさん元気かい？」

市川が登磨に伝票を差し出しながら美玖に尋ねる。

「はい、おかげさまで。今度遊びにいらしてくださいよ。父も会いたがってますし、あたしも待ってますから」

市川は顔をくしゃくしゃにして美玖を指すと、サインをしている登磨に「嬉しいことをいうね。本当にこの子は上手だよ」と美玖を持ち上げた。

「一時期はアレだったけどねー……」

市川の顔から笑いじわが消えていく。美玖は逆に思い切り笑みを作った。

「ご心配かけましたが、もうバッチリですよ」

市川は美玖の顔を見てハッとし、「あ、いや、そう、それならいいんだよ……そしたらまた」と伝票を作業着のポケットにねじ込んでそそくさと出て行った。

奇妙な静けさが降りた。瑛太が肩越しに美玖を振り向く。登磨は小麦粉の袋を担いでカウンターの棚《たな》にしまう。美玖はあえて大きな動作で肉を口に運んだ。

「お腹減ってる時のお肉ってガツンときますね。体の細胞がグングンエネルギーを吸収していってるのが実感できます」

「もりもり食って早くケガを治しなさい」

「はいっ、任せてください！　食べるのは得意なんです」

一枚目の最後のひと切れを頬張り、もう一枚の肉にフォークを伸ばす。が、少し迷ってキャベツに移した。めいっぱい口に押し込む。むせた。

「食べるの、得意なんじゃなかったんですか、一体美玖さんは何が得意なんですか」

瑛太が呆れ返った顔をしつつもおしぼりを差し出してくれる。登磨が腹を抱えて笑った。

あたしは、幸せ者だ。

地鶏肉のソテーをお土産《みやげ》に帰宅した。家の前に黄色い車がないところを見ると、まだ父は帰ってきていないようだ。美玖は腕の傷を隠すために七分袖のTシャツに着替えて、父に

「元気になる地鶏肉がある」とメールする。それから台所に立った。

味噌汁《みそしる》を作り始めると、返信があった。

『何か必要なものは？』

えーと。冷蔵庫を覗き込みながらメールを打つ。

葵岳から家までの道のりにはコンビニが一軒《いっけん》しかないが、父の会社からの帰り道にはスーパーやホームセンターなどがあるのでついでに頼む。

間もなく、表で車が停まる音がし、少ししてから父の「ただいま～」という声が聞こえた。

「おかえりぃ」と返しながら、美玖は地鶏肉のソテーをレンジで温め、味噌汁とご飯をよそう。買い物袋を揺らして台所に入ってきた父が、テーブルの空いた所に袋をのせた。

「おお～、いい匂いだなあ」

父が鼻を動かして台所に漂う香りを楽しむ。

美玖は、でしょー、と我がことのように鼻を高くしながら、買い物袋から取り出したものを冷蔵庫や棚に移していく。

「これ何」

袋から、調味料っぽい小瓶《こびん》を取り上げる。

「ええと、なんか新商品で、タバスコと柚子《ゆず》胡椒《こしょう》が混ざったのなんだと」

美玖の顔色を読んだ父が慌《あわ》てた。

「……使い道はそのぉ、何かあるだろ。あとで考えればいいさ、な？」

「使い道があってから買ってよ。あ、また父さんってば普通のマヨネーズ買ってきた。ハーフのほうっていってるでしょ。父さんの健康を考えて」

いってるそばから父は、ちょっとずつ後退《あとずさ》り、美玖が気づいた時には少し丸まった背中が廊下を挟《はさ》んだ居間へ消えるところだった。ややあって寝室から、仏壇《ぶつだん》のリンの音が小さく聞こえてきた。

ふたり暮らしになってから家の仕事の役割や段取りが、それぞれに自然と身についてきた。

初めの頃は父が何もかもをやろうとした。炊事《すいじ》、掃除、洗濯、庭の草むしりにゴミ出し、町内会の行事。しかし当時十歳だった美玖にも、できることは結構あった。

お互い学校と会社があったので、無理はせずできることをやった。完璧ということに価値を置かないふたりだったので、幸いにも生活はスムーズに流れてくれた。

朝洗濯物を干して、会社や学校へ向かい、帰ってきてびしょ濡れになっていてもふたりが取る行動は「雨降ったんだからしょうがないね」と笑うことで、対策としては予備の服を買い足すというものだった。

これまでの十年間、美玖と父は、こうして緩やかにうまくやってきている。

「そこ、ケガしたのかい？」

正面に座った父が、美玖の箸を持つ手を見ていた。関節の皮が擦り剝けている。しまった。ヒヤリとする。足と二の腕ばかりに気を取られていた。

「あ、うん」

父からの余計な質問をかわすように、俯《うつむ》いてせっせと肉を口に運ぶ。

「今日も、山に登ったのかい」

「うん」

ささいなことであると表明するために、あえてさらりと肯定《こうてい》する。うっかり崖から転落しかけたなんてことをいったら、父はそれこそ、自分が崖から飛び降りたような心境《しんきょう》になるだろう。しかも、場所が場所だ。

視界の端で捉えていた父の箸が止まった。視線を上げると、眉の間にしわを刻んでいた。あの崖よりも深いしわだ。

「長い間登ってこなかったのに、レストランに勤めてから頻繁《ひんぱん》に登ってるみたいだけど、大丈夫かね」

心配に交じって、どこか怒りも見られる。去年のうちは複雑な面持《おもも》ちに留《とど》まっていたが、回数が重なってくると、はっきりと渋い表情を見せるようになってしまった。

「足もひどいもんだ」

アヒル座りしていた虫刺されの足をもぞもぞと動かす。

「薬塗ったから平気だよ」

「あまり体に傷を作るんじゃないよ。美玖は女の子なんだから」

「うん、ごめん」

でも、柔道の時も傷だらけだったよという言葉はのみ込む。父がいいたいのは、山で危険な目に遭ってくれるなということなのだ。

その後、美玖たちは黙々と食事を続けた。ハエが電気の傘の下をグルグル回っている。父がハエ叩きで払い落とした。畳に落ちたハエが痙攣《けいれん》する。父は二秒ほど見つめた。美玖も眺めた。父はティッシュで包み取り、網戸を開けて庭にペッと放つと、ティッシュは握り潰してゴミ箱に捨てた。台所へ行って手を洗うと戻ってきた。途中になっている夕飯の前にどっこらしょ、と胡坐《あぐら》をかいて、美玖の手元を見る。

「箸の持ち方、直らんなあ」

父から話題を変えてくれた。美玖は痛い所を突かれたという笑みを浮かべて、自身の右手を見る。そうしながら沈みかけた空気に気を遣ってくれたのだと思い、美玖は胸に水が浸み出してくるような感覚を覚える。空気は、瑛太がいうように時に窮屈《きゅうくつ》だけど、時にありがたい。

母もまた箸を上手に扱《あつか》えなかった。

笑みを消さないようにしながら、ご飯と一緒に、突き上げてくる思慕《しぼ》ものみ込んだ。

翌朝、咳が出て、喉が少し痛かった。丈夫だけが取《と》り柄《え》だったはずが、雨に打たれたせいで珍しく風邪《かぜ》を引いたようだ。

寝ている父を起こしてはいけないと、咳を堪《こら》えながら洗面所を使い、朝食代わりの野菜ジュースを飲む。急に咳が飛び出してきて「ぶごぉっほっ」という熊が驚いたような声を発してしまった。寝室から「は～い」という寝ぼけた父の返事が聞こえてくる。

コップを洗っていると、背後のガラス戸が滑り、隙間《すきま》から父がぼんやり顔を覗かせた。

「おはよう。何かの動物が鳴いてなかったかい？」

ううん、と否定しようとして、ぶごぉっほっと出る。自分の咳に、美玖は吹き出した。笑いと咳は治まらず、苦しい。

「大丈夫かい。今日は休んだほうがいいんじゃないか？」

父は本格的に目を覚ました。

「大丈夫だよ、これくらい。熱もないし」

「しかし、店で調子悪くなったら……」

「なんないなんない。あ、でもお客さんにうつしたらよくないね」

「そうだぞ。だから休……」

「薬飲んで、マスク二枚重ねにしよう」

曇り顔の父を避けて台所を出、居間に入った。茶簞笥の引き出しを開けて絆創膏や包帯をかき分け、風邪薬を取り出す。アルミシートから二錠を押し出して口に含むと、台所の入り口に立っている父をすり抜けて入った。父の視線が追ってくる。

「お前の話からいい上司だと思ったが、ひょっとして休ませてくれないような人なのかい？」

「いい上司だよ」

　美玖はムキになる。薬が溶け始めて口の中に苦味が広がる。

　水切りカゴからコップを取って水を注ぎ、苦味と薬を胃の腑に流し込んだ。コップをすすいで、カゴに置く。

「最高だよノープロブレム、なんっの問題もございません、父さんは全く心配しなくてよし。早く起こしてごめんね。じゃ、行ってきます」

　懸念顔の父を振り切るように、家を出た。

　途中、コンビニに寄ってマスクを買い、駐車場に車を滑りこませると、ちょうど登磨が店から出てきたところだった。

「おはようございまーす」

　マスクを一枚二枚と耳にかけながら駆け寄る。咳が出そうになったが、風邪だと思われないよう堪えた。

「風邪？」

　マスク姿を見た登磨が尋ねる。美玖は大袈裟《おおげさ》に首を振った。

「いいえぇ、何かの花粉かもしれません、くしゃみが止まらないんです」

　隙をついて、びっくりした熊のような咳が出た。登磨が山を眺める。

「スライディングに花粉かあ……」

　カッコウやウグイスが鳴いている。

　店内に入ると、エプロンを身に着け掃除を始めた。咳を咳払いで誤魔化《ごまか》しながらイスをテーブルに上げて床にモップをかけていく。

登磨はホーロー製のポットをガスにかけ、おろし金で何かをおろし始めた。

美玖はイスを下ろすと、テーブルにつっぷすようにして爪先《つまさき》立って片足を浮かせ、端っこまでぐいぐい拭く。

鼻腔《びこう》にいつもとは違う珈琲の香りが届いた。テーブルから下りて肩越しにカウンターを振り向くと、濃い湯気と光をまとった登磨は、顔をわずかに伏せて高い位置から湯を注いでいた。素晴らしい景観《けいかん》である。やはりユネスコに登録すべきだ。

「美玖ちゃん」

「はーい」

登磨がマグカップを、カウンターの美玖がいつも座る席に置く。

「どうぞ」

「あたしにですか?」

「体があったまるよ」

「とっても嬉しいんですが、でも……」

風邪だと見抜かれたのだろうか。疑念のこもった上目遣いで登磨を見た時、咳が飛び出しかけた。咄嗟に押し留めると、行き場を失った咳が耳の中でパンと弾け、美玖はあだだだ、と耳を押さえる。

登磨が眉を互い違いにして、美玖を眺める。

「花粉症には体を温めるショウガが効く、とかなんとか聞いたような聞かないような気がしたんだ、違ったっけ？」

いつもとは違う香りは、ショウガが入っていたからだったのか。

「違くないです、あたしの花粉症はそうなんです、いただきまーす」

美玖は素早くスツールに収まった。口元に持って行った時、カッコウの声が響いた。

「あの子、春先より随分上手になりましたね」

登磨も窓の外へ顔を向けた。耳の下から鎖骨へと筋が一直線に浮き出る。耳を澄ましている静かな横顔を見つめてから珈琲を啜る。

「あ、意外に合うんですね」

いつもの深みのある珈琲に、爽やかさと奥行きが加わり、重だるかった胸がスッキリして軽くなってきた。

「これ、メニューに加えましょうよ。きっと評判になりますよ」

「そうかい？」

登磨も同じものを口にしたが、顔をしかめた。

「甘《あめ》ぇ。はちみつ入れなきゃよかった」

口を手の甲で押さえながら、ザッとシンクに捨てたので美玖は声を上げた。

「なんてもったいないことを！　あたしにくれればよかったのに」

「え？　味見用に少しだけ入れたんだけど、おかわり淹れようか」

「店長、違いますよぉ。新しいのはいりませぇぇぇん」

ショウガ珈琲は気持ちを緩ませ、胸の奥からぽかぽかと温めてくれる。


翌日の土曜日。

数人の登山者に弁当を持たせて送り出したあと、学校指定ジャージ姿の少年少女六人が駐車場に現れた。昨日は葵レストランを休んだ瑛太の姿もある。新調されたメガネは、前のよりシャープで大人びていた。

美玖は用意していたレジ袋六つの弁当を手に、外に出る。

「朝ご飯、できてるよ～」

弁当を掲《かか》げると、五人の生徒たちの表情がパアッと明るくなった。美玖までワクワクさせてくれる笑顔だ。

「ありがとうございまーす」

美玖の手から銘々《めいめい》受け取った。

瑛太はみんなから微妙な距離を空けて、顔を伏せている。すねたように少し口を尖らせていた。彼にしてみれば、みんなに仕方なくつき合っているといったところだろうか。

視線を上げた瑛太と目が合った美玖は、褒《ほ》めるつもりでにこっとした。

「どうしたんですか美玖さん。風邪ですか」

美玖の笑顔に表情を変えることなく、同級生を避けて瑛太が近づいてきた。

「昨日から突然の花粉症だって」

珍しくコックコートではなく白いエプロンを着用している登磨が、ポケットに親指を引っかけて答える。

「登磨には聞いてない。昨日から……熱は？」

責任を感じたのか、瑛太は顔を曇らせて、美玖の顔を覗き込む。

「風邪じゃなくて花粉だってば。大丈夫！」

美玖はマスクから出ている目を細める。

「はいお弁当。朝の山で食べるお弁当は、きっと格別だよ。今日はアナグマのドライカレー」

「うわ、アナグマの肉って食べるの初めてです」

すかさず、キャップをかぶった男子が太い眉を上げる。アナグマは、タヌキに似た動物だ。

「そりゃよかった。夏の肉は脂が少なくて、あっさりしててヘルシーなんだ。ちょっと癖はあるけど、カレーにしちまえば気にならないから」

登磨が説明した。

「でも……殺した人がいるんですよね」

背の高い男子が尻すぼみにいう。登磨は腕組みをした。

「殺したっていうか、事故だね。車に轢《ひ》かれちゃったんだ。あ、それも結果的には殺したってことになるのか」

生徒らは真面目《まじめ》な面持ちでいただきます、とペコリと頭を下げた。

登山口へ向かう六人を、美玖はいつもに輪をかけた満面の笑みで見送る。何しろ念願叶《かな》い、登磨と並んで生徒を見送ることができているのだから。

瑛太たちが登山口へ消えたあと、腕組みを解いて店内に戻っていく登磨の背中へ、美玖は声をかけた。

「店長」

「あいよ」

「あたしたちの代わりに解体してくれて、ありがとうございます。おかげで瑛太君たちもお客様もおいしく食べられます」

振り返った店長のエプロンには、小さな血痕がついていた。登磨は頭をかく。

「美玖ちゃんは、鈍《にぶ》いのか鋭《するど》いのか分かんないね」

「鋭いですよ」

特に登磨店長に関しては、かなり鋭いと自負している。登磨はエプロンを引っ張った。

「やっぱこれ、目立つ？　洗濯したコックコートがまだ乾《かわ》かないんだよね」

「問題ないです。大抵の人は気づかないと思います」

あたしだから気づくのだ。

カウンターに入った登磨は、根菜類を盛ったザルを探りながらアナグマ入手の経緯を説明する。

「今朝早くにクラクションの音で目が覚めて」

駐車場の向こうの農道に、ライトをつけたSUV車が停まっているのが見えた。出て行ってみると、路肩に六十センチぐらいの焦げ茶色の生き物が横たわっている。SUV車のバンパーには、擦れた血の跡があり、男性が途方に暮れた様子で獣《けもの》を見下ろしていた。彼は、ポケットがいくつもあるベージュのベストを着て、長靴とパンツが一体化したものをはいている。見るからに釣り人だった。登磨は彼に声をかけた。

「よかったらオレにくれっつって、もらっちゃった。もったいないもんね」

裏の渓流で血抜きして解体したという。

のどかで優し気に見えて、この店長は獣の首を落とし内臓をかき出す。そんな彼を垣間見た時、美玖は憧れだけではない胸の鼓動を覚える。

「すぐでよかったよ。時間が経てば経つほど臭くなるから」

ポットを水で満たしてガスにかけ、大きなあくびをし、ショウガをする。

「ここで店やってると、ありがたいことが多いんだよね」

カップに珈琲を淹れる。

登磨はかわいそうとかいわない。

命がもったいない。

命がありがたい。

あたしを作る「単！『細胞』」というものが、ほかの命を欲しているから。ほかの命なしにあたしの命はないから。だから、「かわいそう」ではなく、「ありがとう」。

理屈で分からなくても、本能と呼ばれるこの「細胞」というやつが分かってくれていると信じたい。

「はいどうぞ」

美玖はスツールに収まると、カップを手で包んだ。ジュンとした熱が手のひらを焼く。

「いただきます」

マスクを下にずらして啜れば、ちょうどいい甘さと辛さとしっかりした温かさ。

鼓動と細胞が落ち着いてきた。

「ありがたいなあ」

美玖がしみじみすると、登磨がそうでしょうそうでしょう、もっとありがたがんなさい、と水色に輝く笑顔を向けてくれた。

第二話　塩むすびのてっぺんマリアージュ

美玖《みく》が葵岳《あおいだけ》に歩み寄ったのは、誰に頼まれたのでもなかった。かつて愛《あい》した山を嫌ったままで、この先の人生を歩むことに閉塞《へいそく》感を覚えたからだ。

稲《いね》刈《か》りが進む九月下旬の青森の町は、林檎《りんご》、洋梨《ようなし》、ぶどうといったフルーツの甘酸《あまず》っぱい香りに包まれる。果樹農家は収穫《しゅうかく》に大わらわ。農道沿いには、毎年恒例《こうれい》の臨時《りんじ》販売所が現れる。

そんな町を見下ろす葵岳は、紅葉《こうよう》の準備に入っていた。

葵レストランの看板《かんばん》は、美玖と瑛太《えいた》によってあけびのツルで芸術的に縁取《ふちど》られ、メニューも秋真っ盛り。

クロスティーニ（バルサミコソースで炒《いた》めたナラタケと玉ねぎのオープンサンド）

特A青天の霹靂《へきれき》　新米むすび（店長のように輝かしいブランド新米の旨味《うまみ》を、塩とオリーブオイルで引き出しました）

猪《いのしし》肉赤ワイン煮

スチューベンのパンナコッタ（透き通ったひすい色。とっても甘くて香《かぐわ》しい店長のような美しさを誇る県産ぶどうがたっぷり！）

開店したばかりの店内では、早朝の山から下りてきた人が、パンナコッタを口にしながら、これから登る人に山頂からの眺めや撮影《さつえい》ポイントを、デジカメやスマホを間に挟《はさ》んで嬉々《きき》として説明していた。

——黄金《こがね》色の田んぼとのっさり実った林檎畑の紅色とのコントラストが素《す》ん晴《ば》らしいんだよ。

——これ早朝だべ？　霧《きり》がかかってるねえ。こらぁ幻想的できれぇだ。

——極楽《ごくらく》ずのは、こった場所かもしれねってしみじみ思うよ——。

店内にもご飯の香りを含んだ水蒸気《すいじょうき》が、朝霧のように広がっていた。湧《わ》き水《みず》で、おにぎり用に少し硬《かた》めに炊《た》いた新米は、一粒一粒がツヤツヤと輝き、ふっくらとしている。

ご飯の炊ける香りってアロマだよねえ——。

美玖は、注文の入ったおにぎりを握《にぎ》りながら深く吸い込む。

「あたし、この香りをおかずにしてご飯が食べられると思う」

おにぎりが出来上がるのを、カウンターの向こうで待つ瑛太が、

「チャレンジャーですね」

と返す。保健室登校している彼は、週に三日通ってきている。夏の半分になった。

美玖の隣で鼻歌を歌いながら握っている登磨《とうま》が、三角のそれを木製のプレートに置く。登磨らしい大きくてふんわりと握られたおにぎりだ。まろやかで甘い香りと柔《やわ》らかな艶《つや》を放っ

ている。

美玖も隣に置く。

「ちっさ」

見比べた瑛太が、登磨よりひと回り小さい美玖のおにぎりに声を上げる。

「美玖ちゃんは手がちっちゃいからな」

登磨が新たに握り始める。

「大きさがこんなに違ってたんじゃ、お客さんに出せませんよ」

「でも、夫婦茶碗《めおとぢゃわん》みたいでこれはこれでいいですね」

無邪気に明るい美玖。ムッとする瑛太。

「そういう問題じゃないですよ美玖さん。登磨は握んなくていいよ」

「なんでよ、大《お》っきいほうがいいでしょー？　新米は特に旨いから、がっつり食《く》ってもらいたいし」

「分かりました。じゃあ店長が作ったのはあたしが食べるとして」

「逆」

いっている間にも、登磨はふたつ目をプレートに置いた。

「あ～っ。じゃあ店長、これ責任持って召《め》し上がってください」

美玖は自分が握ったおにぎりを差し出す。登磨が伸《の》ばした手とおにぎりの間に、瑛太が開いたフードパックを割り込ませた。

「弁当用にしたらいいじゃないですか」

レジ横の電話が鳴った。登磨がそちらへ向かう。美玖はビニール手袋についたご飯粒を口に入れた。

さすがの特A新米。ひと粒ひと粒に甘みと旨味がギュウギュウに詰まっている。小豆島《しょうどしま》産のオリーブオイルは、コクがあってフルーティな香り。のだ塩は、辛すぎないまろやかな風味。いずれも、主役である新米の繊細《せんさい》かつ豊かな風味を引き出しはすれ、邪魔《じゃま》は決してしていない。

美玖は、猪肉赤ワイン煮を器に盛って瑛太のトレーに置く。瑛太はそこに大きなおにぎりがふたつ並んだプレートものせて、お客さんの元へ運んでいった。

電話に出た登磨は、はい……はい……とメモを取りながら返事をしていたが、ふいに声を明るくした。

「なるほど。それはおめでとうございます。来月ですか？　大丈夫ですよ。頂上で？　お運びできます。その場でも、ええ、熱源も持っていきますので。何名様で……かしこまりました」

電話を切った登磨に、トレーに空の器をのせて戻ってきた瑛太が尋ねる。

「何、今の。弁当じゃねえの？」

「町の神社で結婚式《けっこんしき》したあと、頂上で親戚《しんせき》とか親しい人たちのみで披露宴を行いたいそうだ。十五人程度らしい。その料理をうちに頼みたいんだと」

一拍の間のあと、瑛太と美玖は声を上げた。瑛太は眉《まゆ》を寄せ、美玖は目をキラキラさせて。

「それ引き受けたのかよ」

「もちろん」

登磨は、ボールを与えられた犬のように目を輝かせている。瑛太は頭を振って吐き捨てた。

「馬鹿《ばか》じゃね。そいつら何考えてんだよ。頂上で披露宴なんてどうかしてる」

「服はどんなんだろう」

美玖はそっちのほうが気になる。

「何もウエディングドレスだとかタキシードだとか着て頂上に行くわけじゃないみたいだ」

「当たり前だろ！」

中二に一蹴《いっしゅう》されて二十五歳の叔父《おじ》は眉を上げ肩をすくめる。いい出した美玖にしても都合が悪くて頭をかいた。

「熱源がどうのっつってたけど、その場で調理しろってこと？」

「何か一品ぐらいはあったかいものがいいそうだ。頂上はここより涼しいから」

風もあるから体感温度は三〜四℃低くなるはずだ。とすれば今の時期、頂上では十℃前後に感じられるだろう。

「確か、頂上の手前に山小屋がありましたね。バーベキュー用のコンロとかあったはずです」

美玖が記憶《きおく》を辿《たど》る。ほかに、キャンプでよく見かける白い折り畳《たた》みテーブルや簡易《かんい》イスもあった。それらは主に、正月の神事で使われている。

すみませーん、鮭《さけ》のパスタお願いしまーす、とテーブル席からおばさんたちの注文が入った。はーい、かしこまりました～、と美玖は返事をして、調理の補助をすべくカウンターに入る。登磨は秋鮭《あきじゃけ》を下ろし始めた。

「豪華《ごうか》な飯を希望してるのか？」

「まあオレはなんでも作れるからな」

瑛太の確認に、フライパンに生クリームを注ぎながら、登磨がやる気満々で答える。

さすが都会でならしてきただけはあるなあ、とテーブル席で話を聞きかじっていた佐々木《ささき》のじいさんが持ち上げる。白いひげにレアチーズケーキのかけらをくっつけていた。すると、その向かいに座ってクーラーボックスに足をのっけている初老のお客さんが「なのさもったいねな、向こうで女さフラれておめおめと都落ちしてきたなんて」と薄い唇《くちびる》を歪《ゆが》めて嘲《ちょう》笑《しょう》を浮かべる。

「おいおいそれればいったら、イケメンの天才シェフさ気の毒だ」

赤いブルゾンを着て、メガネの上にサングラスをかけたおじさんも、ヒヒヒと笑った。瑛太がふたりを睨《にら》みつける。

寸胴鍋《ずんどうなべ》をシンクに運ぶ途中の美玖は、自分の足に引っかかってつんのめり、登磨の腰に顔面からぶつかった。はい、と特に意味をなさない返事をする登磨は、びくともしない。

「すみません店長。腰、いってませんか」

「問題ないよ。オレ腰は強いほうだから」

美玖はぶつけた鼻を軽くさすると、素早く鍋に水を入れてガスにかけた。

「そんなのどうせ噂《うわさ》話さ。なあ？」

佐々木のじいさんがおじさん客を軽く諌《いさ》め、パスタを茹《ゆ》で始めた登磨に振る。

登磨は否定《ひてい》も肯定《こうてい》もせず、鼻歌を再開する。すでに調理に入り込んでいた。

山頂デリバリーの依頼《いらい》主は、三沢幸次《みさわこうじ》という人で、現住所は神奈川《かながわ》県。新婦がこの町出身とのこと。

来月中旬、結婚式を挙げたらすぐに、新郎《しんろう》の赴任先である海外へ渡るのだそうだ。だから新婦は故郷《こきょう》の山で誓《ちか》いを立て、懐《なつ》かしい料理を味わいたいのだという。料理はお任せ。ただし、アレルギーはないが、卵は嫌いということで、使わないでほしいそうだ。

「店長、どんな料理をお出しするんですか？」

「てっぺんまで運ぶとなると、多少の振動《しんどう》でも崩《くず》れない料理とケーキだな。クーラーボックスに保冷剤入れて」

「あたし、背負います！」

「やってくれるか、美玖ちゃん、さすが！」

登磨に頼られた美玖は、それこそクーラーボックスだけではなく、新郎新婦も担ぎ上げたい気持ちになる。

「オレは何を運べばいい？」

「お前は留守番」

「そうはいくかよ。オレも登る」

瑛太が目くじらを立てて登磨と美玖を見比べた。美玖は、仲間外れになるのが嫌なんだろうかと瑛太の心中を推量《すいりょう》する。やっぱり中学生だ。群れたくはないが、仲間外れは寂《さび》しいという複雑なお年頃なのだろう。

「店長、瑛太君にも頼みましょうよ。おめでたいことですし、瑛太君ひとりに留守番させるのは気の毒です」

「美玖さんのいうとおりだ。人数が多いほうが楽だろ。花嫁《はなよめ》だって、多くの人に祝《いわ》われたほうが幸せになる」

「そうかい？　まあ、君らがそういうならこっちはやぶさかじゃないよ」

登磨は、個性的な文字で書かれた来月の「臨時休業のお知らせ」を店内に張り出した。

十月に入って最初の土曜日のことだった。

美玖は出入り口横の水道のそばで薪《まき》を割っていた。登磨の父親が薪割り機で大まかに割ってくれた木を、鉈《なた》でかこん、かこん、と長芋《ながいも》ほどの太さに割っていくのである。

日差しは角度を鋭利《えいり》にし、紅葉の色を溶け込ませたかのように色づいている。腰かけている切り株は温かい。黄色い羽をきらめかせて、キセキレイが美玖から少し離れた所で羽虫を狙って飛び跳《は》ねていた。

エンジン音と共にビートの利いたアップテンポな曲が駐車場にこだまし、「わ」ナンバーのセダンがど真ん中にひと息に停《と》まる。

運転席のドアが開いて、十センチはあろうかという赤いヒールが地面に置かれた。そこに細い足が差し入れられる。降《お》りてきたのは、二十代後半と思《おぼ》しき背が高く細身の女性。顎《あご》の下までのストレートの黒髪。色白で、キリッとしたアイメイクをしている。メイクのせいなのか地顔がそうなのか、少し吊《つ》り目《め》。真っ白いシャツに合わせた濃紺《のうこん》色のスキニーパンツの足はスラリと長い。彼女は端《はし》のほうに数台停まっている車や、紅葉する葵岳を見渡すと、ヒールの音を小気味よく立てて一直線に店を目指してきた。

と、彼女の目の前にキセキレイが舞い降りた。女性はギョッとして立ちすくむ。きみちゃんは物怖《ものお》じせずに、チチチッと鳴きながら地面をついて右へ左へジャンプしている。女性は迂回《うかい》して、葵レストランに近づいてきた。

美玖はさっと腰を上げ、太腿《ふともも》の上の木くずを払い、にっこりとした。

「こんにちは。いらっしゃいませ！」

「オーナー、いらっしゃる？」

無表情の女性は、美玖の頭のてっぺんから足先までに視線を滑《すべ》らせる。

硬質《こうしつ》な声と口調。

「はいっ。こちらへどうぞ」

美玖は滑り止めのついた手袋を外し、いそいそとドアを開けた。張り出されたお知らせを一瞥《いちべつ》した女性は、他人が自分のためにドアを開けてくれることに慣れている様子で、スッと伸ばした背筋《せすじ》を少しも曲げることなく、店の床を踏《ふ》んだ。

店内の視線が一斉《いっせい》に彼女に集まる。その中で、珈琲《コーヒー》を淹《い》れていた登磨が反射的に笑顔を向けた。

「いらっしゃ……い」

笑顔が動かなくなる。

「久しぶりね」

構わず、女の人が左手を上げた。薬指にシンプルな指輪がはまっていた。

笑顔が固まっていた登磨は、スイッチを切り替えたように目を細める。

「おおっ、久しぶりじゃないかあ」

「元気そうね」

「そっちもな」

カウンターを挟んで対峙《たいじ》するふたりの目線の高さにはあまり差がない。美玖が踏み台に上がっても決して届かない位置に、そして美玖が切望する位置に彼女の視線はある。

女の人はするりとカウンターの真ん中の席に腰かけた。そこは、いつも美玖が座っている席で、かといって別に美玖の席というわけでもないのだが、美玖は一瞬《いっしゅん》「あ」と思った。

「あ」と思っただけで、そこにはっきりした言葉をのせることはなかったが。普段だってお客さんはその席に座る。その時は「あ」なんて思ったりしない。

男性客は、相変わらずこの女性に釘《くぎ》づけだ。

佐々木のじいさんがレアチーズケーキと紅茶を手に、わざわざ女性の右隣に移動してきた。

「君はもしかして、貝森《かいもり》地区のホレ、そうだ、和田《わだ》さんだ。――の娘《むすめ》さんじゃないかい？」

『和田さんとこの娘さん』は冴《さ》えた笑みを向け、髪を耳にかける。

「タクシー運転手されてた佐々木のおじいちゃんですよね。父がよくお世話になりました。お久しぶりです、蘭《らん》です」

「おおっ、そうだそうだ、下の名前は蘭ちゃんだ。大きくなったなあ。今はどこに住んでるんだっけ？」

「神奈川です」

「ほぉ。すっかり都会の人だ、いや、きれ～になったなあ」

登磨は注文を取らないまま、ワイングラスに入ったスチューベンのパンナコッタとレモンティを出した。

ミルクの甘さを強く引き出した白いぷるぷるのパンナコッタに、極甘《ごくあま》で香りが高いスチューベンのクラッシュゼリーが重なり、その上には、瑞々《みずみず》しいひすい色の果肉がめいっぱい盛られている。スチューベンを、皮ごと搾《しぼ》った果汁を混ぜ込んだひと絞《しぼ》りの藤《ふじ》色のホイップクリームと、鮮やかなミントが飾られていた。

ふたり組の女性客が会計に立ったので、美玖は急いでレジに移る。

「四十円のお釣《つ》りです」

釣銭を渡すと、お客さんは怪訝《けげん》な顔をした。

「あれ、お釣り多いよ」

「えっ。あ、すみません」

お客さんは十円返してよこす。

女性客を送り出し、チラッと登磨のほうを見ると、彼は蘭と佐々木のじいさんとで話に花を咲かせていて、美玖のミスには一切気づいていなかった。

美玖は返された黒ずんだ銅貨《どうか》をレジに戻す。硬い音が、今日はやけに耳についた。

「ぶどう自体はこっちのほうが甘いけど、パンナコッタの味は昔と変わってないわね」

パンナコッタを口に含んだ女性が述べると、登磨は得意げに口角を上げた。

「だろ？」

「進歩がないっていってるのよ」

登磨は片眉を軽く上げただけで、特に気分を害した風もなく、瑛太が下げたカップを洗い始めた。美玖はふたりを気にしながら、途中にしていた薪割りをやり切るべく外に出る。

薪を割りながら、窓越しに店内をうかがえば、登磨と蘭はカウンターの内と外で和やかに話している風だった。美玖は気が気じゃない。知らず知らず、薪はどんどん細くなっていく。

しばらくして出てきた佐々木のじいさんを呼び止めた。

「佐々木さん。彼女は……蘭さんはええと……」

手の中の薪を絞るように手を動かす。

「ああ、そうか。美玖ちゃんは知らないかい」

同じ町でも貝森地区なら小中学校も違うし、生活圏もあまり重ならないので、小さな田舎《いなか》町とはいえ、知る機会はほぼない。

「あの子は、私をよく指名してくれていた常連さんちの子で、高校を卒業して都会の大学へ進んだんだよ。もう二十八だって。なんと結婚式をするために帰ってきたっつーじゃないの。いやあ、おめでたいねえ」

佐々木のじいさんは嬉《うれ》しそうに報告する。

「ひょっとしてお相手のお名前は、三沢さんというんじゃ……」

「おお、そうそう！」

今回、山頂で披露宴を行うのは彼女なのだ、と美玖は合点した。

「それで、あのぉ、店長とはお知り合いのようでしたが」

「さっきの話だと、こっちでは知らない者同士だったようだね。都会で知り合ったって話だな。縁《えん》とは不思議なもんだねぇ」

握っていた擂《す》りこ木《ぎ》ほどの太さの薪がバキッと真っ二つに折れた。佐々木のじいさんがギョッとして折れ口に注目する。

「あらっあら、これ脆《もろ》いですね。まるでウエハースみたい～」

美玖は顔の横で振って誤魔化《ごまか》したが、佐々木のじいさんは美玖に、憐憫《れんびん》と慄《おのの》きの入り混じった目を向けると、停めてある軽トラへと逃げるように足を速めた。

薪割りを終えた頃、蘭が出てきた。

「ごちそうさま」

蘭は、目尻《めじり》の際まできっちりミスも漏《も》れもなく引かれたアイラインの目を美玖に向ける。

「当日まで準備や挨拶《あいさつ》回りで忙《いそが》しいからお伺《うかが》いできないけど、よろしくお願いしますね」

「あ、は、はいっ。この度《たび》はおめでとうございます。ご用命ありがとうございます」

美玖は菜箸《さいばし》ほどの太さの薪を両手に握ったまま、丁寧《ていねい》に腰を折った。

車に戻っていく蘭を見送っていると、瑛太が出てきて、「薪割り終わりました？　運ぶの手伝います」とコンテナを持ち上げる。

蘭が乗り込んだ車からカーオーディオが鳴りだした。

あ、おんなじ歌だ、と瑛太が呟《つぶや》いた。美玖に視線を走らせ、慌《あわ》てて目を逸《そ》らす。

店長の鼻歌と同じ歌――。

蘭は窓越しに美玖たちに目礼すると、スムーズな走り出しで駐車場を出ていった。

「和田蘭さん、当日おにぎりを自作したいそうですよ」

瑛太が美玖に教える。

「作ってほしい、じゃなくて？」

「うん、蘭さんが作ってみんなにふるまいたいそうです。だからおにぎりを含めたメニューについて話してました」

「……へえ」

美玖は眉を上げて感心する。なかなかに情がある人のようだ。きれいで情に厚いなんて、ほぼ完璧じゃないか。

「卵が苦手なのは、彼女のようです。なんでも実家で飼《か》っていた鶏の卵を割った時に、ヒナになりかけのを目《ま》の当たりにしてから気持ち悪いんだそうです。そのつながりで、鳥も苦手らしいっすよ」

「あるよねそういうの。あたしも学生時代に飼育委員の仕事やってて、割っちゃったことがあってね、血が混じったジェル状の中に羽もくちばしもまぶたも一揃《ひとそろ》いあったヒナが出てきたから」

現在、肉も卵もおいしくいただく美玖は事もなげにいう。瑛太は静かに顔を引きつらせた。

登磨といえばカウンターに覆《おお》いかぶさるようにして、ペンを手に用紙に向かっていた。時折、ぼんやりと宙《ちゅう》に目を据《す》えてペンを回している。鼻歌は、もうない。

式当日。予報では終日晴天。

葵岳はブナやクリ、ナラ、ウルシなどの紅葉黄葉にすっかり彩《いろど》られていた。葉の一枚一枚に陽光が射して、奥へ、上下左右へ幾重《いくえ》にもグラデーションができている。春に急成長を遂げ、夏の暑さを乗り越え、これからやってくる厳冬《げんとう》に臨《のぞ》む山は今、絢爛《けんらん》な上に荘厳《そうごん》。その美しさはこの辺りの山で随一《ずいいち》だ。

山から顔を出した太陽は幾筋もの白銀色の光で、町を覆う霧を切り裂《さ》いていた。いつもより早い時間に、ヒーターをつけた車で葵レストランに向かう。農道を覆う霧の向こうから農家の人だろう、ヘッドライトをつけた軽トラが現れて、ぼんやりしたエンジン音で走り抜けていく。

葵レストランでは、炊飯器やスープなどからもうもうと上がる湯気《ゆげ》に、差し込む日の光が柔らかく散らされる中、バンダナをきりりと締めた登磨が仕込みに入っていた。玉ねぎを高速で刻《きざ》んでいる。仕込み……仕込み⁉ 思わず二度見してしまった。

調理台のボウルにてんこ盛りだ。あれほど大量の玉ねぎ、何に使うんだろう。

美玖の薄ら寒い懸念には全く気づかず、葵レストランのシェフは洟《はな》を啜《すす》って目を擦《こす》りながら、いつもよりさらに陽気に鼻歌を歌っている。

「て、店長、あたしが刻みましょうか」

美玖は見ていられなくて申し出た。

シンクでナラタケの泥《どろ》を洗い流している瑛太は、美玖と目が合うと肩をすくめた。

「そんなに阿呆《あほう》みてーに刻んでどうしようってんだよ。馬にでも食わせる気か」

ずっと見守っていたらしい彼も呆《あき》れたようにいう。

「あれこれ分けて使うように計画してるんです」

登磨がびしっと用紙に手を置いた。

そこに書かれたメニューは、

三陸《さんりく》産　雲丹《うに》のクリームスープ
天然鮑《あわび》のステーキ
短角《たんかく》牛のコンフィ　ナラタケとマイタケのソテー添《ぞ》え
阿房宮菊《あぼうきゅうぎく》とラ・フランスのプロシュット・ディ・パルマのサラダ
牡蛎《かき》のクリームパスタ
新米おにぎり
カシスのレアチーズケーキ
ワイン、日本酒、珈琲

ちなみに阿房宮菊は県南地方で栽培《さいばい》が盛んな食用菊。鮮やかな黄色で、香りがいい。甘味と、ほんのりと爽《さわ》やかな苦味がある。それらは茹でても変わらない。それが、これまたフルーティなラ・フランスと合わさると、口の中は清涼《せいりょう》感のある奥ゆかしい甘さでいっぱいになる。プロシュット・ディ・パルマはイタリア産の生ハムで、世界三大生ハムのひとつ。桃《もも》色の柔らかな肉に、水脈のような白い脂《あぶら》が走っている。塩気はほどよく、肉はジューシーで、旨味が強い。

朝霧がすっかり晴れた八時。炊飯器からご飯をおひつに移していると、表でエンジン音が聞こえた。

店のドアが開いて顔を出したのは蘭。美玖は背中がピリッとした。

「おはよう。おにぎり作りに来たわ」

赤い色のエプロンを手にしている。

「準備できてます」

登磨がほかのお客さんに対するように愛想良く応ずる。タメ口ではなくなっていた。玉ねぎを一心不乱に刻んでいた気配はみじんもなく、実に落ち着いている。

おひつのご飯と、白い小鉢《こばち》に具となる梅、鮭、ツナマヨ、オリーブオイル、塩が並ぶ。

「ツナマヨは豆乳《とうにゅう》仕立てで、卵は使ってません」

登磨の説明に、よくできました、とばかりに、蘭が口元を引き上げる。

味噌《みそ》と白練りごま、出汁《だし》、豆乳生クリームを使った特製の具作りは、美玖も少し手伝った。混ぜ合わせるなんて慣れっこなのにひっくり返してしまった。失敗もまた日常茶飯事《さはんじ》なのに、携《たずさ》わるのが結婚披露宴というのに加え、それがどうやら登磨と無関係ではない相手のものということで、片づける美玖の手は震《ふる》えた。

片や登磨は「やっちゃったねえ」と笑い、新しい材料を用意してくれた上で、別に急がなくていいから、とフォローさえしてくれた。

急いだわけではなかったが、それからは慎重《しんちょう》に混ぜ、仕上げは登磨が行ったものだ。

柔らかな白色に仕上がった豆乳マヨネーズは、花嫁の色。

美玖は蘭と登磨を見て、床に目を落とした。料理を気に入ってもらえたことにはほっとしたが、気持ちは落ち着かないまま。

店長、分かってますか、彼女はもう人妻になるのですよ。

「美玖さんは不器用ですが、おにぎりは比較《ひかく》的上手に作れるんですよ」

急に瑛太が蘭へそんなことを告げた。美玖はパチパチとまばたきをする。

へえ、と蘭が表情を動かす。瑛太が口角を引き上げる。

「今の『へえ』はどっちに『へえ』といったんすか。『不器用』のほう？『おにぎりは上手に作れる』のほう？」

「あら、君、毒舌ね。もちろん……ええと」

「迷いますか、それ」

登磨が蘭の思考を代弁し、三人が笑う。出遅れた美玖は慌てて笑ってみる。

「じゃあ、さっそく取りかかろう」と、蘭がエプロンを身に着けた。エプロンはまだ彼女の体に馴染《なじ》んでおらず、よって新妻感がぐっと増す。

美玖は彼女のことも、エプロン姿の蘭を前にした登磨のことも正視できずに、目を逸らした。けれども一瞬にしてまぶたに焼きついた光景は消えない。

真珠《しんじゅ》のような肌のキリッとした顔立ちに、深紅《しんく》のそれはよく似合い、さらに美しさを際立たせている。エプロンは本人が選んだのだろうか、旦那《だんな》さんが選んだのだろうか。もし本人が選んだのだとしたら、自分に似合うものが何か、把握《はあく》しているということだ。

それは大人であることのひとつの指標のような気がする。美玖はまだ何が自分に似合い、何が似合わないのかつかんでいない。何がふさわしくて、何がふさわしくないのか――。

美玖は登磨へそろりと視線を向け、それから自分の丈《たけ》を詰めた黒いエプロンを見て、蘭へ転じた。

自分に似合う色のエプロンをここで着ける意味はなんだろう……。

ぐるぐると考えてしまい、頭がぐらぐらしてくる。

蘭が手を洗おうと腕まくりをして、カウンターに入っていく。美玖もあとに続いた。登磨が立つガス台の向こうに手洗い器がある。蘭が登磨に近づくにつれ、美玖の鼓動は大きくなる。

登磨が手洗い器のさらに向こうの冷蔵庫《れいぞうこ》に移動した。美玖は胸をなでおろす。蘭が登磨を肩越しに気にする素振りをして指輪を外して、そっとエプロンのポケットにしまった。

手を洗いカウンターから出て、材料が広げられたテーブル席に移ると、ビニール手袋をはめて蘭はツナマヨおにぎりを作り始めた。

「旦那さんはいつ来るんですか」

瑛太が布巾《ふきん》を畳みながら尋ねる。

あっという間にひとつを完成させた蘭が、次に取りかかる。美玖はまだ一個も作れていない。いつもの調子が出ない。

「九時。実家の両親とホテルに泊まってる彼のご両親を、マイクロバスで拾ってね」

「へえ。なんかそういうのほのぼのしますね」

「でしょ？　そういうの協力してくれる人なの」

蘭の声が弾《はず》む。

「あたし的には神主に祝詞《のりと》上げられるより、昔から親しんできた神様に手を合わせたほうが幸先がいいような気がするんだよね」

美玖は登磨をうかがう。彼は牡蠣のパスタをフライパンから運搬用の密閉容器へ移していた。パスタのクリームも、豆腐《とうふ》と生クリームと裏ごししたかぼちゃが使われて、卵は入っていない。それでいながら、濃厚な味わいに仕上がっていた。移し終えると、スープの味を見る。

美玖はラップを用意するため、カウンターに入った。登磨が小皿を手に首を傾《かし》げる。

「美玖ちゃん、ちょっと味見して」

すすいで新たなスープで満たした小皿を渡され、美玖は口に含んで、何が不足か探る。

ふと、自分は足りないものを見つけるのが得意なのではないだろうかと思い至《いた》る。いつから得意になってたんだろう……。

カウンターの向こうの蘭と目が合った。その瞬間、ピンときた。

「ピリッとしたものがいいです。胡椒《こしょう》がほしいかも」

美玖はそばにあったガラスのペッパーミルを取って差し出す。だが登磨の差し出された手に当ててしまい、ペッパーミルが手からスルッと抜けた。

「あっ」

胸に刺《さ》さるような音でガラスが割れ、胡椒の実がこぼれ出る。

「すみません！」

ストックがあるか、棚に視線を走らせる。様々な香辛料の瓶《びん》の向こうに一本未開封《みかいふう》のものを見つけた。それに手を伸ばしかけたのと、登磨がいったのが同時だった。

「オレ、ちょっと行って買ってくるわ」

コックコートを脱ぐ。

「え、店長、ストックが……」

「こっちはもう、スープ煮込むだけだから。美玖ちゃんはおにぎり進めてて」

美玖は一瞬の間のあとで、頭を下げた。

「――分かりました。申し訳ありません」

壁の釘にコックコートを引っかけると、登磨は車のキーを手に出ていく。瑛太がほうきとちりとりを持ってきて、片づけるのを手伝ってくれた。

「ごめんね。ありがとう。また失敗しちゃったよ」

また迷惑かけた。情けない。普段は考えないのに今この時、クビの文字が浮かぶ。失うかもしれない、大好きな居場所を。

「あいつ、助かったって思ってるよ」

瑛太が声を潜《ひそ》めた。美玖は視線を上げる。すぐ目の前に瑛太の顔がある。目が合うと、瑛太はすぐに目を伏せ、目元を覆うようにしてメガネを上げた。

「……美玖さんのおかげで外に出られて」

瑛太は腰を上げ、ちりとりに集めたかけらを広げた新聞紙に空けて包む。

美玖はそれにマジックペンで「ガラス」と書き、不《ふ》燃《ねん》ゴミ箱に捨てた。

美玖も立ち上がってカウンターを出る。

「そういえば、あの子は誰？　バイト？」

蘭が瑛太に尖《とが》った顎をしゃくる。瑛太はほうきとちりとりを、フロアの用具置き場へ片づけている。

「店長の甥《おい》っ子《こ》の瑛太君で、バイトというか、お手伝いしてくれてます」

「手伝い、ね。長いの？」

「あたしの一年先《せん》輩《ぱい》ですかね」

「あなたはどれぐらい？」

「去年の梅《つ》雨《ゆ》の時期からですから、一年と数か月ぐらいになります」

蘭はそう、と鈍い返事をし、白い丸皿におにぎりを置いた。

「オーナーサン、どう？」

「どう？　どう、とおっしゃいますと……？」

「扱いやすい？　つかみどころがないとか、分かりにくいとか、ない？　それと……脈絡なくふいっといなくなるとか、ない？」

「ふいっと……？　いえ、ないです。ほとんどこのお店にいますし、どこかへ行く時はちゃんといい置いてくれますよ」

蘭は、そう、と遠くを見るようなまなざしをした。完全に手が止まっている。

瑛太がカウンターに入り、手を洗ってからスープの様子を見る。

美玖はご飯を手のひらに受けた。あっちっち、と湯気の上がるご飯を両手の間で行き来させる。ビニール手袋越しの手のひらが真っ赤だ。

「あなた、お上手ね」

「ありがとうございます。あたし、小さい頃から泥団子《どろだんご》作りは誰よりも得意だったんです」

褒《ほ》められて、落ち込んでいた美玖はあっという間に浮上した。たとえ若干のもやもやしたものを感じていた相手からの称賛だったとしても、美玖はそれはそれとして健やかに受け止める。

「泥団子で自慢しますか」

聞こえたらしい、瑛太のツッコミが入るが聞こえなかったことにする。蘭は薄く笑う。

「おにぎり久しぶりに握ってるなあ」

蘭がしみじみという。

「大変お上手です」

にっちにっちと彼女の手元から音がする。

「子どもの頃、毎日のように握ってたからね。あたしの家、父がサラリーマンで、母が小さい農家やってるんだけど、昔から、母は朝が早いわけ。五時とかにはもう畑に出ちゃうから、高校卒業するまでは朝食係はあたしだった。大したおかずなんか作れないから、よくおにぎりを作って畑に届けてたんだ。父の朝食もおにぎりとお味噌汁だけ。お弁当もおにぎりと、それから鮭とウィンナーぐらいだった」

「朝早く起きるのって、とても気持ちいいですよね」

美玖が共感すると、蘭は目を見張る。

「え。あなたそこ、いうんだ」

「え？」

キョトンとしている美玖に、蘭は笑いを堪《こら》えた顔をした。蘭の反応から美玖は、間違ったことをいってしまったと判断して、話を変えてみる。

「お茶碗で食べるご飯と、おむすびって、味が違いませんか？」

美玖が意見を求めると、蘭は手元に目を落として力を込める。ややあって、「違うね、全然」と、皿におにぎりを置いた。ボウルの水で手袋を湿《しめ》らせ塩をなすりつける。しゃもじでご飯をざっくり掘って手に受け、具を入れずに握っていく。

「家を出てからもよく、おにぎりを食べたんだ」

「新郎さんとですか？」

「新郎？」

一瞬蘭は「新郎」が誰を指しているのか思い当たらないようなキョトンとした顔をしたが、まばたきした次の瞬間には、もう口の端だけに硬い笑みをのせていた。

「そういえば、三沢におにぎりを食べさせたことってなかったな」

続く答えを待ったが、蘭は掘り下げなかった。

「おにぎりって、一番分かりやすい料理だと思わない？」

「分かりやすい？　味とか形状が単純ってことでしょうか」

「そう。だから握ってくれた人の感情が現れやすい」

美玖は首を傾げた。

「う～……。そういうものですか」

「シンプルであればあるほど、内面が露骨《ろこつ》に出るのよ」

怖いよねえ。目を伏せて握る蘭は、美玖ではない誰かにいっているようだった。

「前にあたしがつき合ってた人、レストランで料理作ってたの」

おにぎりを皿に並べ、蘭は塩と、ずっと避けていたオリーブオイルを手のひらに受けると、ご飯を握り始めた。

「彼、若いのにチーフで、フロアまで出てきて料理の説明をしてくれるような立場だったわけ」

「――そうなんですか」

静かに相槌《あいづち》を打ってご飯を握る。さっきからずっと美玖は塩むすびしか作っていない。

「あたしが彼に作ってあげるのは、いつもおにぎりだったんだ。ほら、彼はなんだって作れるんだもの。でもおにぎりだけはあたし、自信があったからね」

だって、毎日作ってたし、込めた気持ちがストレートに出せるから、と蘭は口元に笑みを浮かべた。美玖はつられて目元を緩《ゆる》ませる。

店長はどういう想《おも》いで、彼女の披露宴のための料理を作っているんだろう。

「つき合い始めて三か月ぐらいして、仕事帰りに彼のレストランにこっそり行ったの。それまでは『今日行くから』って伝えてたんだけど、その時は驚かせてやろうと思って」

「驚かれました？」

うん、と蘭はしてやったりの顔をする。

「彼はどのお客さんが何をオーダーしたのかなんて知らないじゃない。食べ終わってシェフを呼んでもらったの。出てきた時の彼の顔ったらなかったよ。目なんて真ん丸く見開いちゃって、口あんぐり開けて」

くすくす笑う。そういう風に笑うと途端《とたん》に少女のような顔になる。

彼は、空っぽの皿を見つめてただ突っ立っていた。

スタッフが呼びに来ると、彼は我《われ》に返ったようにまばたきして、ほかのお客さんにするのと同じように礼儀《れいぎ》正しく頭を下げてその場を去った。

蘭は出入り口へ顔を向け、ぽつりといった。

「さっき、外に出ていった時の背中、あの時とそっくり」

いないと分かっているのに、美玖もそちらを見てしまう。すりガラスの向こうは、軽やかな明るい光で満たされている。

「それからすぐに電話が来て、レストラン辞めるからって報告された。理由をいわないの。何がなんだか分からなくてレストランに行ったら、本当にそこにも、アパートさえも引き払って、いなくなってた」

携帯も通じないので、実家の番号を調べて同級生を装《よそお》い、それとなく聞いても神奈川にいますとしか返ってこなかった。

「それが、飲食店の口コミサイトを見てた時に偶然《ぐうぜん》知ったんだ。その人が店持ったって」

蘭の呟きは、そこにぽかりと浮いた。瑛太が鍋から視線を上げてちらりと蘭を見る。

「いくら故郷とはいえ、わざわざ葵岳で披露宴って、なかなかないんじゃないですか？」

瑛太が鍋にふたをして火の調節をしながらいった。さも、ふと思いついたというように。

「そうかしら。……そうかもね、あたしみたいな気持ちで故郷の山でやるって人はあまりいないかもね」

蘭はにっち、にっちとおにぎりを結ぶ。手元に顔を向けているが、彼女の目はおにぎりを見ていない。だから餅《もち》みたいになってしまっている。

「区切りだから。気持ちに、そろそろ区切りをつけなくちゃってね。独身と既婚の境目《さかいめ》の日に、地上と空の境目の郷土の山に立って、そこからの独身最後の景色を見ようって。そんな理由が上澄《うわず》みにある。でもその下には」

美玖は息を詰めて蘭の横顔を見つめる。

「あてつけ」

放たれた言葉に、美玖はまばたきをする。

「もう二十八だよ、あたし。追っかけてばっかりもいられなくなってきた。三沢が結婚しようっていうからさ。条件がいろいろいいし」

蘭の言には、丸みや柔らかさが一切ない。就職先を選ぶみたいだ。

「だってそういうもんでしょ、結婚って。今時、感情だけで籍《せき》入れるのは単なる馬鹿でしょ」

美玖は戸惑う。なんと返せばいいのか答えが見当たらない。結婚は感情だと思っていた。だって好きでもない人と一緒になんか生きられない。

蘭は美玖とは違う価値観を持っているのだろうか。人はみんな違う価値観で生きていることを思い知らされた。

「あたし、あなたみたいな人間だったらよかったな」

「あたしみたい、ですか？」

思いもよらないことをいわれ、美玖はぽかんとして自分を指した。ごめんね悪く取らないでほしいんだけど、と蘭は断って続ける。

「短い間だったけど、見ててなんとなく、変な拘《こだわ》りとかプライドとかがなさそうに見えるから」

また褒められた。美玖ははにかんでお礼をいう。

「ほら、そういうところ」

蘭も笑った。

「拘りとかプライドとかって、時に素の感情も、思い描《えが》いてた未来も潰《つぶ》しちゃうことがあるの」

拘り……。その言葉が美玖の胸にぶつかり、コトリと音を立てる。

蘭が、残っていたちょうどひとつ分の空間を塩むすびで埋めたところで、美玖は、鼻歌が近づいてくることに気づいた。美玖たちは会話を中断し、ドアに注目する。人影《ひとかげ》が映《うつ》りドアが開いた。やはり、登磨だった。

「ただいま～」

小さなコンビニ袋を提げている。

「おかえりなさい。お手数をおかけしてすみませんでした」

頭を下げる美玖。蘭との会話を聞かれてやしないかとドキドキする。

「お、結構作ったなあ。これ美玖ちゃんが作ったんだろ」

登磨が、隙間《すきま》なく並ぶおにぎりのひとつを指す。角が丸みを帯びたころんとした三角おにぎりは自らが発するしっとりとした光をまとい、ひと息つくようにふくよかな香りの湯気を上げていた。

「分かるの？」

蘭が不思議そうに尋ねる。並ぶおにぎりは一見して形も大きさも同じように見えた。

「なんとなく」

登磨は袋から胡椒を出しながらカウンターへ入ると、瑛太が差し出すコックコートを受け取った。蘭は、袖を通すその背中を見つめていたが、登磨が振り向くと同時におにぎりに目を移した。

準備が整った九時少し前。光沢《こうたく》のあるグレーのスーツに身を包んだ三十代半ばに見える男性がやってきた。上背があり、スーツが馴染んでいる。

「こんにちは、お願いしてました三沢です。今日はお世話になります」

軽く頭を下げる所作は隙がなく堂々としたもの。ホームベースのようなしっかりした顎をしている。余裕のある笑みと口調は、社会的にそれなりの成功を収めた人間であることを匂《にお》わせた。

「こちらこそ、当店を御指名くださりありがとうございます。この度はおめでとうございます」

隙のない完璧な笑顔で、如才《じょさい》ない対応をする登磨を、蘭は無表情で見つめている。

「すみません、一度もお伺いせずに丸投げ状態で。彼女のお勧めだったものですから、それなら安心だなって……」

幸次が蘭に目配せする。蘭は登磨から目を逸らして、新郎に微笑《ほほえ》み返した。

「お義父《とう》さんたちは？」

蘭が新郎に尋ねる。

「今、ホテルから神社に送ってきたよ」

新郎は物柔らかに報告し、それからラップに包まれてずらりと並んだおにぎりを見渡した。

「すごいね。こうやって見るとおにぎりも壮観だ。どれが蘭ちゃんが作ったの？」

そのひと言に、なぜか美玖はドキリとした。

「この辺のがそう」

蘭が指す。

「へえ、よく握ったねえ。お疲れ様。……あれ、指輪は？」

「え？」

「ほら、君が大事にしていつもつけていた」

「ああ……」

蘭の手がポケットを押さえ、その視線は登磨へ向けられる。登磨は料理を密封容器に移している。蘭は幸次に向き直ると、空っぽの左の薬指がよく見えるように、手を胸の前に掲《かか》げた。

「今日からここにはまる指輪があるでしょ」

「あ、そうか」

新郎はおっとりと頭をかいて笑った。もお、しっかりしてよ、と蘭が軽く幸次の腕をぶつ。和気あいあいとした雰囲気《ふんいき》のふたり。美玖は自らの心臓《しんぞう》が不穏《ふおん》な音を立てるのを聞きながら、後片づけを始めた。

登磨が、新郎新婦のやりとりが途切れたのを見て口を挟《はさ》む。

「では、私たちは先に頂上でお待ちしておりますので。お気をつけて登ってきてください」

「はい、よろしくお願いいたします」

新郎はこなれた様子で蘭の背中に手を回し、エスコートして出ていく。美玖は、蘭の肩甲骨をしっかりと包む実直そうな大きな手を見つめた。

三人は通常ルートの登山口から山に入った。

まるで紅茶の中に落ちたかのよう。郷愁《きょうしゅう》を誘うような独特の秋の香りが立ち込めている。一部が茶色く枯《か》れている笹藪《ささやぶ》の陰から、ジージーという送電線から発せられる音のような虫の声が、絶え間なく聞こえていた。

美玖は阿房宮菊とラ・フランスのサラダとパスタを入れたクーラーボックスをたすきがけにし、雲丹のクリームスープを詰めた食缶を背負った。瑛太は牛のコンフィと鮑、登磨と分担した飲み物。大事なウエディングケーキとおにぎりは誰が決めたわけではなく、残りの飲み物と共に登磨が担当した。

食品以外の炭や什器《じゅうき》やカトラリー類などはあらかじめ前日のうちに運び上げていた。

十時近くなっても日陰の草は濡れ、落ち葉に覆われた道はぬかるんでいたが、防水靴のおかげで浸《し》み込むことはない。漂う気配は澄み渡り、落ち着いている。ここを花嫁と花婿《はなむこ》が登ってくるのだ。そういう道だと思いながら美玖は一歩一歩、憧《あこが》れと祝福と、そして一番前を行く登磨の背中に複雑な思いを抱きながら踏み締めていく。

鎖場《くさりば》までやってきた。修験道《しゅげんどう》の鎖場よりは若干緩く、岩の角は擦れて丸みを帯びている。ここを越えればゴール。首を反らせて先を見上げる。ふたりの尻と、背負った荷物の底が見える。

ごつく頼もしい鎖にすがりながら、滑らないよう柔道《じゅうどう》部員お家芸のすり足で岩に足の裏を沿わせ、足の指に力を込める。クーラーボックスが体の動きを妨げるが、右手で鎖につかまり左手を岩のくぼみに伸ばした。

いつも登っている慣れた鎖場。体を持ち上げようとした時、登磨と蘭がやりとりしている場面が頭をよぎった。

ふたりがつき合っていたのは分かるし、ひょっとしたら、気持ちは今もまだ残っている……というのも推察できる——。

もやもやして混乱しているのは、ふたりの関係のせいだけではなく、今のこの状況をどう捉えればいいのか分からないせいもある。落ち着かない。自分はどうしたいのか、どう思っているのか。蘭が結婚することを、登磨と蘭の立場から考えて、ものすごく胸が痛くて苦しくなる一方で、その反対の気持ちもないわけじゃない。

混乱している。自分自身の気持ちが一向に見えてこない。登磨が傷つくのは見たくないし、だからといって蘭の結婚が破談になればいいなんてもっと思えない。それはたぶん、登磨も同じだろう。

もやもやもやもや……。

足がずるりと滑った。重心が後ろに引っ張られる。バランスが崩れ足が浮く。美玖は頭が真っ白になり、悲鳴を上げることさえできない。血のように染まるモミジの向こうに、青い空を見た。この世界の外側まで続いていそうな澄んだ青――。

あ、終わるんだ。

そう思った。

世界が、飴《あめ》のようにぐんにゃりと伸びる。

胃《い》がすくむ。あの日の音が耳に蘇《よみがえ》る。悲鳴は一切聞こえず、凍《こお》った土に叩《たた》きつけられた音。砂袋を落としたような音。そのあとのすべての音をこの世から消し去った、静かで。

――最大の。

――絶望の。

――音。

背負っていた食缶が岩に当たる。甲高い音が耳をつんざく。クーラーボックスが闇雲《やみくも》に振り回され、岩にぶつかる。美玖は反射的に顎を引いて背を丸めた。無意識に受け身を取り、衝撃が最小限ですむようにする。

と、ふいに滑落《かつらく》が止まった。胸に圧迫感を覚えて目を開けると、たすきがけのクーラーボックスのバンドが、岩場に張り出した幹に引っかかって滑落を止めてくれたのだ。

激しい心臓の音とザーザーというノイズの向こうから、美玖を呼ぶ瑛太の声が迫ってきたかと思うと、岩の間から顔が覗《のぞ》いた。

「美玖さん！　登磨ぁ、美玖さんが！」

上に向かって登磨を呼び、クーラーボックスのバンドから抜け出した美玖のそばに飛び降りた。

「ケガは⁉」

瑛太が鬼気《きき》迫る顔で覗き込む。

「大丈夫。どこもなんともない。それより……」

美玖の震える視線の先を追った瑛太は口を噤《つぐ》む。

ふたが開いて、サラダやパスタが地面に散らばっている。泥まみれだ。ガッチリ密封された食缶は、幸いにして美玖が受けるはずだった衝撃を受けて、横っ腹を凹《へこ》ませているだけ。

登磨も靴底を滑らせながらすっ飛んできた。登磨の顔を見た美玖は、目頭が熱くなる。

「美玖ちゃん、落ちたかっ、ケガは」

「すみません！」

美玖は岩に頭突きする勢いで頭を下げた。

「申し訳ありません、料理を台無しにしてしまいました……っ」

申し訳なさすぎて頭が真っ白になり、それ以上言葉が出てこない。

「料理なんてどうでもいい！　頭打ってないか⁉」

登磨が美玖の顔を両手で包んで覗き込む。美玖は目を丸くして登磨を見た。登磨は、形のいい眉をきつく寄せ、目つきを鋭くさせている。

「う、打ってません。そんなことより」

「ほかは？　骨折れてるとか、関節外れてるとかないな？」

登磨が美玖の腕をつかんでねじったり持ち上げたりして、若干乱暴《らんぼう》だが、点検する。スライディングして擦《す》り傷を作った時の比じゃないほど強い力で握られ、美玖の気持ちがすくむ。いつもほやほやしていた登磨の迫力に、畏怖《いふ》の念すら覚えた。鼓動が速まっていく。胸に響く鼓動のリズムと強さは、登磨のエプロンに獣《けもの》の血を見た時のそれと酷似《こくじ》している。

「な、ないです」

美玖は体に残る震えの尾を隠し、手をグーパーしたり、首を回したりして平気であることをアピールした。骨折も脱臼《だっきゅう》もない。これから痛みは出てくるのだろうが、現時点では一切痛くない。というか、痛みを感じられるほど、今の美玖に余裕はなかった。

「それより店長、どうしましょう……」

登磨は曲げた膝《ひざ》に両肘《りょうひじ》を引っかけて頭を垂《た》れると、深いため息とともに、よかった、と漏らした。

瑛太が幹にぶら下がっているクーラーボックスを下ろす。

無残な料理を見て、美玖は唇を噛《か》む。滑落の最中、ふたを開けた記憶。震える両手を握り合わせる。もう大丈夫、と思ったのに……。

顔を上げた登磨はいつもの穏《おだ》やかさを取り戻していた。彼は足元に散らばった、泥にまみれたパスタや生ハムを見渡す。

「おお〜、こらぁ思い切ったなぁ。これでよく死ななかったね。食缶なんてエライ引っ込んでんじゃない、こんなんで骨の一本も折らないなんて驚異的だよ、もはや人間じゃないよ」

ほっとしたためか、登磨の軽口が復活した。瑛太にしても「最後のは余計だ」とたしなめる余裕が出てきた。

ふたりのやり取りに、美玖の心と頭が動き始めた。

「……店長、あたし食材を調達してきます。採《と》ってきます」

瑛太がギョッとした顔を向けた。

「美玖さん、そんな。今は無理ですよ。何かあったらどうするんですか」

「大丈夫。気をつける。……店長」

許可を求める視線を向けると、登磨は、うーんと唸りながら、バンダナを取って頭をぐしゃぐしゃとかき回した。

「危ないしなあ……」

「お願いします店長。やらせてください」

美玖は登磨をまっすぐ見つめた。

「せっかくのお祝いの席を少ない品数では祝えません。がっかりさせたくないです。もちろん、単純に品数さえあればいいというわけじゃないですけど……。重ね重ね申し訳ないことに、店長に調理してもらわなくちゃならないのですが」

つけ加えて、美玖は身を縮める。

登磨は頭から手を浮かせた。

「まあ、オレならそれくらい訳ないけどな。それに、この山の食材で祝うってのも粋だ」

瑛太が眉を寄せて登磨を見る。

「やってみるか、美玖ちゃん」

美玖の心に光が射す。

「おい登磨、何いって」

瑛太が険しい顔を向けるも、登磨は取り合わずに、バンッとクーラーボックスのふたを閉じて立ち上がる。

「そしたら手当たり次第に集めてきて。食えるか食えないかの責任はオレが持つ。くれぐれも無理はしないこと。体に不具合が出たり、気分が悪くなったりしたらすぐ戻れ。オレたちは上で待ってる」

「はいっ。ありがとうございます。いってきます！」

美玖はクーラーボックスを肩にかけると、森へ踏み込んだ。背中に瑛太の「美玖さん」と心配する声がぶつかったが、美玖は振り返らなかった。

ツルをつかみ、笹藪に目を凝《こ》らしながら進む。倒木を見つければ、必ずといっていいほどそこにあるキノコを確認した。

ひとりきりで、むせるような赤と黄の山中を歩いていると、立ちすくみそうになる。

止まりかけるその足を前へ進ませるのは、披露宴を成功させたいという一念。その背中を押すのは、蘭の少女のような笑顔と、料理をする登磨の姿。

ふたりの想いをぶち砕《くだ》いたままで終わっては、絶対にダメだ。

三十分ほどして、クーラーボックスに食べものが集まると、山野草が目に入ってきた。リンドウと、鮮やかに紅葉しているガマズミや黄葉しているイタヤの枝を手折《たお》って、ツルでまとめた。

鎖場に戻ってきたところ、目の高さの岩にキセキレイが留まって尾を上下させていた。ご機嫌に歌って飛び立つ。あとには鮮やかな黄色い羽が一枚落ちていた。

頂上を踏んだ美玖の目に入ってきたのは、一般登山者で賑《にぎ》わう中、セッティングをあらかた終えたテーブルだ。山小屋にあった長方形の折り畳みテーブルに、糊《のり》の利いたクロスがかけられ、飲み物と木製の皿に移された料理が並んでいる。鮑のステーキ・ベイクドオニオン添え、玉ねぎと短角牛のコンフィ・ナラタケとマイタケのソテー添え、そして、玉ねぎの襲来《しゅうらい》から免れたおにぎりと、ルビー色の真ん丸いカシスのゼリーが、真っ白い三十センチの本体に吸いつくようにあしらわれているレアチーズケーキ。登磨は、赤いカシスゼリーと白いレアチーズケーキを、寿の色に見立てたのだそう。

離れた所に、景色を楽しめるよう簡易イスが配置されていた。

登山口の横にバーベキューコンロが設置され、赤々と燃える炭火《すみび》の上で、雲丹のクリームスープが温め直されている。

登山者らは驚きや好奇心に満ちた目を登磨と瑛太、テーブルに向けている。事情を聞いている人もいて、彼らは当事者ではない登磨と瑛太に気前よく「おめでとう」と祝福を贈っていた。

「店長、瑛太君、お待たせしました」

クーラーボックスを開けてお披露目《ひろめ》する。

登磨と瑛太が覗き込んだ。

「おお！　ご苦労！　あれ、ひょっとして湧き水で洗ってきた？」

「あ、はい」

「上出来」

早速、登磨が中身を可食と不可食とに仕分けていく。判断が曖昧《あいまい》なものは潔《いさぎよ》く廃棄《はいき》。祝福のためのリンドウなどの野草の花束は、登磨に悪いような気がして、美玖はコンロ脇のウォーターサーバーの陰に隠した。ウォーターサーバーは水で満たされている。美玖が山をウロウロしている間に、山小屋のそばに湧いている清水を汲《く》んできていたようだ。

採ってきたものの三分の一は廃棄になったが、十五人分を賄《まかな》えるぐらいは充分に残った。

鮮やかな青紫《あおむらさき》色のぽってりとしたあけびを、手のひらで弾ませる登磨。

「この時期にこの美しさを保って残ってるのは、珍《めずら》しいな」

手を擦り合わせて唇を舐《な》めた。

「まずは手を洗って。そしたら瑛太、こいつのワタを取って、種を除いて。美玖ちゃんは山ぶどうを潰して。ソースにするから。それが終わったらキノコを適当に裂いてくれる？」

「はいっ」

登磨は山芋《やまいも》の赤ちゃんのようなムカゴの皮を剝《む》いていく。その手際の良さといったら、ムカゴが自ら皮を脱いでいくようである。

甘味のあるあけびのワタと、山の栄養を閉じ込めたような乳白色のムカゴ、秋の匂いを凝縮《ぎょうしゅく》した香り高いカックイ、シメジ、マイタケといったキノコと合わせて、ふかふかのあけびの皮に詰めていく。

口を小枝で閉じた登磨が辺りを見回しているので、美玖はコンフィを入れてきたコッヘルを差し出した。底には、澄んだオイルと肉汁が残っている。

登磨が口角を上げて受け取る。そこに潰した山ぶどうと雲丹スープ、甘味と深みを出すために日本酒を加えてコンロで煮詰めていく。香りが立ってきたらあけびを並べてふたをし、蒸《む》し焼きにする。

ふたをずらして様子を見ると、紫色だったあけびの皮が薄茶色になってきて、プツプツと弾けて穴が開いていくのが確認できた。そのたびに小さな湯気が溢《あふ》れ、山ぶどうのソースのフルーティな香りと、かすかなほろ苦い香り、キノコの奥深い香りが立った。登磨がソースをスプーンですくって味を見る。その真剣な顔を美玖は祈るように注視した。

美玖と目が合った登磨は、新たなスプーンですくったソースを美玖へ差し出す。

光沢のある濃い紫色のソースをひと舐めした美玖は、目を見開いた。

「んっ！　ベリーの甘酸っぱい爽やかな香りが鼻に抜けました。最初にベリーの風味が来て、あとから雲丹スープのコクが追いかけてきます。しかも、とろけた玉ねぎの甘みもあるので、味に層ができて深みが出てますよ！　濃くてはっきりした味ですけどしつこくないです。これは飽《あ》きませんね。ずっと食べていたいくらいです。ただ、もう少し酸味が抑えられれば、もっとバランスがよくなるはずです」

「そうかぁ。うーん、ここには余分な調味料を持ってきてないしなぁ。どうすっかなあ」

登磨が腕を組んで顎に手を添える。美玖は改めて手持ちの食材、料理を見回した。

「おにぎり……」

「え？」

「ご飯って甘いですよ。多めに作ってるから、ひとつくらい使っても支障ありません」

「あそうか」

登磨が手を打つのと同時に、瑛太がテーブルへ駆《か》け、おにぎりを取ってきた。登磨がそれを崩して具を取り除き、スプーンの裏でご飯を潰しながらソースと合わせていく。いい具合にとろみが出て紫色が柔らかくこなれていく。

味を見た登磨が、親指を立てた。美玖はようやく肩の力を抜くことができた。

登磨はそれ一品で満足せず、余ったムカゴをパーコレーターに入れて茹で始めた。

「あ〜、いっぺんにこれだけしか茹でられないんじゃ、時間が足んね。鍋〜」

登磨がバンダナをした頭を抱えて周りを見回す。コッヘルはもうない。

「あれ、何これ」

珈琲用の紙コップを取ってウォーターサーバーに近づいた瑛太に、隠していたブーケが見つかってしまった。登磨も視線を向け、ん？ という顔をした。

「ブーケだな」

登磨は拾い上げて美玖を見る。

「ショッボ！ 登磨、いつの間にそんなもん作ったんだよ」

瑛太がけなす。

「美玖ちゃんが作ったんだ。気が利いてる」

いつもの笑顔だ。美玖は半ば気が抜けた顔で登磨を見て、ほっと息を吐いた。瑛太がいい直す。

「……控《ひか》えめでさりげなくて、ええと」

「葵岳らしくていいんじゃない？」

登磨が瑛太の言葉につなげながら、香りを嗅《か》いだ。新婦に渡る花を手にしている登磨のまなざしは、物優しい。

「さて、続き続き。急ぐんだろっ」

瑛太が声を張る。汲み置きの湧き水を紙コップにどぼどぼと注ぐと、ムカゴを放り込み、コンロに置こうとした。登磨が咄嗟《とっさ》にその手をつかむ。

「おいオイ甥、何してんの、何血迷った」

「血迷ったかどうか、やってみれば分かる」

次々と、ムカゴ入りの紙コップをコンロに並べていく。登磨と美玖はあっけにとられて瑛太の動きを目で追うばかり。

間もなく、紙コップの底が焦《こ》げ始めた。が、水に接触している部分は焦げる気配を見せない。そうこうするうちに水は沸騰《ふっとう》しだした。

「マジか。お前よく知ってたな」

登磨が感心する。

「学校で実験したんだ」

瑛太は「学校」と口にしたところで白けた顔をした。とはいえ、小鼻が膨《ふく》らんでいるところを見ると、それほどつまらなくはなかったようだ。美玖は微笑ましい気持ちになる。

「これで足りる？」

「ああ、充分」

叔父と甥の、引き上げられた強い口元はそっくり。

ムカゴが茹で上がるまでの間に、美玖はテーブルを飾ることにした。あけびのツルを形よく這《は》わせ、丸っこい松ぼっくりや、鮮やかなモミジやカエデの葉を風で飛ばないようツルの下に置いていく。青紫色のグラデーションが美しいリンドウ、黄色い小さな花が密集して咲くアキノキリンソウといった山野草をあしらう。

ほのぼのとした温《ぬく》もりが出せているだろうか。せっかくのふるさとでの婚礼だ、くつろいだ気持ちになってもらえれば嬉しい。

がやがやと人の声が聞こえてきた。

美玖はコンロの前へ駆け戻り、三人でムカゴの皮を急いで剥く。登磨が、わずかに残っていたパスタのソースで味つけし、瑛太がサラダの残りのラ・フランスをサイコロ大に切って食感のアクセントと香りを加え、美玖はフォークで形を整え、残っていた鮮やかな黄色の阿房宮菊を散らした。

「っしゃ。ムカゴのポテトサラダの完成ー！」

登磨が嬉しそうに拳《こぶし》を握ったところで、三十代から六十代ぐらいまでの男女が次々と山頂に姿を見せた。みんな動きやすい服装である。

頂上は一気に活気づく。

「おい見ろよ、ここで料理してくれてるよ！」

招待客がコンロに集まる。料理が出ることは、聞かされていなかったのかもしれない。

「懐かしい！　あけびでねど」

年配の細身の男性が顔を輝かせる。頭の禿《は》げた男性も興奮《こうふん》する。

「あけびは熟《じゅく》すと自然に開くすけ『開運』さ通じるものがあるんだ。縁起ものなんだよ。君たち、若いのさよく知ってたね！」

あけびはフルーツとしてなら、白いワタを生のまま食べる。種は厄介《やっかい》だが、ねっとりとした食感は洋梨に似ている。香りも甘みも儚《はかな》く、臭みはない。一方の皮は、焼かないと食べられない。ほろ苦く、その苦みを好む地元の大人は多い。

「……中に詰めてあるのは——ムカゴにシメジに……カックイまで！　どうりで山のいい香りっこがすっと思ってました。このマイタケも肉厚で質がいいですねえ」

こうして見ると、葵岳は豊かで、生き物にとって優しいところもあるんだな、と美玖には思えた。

登磨が人懐《ひとなつ》こい笑顔で木製のプレートに取り分ける。こういう時、木製の什器は割れないし軽いので重宝する。ワイングラスも木製を選んだ。木とワインの香りは合うものだ。

最後に主役が登ってきた。新郎が新婦の手を取って引き上げると、拍手が沸《わ》き起こった。

蘭は、朝とはまた違う水色のナイロンパーカを引っかけ、デニムパンツといったスタイルで踵《かかと》がペタンコの赤い靴を履いている。新郎も似た感じの、肩肘張る必要のない着心地がよさそうな服で、それはふたりの普段の雰囲気を思わせた。

新郎が新婦の服についた土汚《よご》れを甲斐甲斐《かいがい》しく払ったあと、全員で、社《やしろ》とお地蔵さんに手を合わせた。

大安吉日。暑くも寒くもなく、風は緩やか。空の隅々まで晴れ渡っている。キセキレイが祝い唄のように絶え間なく、高く澄んだ声でさえずっていた。

「じゃあ、ケーキカットばやってもらおう」

押し出しの強そうなおじさんが、添えられていたケーキナイフを新郎新婦へ差し出す。新郎は照れ、新婦はそういうのはキャラじゃないと胸の前で手を振る。

「いいでないの、祝い事なんだすけ。みんなさ福ば分けてくれよ」

招待客ばかりか登山者も拍手をしたので、ふたりは顔を見合わせ、おずおずと手を伸ばした。蘭のスラリとした細い手に、大きく分厚い幸次の手が重なる。

たくさんの祝福の中、ふたりはナイフを差し入れた。

拍手が沸き起こる。目を釘づけにして、美玖は頬を染め胸の前で手を握っていた。

ふたりはナイフを置いて微笑み合う。

その時、彼らに歩み寄った影があった。美玖はハッと緊張《きんちょう》する。

「――店長」

登磨がナイフに手を伸ばした。登磨を見た蘭が真顔になる。美玖は足がすくんだ。

不穏なものを感じたのは、美玖と瑛太とそして、蘭だけだ。

瑛太が美玖の横を掠《かす》めて登磨へと駆ける。

幸次が登磨の手元に視線を向け、顔を上げると、のほほんと笑いかけた。

登磨も端整な顔の目元を緩めて、鋭く煌《きら》めくナイフを刺した。見る間に艶やかな赤い液体がナイフを伝う。瑛太がつんのめって止まった。

「きゃあああ！」

沸き起こったのは、悲鳴ではなく歓声。

「カラードリップケーキだわ！」

「素敵〜」

女性客が押し寄せてスマホを向ける。美玖の肩から力が抜けた。

ナイフが刺さったのは、ケーキにあしらわれたカシスゼリーだった。

登磨は、ケーキに引かれた等分線でもなぞるかのように、的確にナイフを滑らせていく。ナイフがゼリーに触れたそばから、赤いカシスソースが溢れて白いケーキの表面を流れる。

蘭は眉尻に怯《おび》えでも不審でもない、いってみればもどかしさに近いくすぶりだろうか、そういう色を浮かべて、赤い唇を引き結び、登磨から目を離さない。

カラードリップケーキを知らなかった美玖は、女性客の興奮っぷりを目の当たりにして、どうやら流行《はや》っているらしいと見当をつける。溢れ出るソースはさしずめ新郎新婦の愛という意味づけなのだろう。けれど、弁《わきま》えた笑みを湛《たた》えて逡巡《しゅんじゅん》なくナイフを入れていく彼を前にすると、溢れ出る赤い液体は登磨の――。

美玖は、痛みを覚える胸を無意識に押さえていた。

「さあ、みなさん食事さすべ」

例の声の大きなおじさんが手を打つと、幸次も声を張る。

「おにぎりは蘭ちゃんも握ったんですよ！」

おお〜と沸いた招待客は、広いテーブルを囲んで、おにぎりに手を伸ばす。その周りを運んできた料理とこの場で作った料理が囲んでいる。その光景は、這わせたあけびのツルに、料理が実っているように見えた。

次々に、登磨が雲丹のクリームスープをよそい、美玖はワインの栓《せん》を抜き、瑛太はカットされたケーキを配る。場はあっという間に和やかになった。

続々登ってくる登山者はこの光景に一様に驚き、また事情を知るとみんなが笑顔になって新郎新婦に祝福を贈る。

美玖は、ブーケを手に蘭に近づいた。

「どうぞ。葵岳のリンドウと紅葉のブーケです」

差し出すと、蘭は顔を明るくして、ありがとうと受け取ってくれた。左手の結婚指輪が眩《まぶ》しい。ブーケをしげしげと見た蘭は、黄色い羽を指した。

「この羽は？」

「キセキレイのきみちゃんが、くれました」

まるで、美玖がいったことを理解して、自分の功績を周囲に触れ回るかのように、どこからともなくキセキレイの澄んだ鳴き声が聞こえてきた。

「黄色は縁起がいいし、そうそう落ちていないので、これは幸運だと思ったんです」

鳥と卵は苦手なようだが、羽も苦手だろうか。

「もしお気に召さなかったら羽はお取りしますが」

蘭は、美玖とキセキレイの羽とを交互に見た。

「そこまで考えてくれたなんて、嬉しい。光がなでると、色合いが変わる。ありがとう。やっぱりあたしもあなたみたいな人になりたいわ」

紅《くれない》の墓標
オッドアイ

渡辺裕之

佐世保から米海軍の最高機密が漏洩？　極秘捜査を始めた「特別強行捜査局」の前に、朝倉と瓜二つの中国工作員の影が――。人気警察小説シリーズ第九弾！

●814円

お山の上のレストラン
七歳児参りのふっくらムニエル

髙森美由紀

イケメンシェフの登磨と、へっぽこ従業員・美玖がお届け！　青森のご当地食材がじゅわっと染み入る、絶品&感動のお料理小説。『山の上のランチタイム』改題。

●814円

ばあさんは15歳

阿川佐和子

おちゃめな孫娘と頑固ばあさんが昭和にタイムスリップ！　時はオリンピック前年。東京タワーから始まる二人の冒険の行方は？　愉快爽快。笑いと涙の物語。

●902円

中公文庫

カストロの尻
金井美恵子
●1320

平安京は眠らない　わかむらさきの事件記
夏山かほる
書き下ろし
●902

詩の中の風景　くらしの中によみがえる
石垣りん
●946

吉行淳之介掌篇全集
吉行淳之介
文庫オリジナル・生誕100年
●1320

ものぐさ精神分析　増補新版
岸田　秀
●1320

キム・フィルビー　かくも親密な裏切り
ベン・マッキンタイアー／小林朋則 訳
●165

決定版 ゲゲゲの鬼太郎
鬼太郎の世界お化け旅行
水木しげる
●99

「お気に召していただけたようで幸いです。これからのおふたりの人生に、幸せがたくさんもたらされますように」

蘭は長いまつげの、吊り気味の目を細めた。

新郎も「ブーケにまで気が回らなかったな。きっとあのキセキレイも祝ってくれているんだね」と顔を綻《ほころ》ばせる。

「何か召し上がりましたか？　あ、蘭さんが作ったおにぎり、まだ召し上がってないんじゃないですか？」

「そうね。先にあけびをいただいたの。悪くなかったよね」

蘭が新郎に話を向ける。幸次は頷《うなず》いた。

「うん、とてもおいしかったです。あけびって初めて食べたけど、茄子《なす》みたいな感じっていったらいいのか。皮に食材の旨味が浸みてて、それでもちゃんと苦い部分は保ってて、不思議な食感と風味でした」

「シェフに伝えといてくれる？」

蘭が、美玖の向こうへ視線をやる。背後から風にのって、煙《けむり》に咳《せ》き込む登磨と瑛太の「あ〜、オレこれ無理だ。目ぇやられたっ。瑛太やれって」「イタリアにまで行って修業して来たくせに、何とかしろよっゲホゲホゲホ」「炭火を手なずける方法を学びに行ったんじゃねえ」という低レベルな攻防が流れてくる。

「蘭さんから直接お伝えになったほうが、店長も嬉しいんじゃないでしょうか」

「いいの」

登磨を見つめたまま、蘭は静かでありながら、きっぱりと拒否した。

美玖は一瞬、気をのまれたものの、すぐに背筋を伸ばして、かしこまりましたと頷いた。

ふたりに半分ほどに減ったおにぎりの皿を差し出した。塩むすびを早速頬張《ほおば》った新郎は、おいしいと目元を緩ませる。

「あなたはなんでも『おいしい』んだから」

蘭がキュッと睨む。

「本当だよ。蘭ちゃんが作るのはおいしいよ。ほら、食べてみて」

新郎はひとつ取って、蘭に渡す。蘭はおにぎりをじっと見て、おもむろに口をつけた。

ゆっくりと味わうと顔を上げて、美玖に微笑む。美玖も笑みを返した。

新郎が渡したのは、ちゃんと蘭が握ったものだった。

賑わいから少し離れたイスに腰かけている、蘭とそっくりの目元をした母親が、目尻に幸せなしわを集めて、新郎新婦を見つめている。父親のほうは背を丸め、ワイングラスを手に景色を眺めていた。

美玖は、叔父と甥の攻防を横目にスープをよそうと、新婦の両親のそばへ行った。

「温かいスープ、いかがですか？」

ふたりへ差し出す。

「あら、ありがとう」

母親が目元を緩めた。美玖はふたりの手をふさいでいるプレートとグラスをトレーに受けて、スプーンを添えたスープを渡した。

母親は器を両手で包んで香りを嗅ぎ、ほっこりした面持ちになり、父親はおもむろに口をつけて、長いため息をついた。

「んめなあ。この玉ねぎはコクがあってとても甘いね。特別な玉ねぎなんだすか」

「ええと、特別……とは聞いておりませんが、シェフの実家で栽培されている、愛情たっぷりに育てられたものです」

「生の玉ねぎはどれだけ辛《から》くても、火ば入れれんばたいがい、甘くなるよね」

母親が美玖に笑みを向ける。美玖も笑みを返した。

「はい。辛みが強いほど、火を通した時には甘みが出ます」

そう口にした自分の言葉に気づかされて、肩越しに見やると、登磨は、炭から立ち昇る煙を浴びてむせ込み、口を腕で覆いながら、瑛太にトングを押しつけている。

美玖は新婦の両親に顔を戻して、胸を張った。

「うちのシェフが時間をかけ、心を込めてお作りいたしました。どうぞ御存分にお召し上がりください。――本日はおめでとうございます」

「ありがとう」

ふたりは顔を綻ばせる。

美玖は蘭に目配せした。蘭はまばたきをして、あ、と閃《ひらめ》いた顔をすると、塩むすびをふたつ取って両親のそばへ行った。

　父親が娘を見上げる。

「これ、塩むすび」

　蘭が照れ隠しなのか、少々ぶっきらぼうに勧めると、父親はおにぎりを見て、そっと受け取った。手の中のそれをじっと見下ろして、腫《は》れぼったい小さな目をしばたたく。

「昔よく、食べたよね」

「……ああ、覚えてらよ。よく作ってくれたっけ。ありがとう。いただきます」

　少し声を震わせて、かぶりつく。

　父親が食べるのを見守っていた母親も、口をつけた。

「蘭が握ったの、久しぶりに食べたねぇ」

　父親は頷く。

「久しぶりに作ったから、ちょっと力を入れすぎたかも」

　蘭は肩をすくめるが、父親は何もいわず食べていく。母親が、「んだね。それに、ちょっとしょっぱかったかもしれねね。ね、あんだ？」と、父親の二の腕に手を添えて顔を覗き込む。父親は俯《うつむ》いて洟を啜り、白いハンカチで鼻をごしっと擦った。何かが溢れ出るのを堰《せ》き止めようとするかのように、またかぶりつく。

　両親がおにぎりを食べきったのを見届けた蘭は、改まった口調で述べた。

「お父さん、お母さん、今までお世話になりました。ありがとうございました。これからあたしたちはお父さんとお母さんが築き上げてくれたようなあったかい家庭を育《はぐく》んでいきます」

　母親が立ち上がった。涙の浮かんだ目で蘭を見つめると、抱き締めた。

「今まであたしたちの娘でいてけてありがとう。そしてね、これからもめんこい娘でいてちょうだい」

　美玖の胸が熱くなる。

「たまにはうちさ来ておにぎりを握ってよ。お父さんのお気に入りなんだから」

　背中をさすられた蘭は、目尻を左の薬指で拭《ぬぐ》い、コクリと頷いた。指輪が濡《ぬ》れ、一層輝く。

　幸次が蘭に寄り添った。

　父親は空っぽになった手のひらを少しの間見つめていたが、顔を上げてやっと娘を正視した。

「蘭、結婚おめでとう」

　父親から絞り出された寿《ことほぎ》が、緩やかな風に乗って美玖の耳にも届いた。

　幸次が泣きだし、それを見た蘭は彼の腕を軽く叩き、母親が目に涙を浮かべながら笑う。

　そんな蘭親子を、美玖はじっと見守っていた。

　山頂での温かな披露宴が終わり、美玖たちはお客さんと主催者を見送ってから後片づけをした。荷物を手分けして担ぐ。

「じゃあ下りるか」

登磨が、チラッと美玖の足元へ視線を走らせた。

「はい」

じっと立っているよりも、歩くほうが、そして登りより下りのほうが体への負荷はかかる。心配させまいとして黙っていたが、美玖の足首は熱を持ち鈍痛《どんつう》が強まっていた。披露宴が終わって気が緩んだところを見計らって、痛みがいよいよ本気を出してきたらしい。

なにくそ、柔道部の時はこんなの屁《へ》でもなかったじゃない。

鎖場をなんとか無事に脱することができたので、あとはもう葵レストランまではひたすら下り坂しかない。いける。

――はずだったのに、鎖場は美玖の足首に相当な追い打ちをかけたらしく、山小屋辺りで早くも足首のしなりが使えなくなってしまった。

ふたりから遅れがちになる。気温は徐々に下がり、指先は冷たくなっていくのに、脂汗をびっしょりかいている。必死についていくも、急斜面は、あっという間に彼らから美玖を引き離し、曲がりくねった山道は、ふたりの姿を見えなくさせる。

傾くあんず色の日は、紅葉した山を一層あでやかに彩る。山道に覆いかぶさる木々の影はそれとは対照的に、黒々としている。

行く手から足音が迫ってきた。登山者だろうと当たりをつけ、美玖は道を譲るべく脇に足を向けた。だが、木々の間から見えた姿は、クーラーボックスをたすきがけにした登磨だった。

「美玖ちゃん、もう歩けないっしょ」

登磨は美玖の足首に目を留める。

「平気ですよ。気にしないで、先に行ってください。店に戻ってからも、片づけとかありますし」

美玖は精一杯の笑顔で手を振る。

「いやそれ、平気じゃないやつ。象《ぞう》の足みたいになってるし」

美玖も左足首に目を落として、まさにっ、と笑った。

「でも昔も試合中、よくやらかしましたから慣れっこです」

足首を動かして茶化したかったが、動かない。瑛太も戻ってきた。

「ひねってたんですか？」

「うん、軽くね」

えへへ、と笑って見せたのに、瑛太はやっぱり顔を歪《ゆが》めた。

登磨は頭のバンダナを解《ほど》きながら美玖の足元に跪《ひざまず》くと、足首に巻こうとした。美玖は、汚れます、と足を引く。

「いいよ」

登磨は構わずに巻いていく。手が触れた。ひんやりと感じる。美玖はまた少し足を引く。登磨の手が追いかけてきてギュッとつかまえられた。鋭い痛みが走る。

「あだだだだ。店長、いだい、いだい」

「痛いだろうねえ、こんだけ腫れて熱持ってりゃ」

登磨はおよそ手加減というものを知らないかのように、ギュウギュウに巻きつけ、ギリッと結んで固定してくれた。

「すみません店長。ありがとうございます。洗ってお返しします。返したくないけど」

登磨が吹き出した。

「返さなくていいよ。それにこれ、特別なんじゃないよ。どこにでも売ってるやつだから」

どこにも売ってないものも、あるんです、と美玖は口を尖らせる。

結び終えた登磨は、美玖に背を向け、後ろへ両手を伸ばした。

「何キロ？」

「何がですか？」

「体重」

「……………………四十七キロです」

登磨は肩越しに美玖を振り返る。頭のてっぺんから足先まで視線を滑らせると、「サバ読みプラス荷物……」と目測すると、少し黙った。そんな登磨を無言で見下ろす瑛太。

登磨は立ち上がると、美玖の荷物を瑛太に渡し、自身のクーラーボックスを前へ回した。

そして再び背を向けしゃがんだ。

「乗って」

美玖は腱鞘炎《けんしょうえん》になるほど、両手を激しく振る。

「いやいやいや、いいです、大丈夫です。願ったり叶《かな》ったりってとこですが、仔熊《こぐま》だって象だって、分《ぶ》ってものは弁えておりますから。店長におぶってもらうなどたとえ前世で国だの星だのを救ってたとしても許されることじゃ」

「ほら早く。日が暮れちゃう」

登磨が後ろに差し伸べた手をひらひらさせる。美玖は十秒ほど迷った挙句《あげく》、

「……すみません。失礼します」

と、体重計に乗る要領で慎重にもたれた。

登磨は逡巡した割に、まるで身ひとつのようにスッと立った。美玖の足が宙に浮く。風が頭から肩をなでて下へ抜けていく。思わずしがみつく。腕の内側に、登磨のしっかりした鎖骨が押しつけられると、登磨がむせた。

「あ、すみません」

腕の力を緩めた。

「怖い？」

「い、いいえ全然！　見晴らし最高です！　雲の上にいるみたいです……あ、ご迷惑をおかけします」

テンション高く答え、ハッと我に返って、背負われたまま頭を下げた。

「いいえぇ～。絞めない程度にしっかりつかまってて」

「もちろんです！」

力を加減して肩に腕を回した。

登磨は意外に厚い肩をしていて、美玖の腕の下にある骨は硬く頼もしい。体幹《たいかん》がしっかりしていることが分かる。そして、背中は熱い。

自分が汗臭くないか気になりながらも幸せに満たされた。感動と歓喜に沸くこの鼓動は、背中を通じて登磨に届いてしまっているかもしれない。

「店長って、いい匂いがしますよね」

「そうだね。オレはゲップすらハーバル系なんだ」

先を行く瑛太が天を仰いで、あ〜、と無意味に声を発する。登磨が、

「きっとオレの場合は、加齢臭《かれいしゅう》すらフルーティな香りがするんだ」

と、続けると、瑛太は乾き切った笑い声を上げた。

「ははは、そりゃ楽しみだな登磨。もうすぐ確かめられるわ」

「まだまだだろ」

「あ、フルーティで思い出しましたが店長、さっきのカシスのゼリー……」

「あそうそう、あれマジなんなの」

美玖がいいかけたことに、瑛太も食いつく。

「あれはベジタブルゼラチンを使って、液体を閉じこめたスフェリフィケーションってやつ」

「スフェ……ション」

よく分からなかったが、覚えておこう。

瑛太が振り返り「代わろうか」と申し出る。

「お前を背負ってどうするんだ」

「阿呆か！　オレが美玖さんをおぶろうってんだよ！」

「正気になれ、お前には無理だ。五十キロを背負いたかったら、もっと筋力をつけたまえ」

「四十九・八キロぐらいですよっ、多分」

美玖は訂正《ていせい》する。

「ムキにならない。握り飯一個分くらいしか変わらないじゃないの」

「女の人の体重をズケズケ口に出すんじゃねえよ。登磨はデリカシーがなさすぎる」

瑛太が苦言を呈《てい》する。登磨が軽く跳ねて背負い直す。

「……店長、あたしおんぶしてもらうの、小さい頃以来です」

この山を両親に交代でおぶわれて登ったこともあったっけ。

「今だって、子どものほうに近いっしょ」

何の気なしに放たれたと思しき登磨の言葉に、美玖は笑みをくっつけたまま、胸にあけびの皮のような苦味を感じた。

「今日はほんとにお疲れだったね、美玖ちゃん。よくやった。あけびなんて高い所に生《な》ってるだろ。その足でよく採ったよ」

自業自得なのに、店長は責めるどころか労《いたわ》ってくれている。登磨の大きさに、ふいに距離を感じて泣きそうになる。

ぶちまけた料理を前に、登磨は罵倒《ばとう》しなかった。瑛太も弾劾《だんがい》しなかった。そのことに、美玖は胸がいっぱいになる。何度失敗しても、今までふたりは美玖をあの店にいさせてくれた。今までは。

あけびが開運につながるのは、母から教わって知っていた。だから蘭に贈りたかった。たわわに生る青紫色の実は、自分より空のほうに近い。その青空から誰かに見られている気がして、その誰かに近づきたくて木に登り、光のリングを宿した開運の実に、開いた手を伸ばした。

その手に、バラバラになった料理、登磨、蘭が重なる。身がすくみ、手がすぼんだ。気持ちに靄がかかる。

キキンッと金属的な澄んだ鳴き声が降ってきた。

ハッとした美玖は、すぼんだ手を再び大きく開き、開運の実に向かって思い切り手を伸ばした――。

――頭上は赤とオレンジ色と黄色に彩られている。

上向けた顔を正面に戻せば、ミルクチョコレート色の跳ねた髪。歩調に合わせてひょいひょいと跳ねる。キセキレイの尾のようだ。

「店長、髪の毛が跳ねてますよ」

「だらしがねえなあ」

肩越しに口を歪めた瑛太のメガネに、紅《あか》いモミジが映っている。

「ああ？　お前な、オレの寝癖は職人技なんだぞ。鶴《つる》だって作れるんだかんな」

蘭さんは、店長の寝癖をかわいいと受け取ったのか、だらしがないと受け取ったのか。

店長は、気持ちの切り替えができたのだろうか。

登磨は行く先を見据えて真《ま》っ直《す》ぐ足を延ばしていく。美玖も山道の先に目を向ける。登磨が見ている景色を、その先を、今、自分も見ている。

無意識のうちに美玖は登磨の頭に手を伸ばしていた。登磨は足を止め、肩越しに振り向く。上目遣いの登磨と目が合う。染まる葉を通った紅い残光が前髪を縫《ぬ》って登磨の目に射していた。美玖はその目に見入ってしまう。透き通ったその目の奥をよく覗いたら、普段は決して覗けない本心が見えるかもしれない。

その時、どこからか靴がすっ飛んできて登磨の頭にぶち当たった。登磨が身を屈《かが》め呻《うめ》く。

「アア、悪イ悪イ。靴ガ脱ゲチャッタ」

瑛太が見事な棒読みでいいながら、靴下だけになった左足の爪先《つまさき》を軽くついて登ってくる。くそう仕留められなかったか、と呟いて靴を拾った。

「美玖さん、店まであと少しですけど、疲れてません？」

「全然だよー。それより店長が、疲労と頭痛で大変なんじゃ」

瑛太に笑顔を向け、後半は、寝癖大将の頭をさする。

「オレは平気。マタギの撃《う》った熊を背負って下りたこともあるから」

「嘘《うそ》つけ。つか、熊とか。登磨、お前たいがい失礼なんだよ」

歩き出した登磨が瑛太に、ワンサイズ小さい靴を履けと命じ、瑛太が、これからはもっとごついやつ履く金具が仕込まれてるやつ、と応じている。

紅葉の降る山道を下りながら、ふたりの軽口のやりとりが美玖の引きずっていた苦みを少し和らげ、温かくてしっかりした登磨の背中は心を解してくれる。

玄関を開けると、居間から父と男の人の弾む会話が聞こえてきた。

顔を出すと、父の友人で運送会社に勤める市川《いちかわ》がいた。座卓には日本酒と干し肉が出ていて、ふたりとも軽く酔《よ》っぱらっている。

「こんばんは。いらっしゃいませ」

「やあ、美玖ちゃん。お店で会って以来だね。誘われたから来ちゃったよ」

ほっぺたに赤丸印を塗《ぬ》ったみたいな市川は、コップを持った手を美玖に向かって掲げた。父も振り返って「おかえり」と笑みを見せる。

「ただいま」

「——今日はまた、遅いんじゃないか？」

「ああ、うん、ちょっとね」

美玖は左足を後ろに引く。市川が目ざとく気づいた。

「どうしたい、腫れてるじゃないか。ひねったのかい？」

途端、父の顔つきが変わる。

「うーん、まあちょっと……」

美玖の苦笑いに、父の口元が軋《きし》んだ。コップを握る手の甲に骨が浮き出る。

「――もう辞めたらどうだ」

美玖は、自分のせいで険しい表情になってしまった父を見る。

「そんなにケガばっかりして。体を大事にしなさいっていってるだろ。別の、安全な職場で働いたらいいじゃないか。いくらでもあるだろ」

「あるかもしれないけど、あたしは葵レストランにいたいんだよ」

「失敗とケガばかりのお前を、店主は本当に雇《やと》い続けていたいと思ってるのか？」

ドキリとする。今日の、料理をぶちまけたことや滑落したことから始まって、ペッパーミルを壊したり、お釣りを間違えたり、その他、これまでやってしまった数々の失敗が、芋づる式に思い出されてきた。

「ひょっとしたら、お前から退職を申し出るのを待ってるかもしれないだろう？」

遠くなる登磨の温かい背中。フラッシュバックする蘭の言葉。

――拘りとかプライドとかって、時に素の感情も、思い描いてた未来も潰しちゃうことがあるの。

「父さんは、拘りすぎてるんだよ、母さんの死に」

「何を急に」

父が座卓に手をついて、腰を浮かせた。

「だってそうでしょ。葵岳の店を辞めてほしがってるのは、母さんの死に拘泥《こうでい》してるからでしょ。いつまでも拘らないでよ！」

声を割ってから気づく。葵岳のものを食べない父、拘り続けてがんじがらめになっていた父へ、ずっと美玖がいいたかったこと。

「美玖、お前はそんな薄情な子だったのか？」

「そういうことじゃないよ。いや、そうかもしれないけど、それなら父さんのほうがもっと薄情だよ」

「意味が分からない」

どんどん血の気が失《う》せていく父を前に、もうやめておけ、と聞き分けのいい自分が制止を試みる。でも、止まらない。

脳裏を過《よ》ぎった今日の山頂での光景。それは、親に、大切な人に、自分の気持ちを伝えられるチャンスが限られているということを美玖に示しているように思えた。

「母さんの思い出じゃなくて、母さんの死そのものに拘ってるところをいってるの。母さんは『死』だけじゃない。ご飯食べて、歌って笑って、おはようとかいってらっしゃいとか、大丈夫？　とか声をかけてくれた。その母さんは、葵岳が大好きだったんだよ……だからっ」

声が詰まった。唇が震えてそれ以上言葉が出ない。父の瞳《ひとみ》も震えている。

「まあまあ、ふたりとも落ち着いて」

市川がふたりの間に入った。

「美玖ちゃんは好きでやってるんだから、青木《あおき》さんももう少し様子を見たらどうだい。もうちょっと要領をつかめれば、ケガもしなくなるさ」

「もう一年以上になるのに、全然要領をつかんでないってことじゃないか」

「人よりも、ちょっとばかり時間がかかることだってあるさ。ねえ、美玖ちゃん？」

美玖は、フォローしてくれる市川にぎこちない笑みを向ける。それから父に向き直った。

父の気持ちも美玖には、分かっている。それでも、いわずにおれない。

「あたしは、生きてた母さんのほうを大事にしてる。だからあのお店で、葵岳で働きたいの」

怒りと悲しみともどかしさを吐き出した。

父は烈《はげ》しく込み上げてくるものを堰き止めるように口を一文字に結んで、何も反論してこなかった。

タクシーが表に到着した。美玖は、靴を履く市川に頭を下げた。

「すみませんでした。お見苦しいものをお見せしてしまって」

市川はハンティング帽をかぶりながら、静まり返っている居間を気にして声を落とした。

「最愛の人だったからねぇ……」

「はい」

それに美玖自身、今日は少しばかり神経質になっていたようだ。父の言葉に過剰《かじょう》反応してしまったという自覚があった。

市川は目を伏せて、コーチジャケットのついてもいない埃《ほこり》を払ってみたりする。

「さっきも、呑《の》みながら美玖ちゃんを心配してたんだ。奥さんの、二の舞いにならないといいって」

美玖は足首を見下ろした。

市川を見送って、居間の前を通りかかった時、テレビから、平成を駆け抜けてきた大物女性アーティストの引退のニュースが流れてきた。区切りをつけたい、と彼女は晴れ晴れとした笑みを見せている。胡坐《あぐら》をかいた父は、廊下に湾曲《わんきょく》した背を向け、その映像を見ていた。

台所に入って手を洗い、水を飲む。冷蔵庫を開けてラップに包まれた半分の林檎を取り出して、茶色くなった部分をそぎ落とすと、皮を剝かずに立ったままかじった。味も香りもなく、素っ気ないそれを何の感情もなく食べきって、芯《しん》を三角コーナーに投げ捨てると、自室へ戻る。

ベッドにうつぶせで倒れた。

「拘りすぎてる」と放った、自身の言葉が頭の中で渦を巻いている。

気持ちを伝えられる限られたチャンスを使って自分が放り投げた言葉は、間違っていたのかいなかったのか、判断がつかない。ただ、蘭の「拘りとかプライドとかって、時に素の感情も、思い描いてた未来も潰しちゃうことがあるの」という言葉が、聞こえている。

美玖がスマホから送ったメッセージに理恵《りえ》が返事をよこした。

『あんたが決めた職場でしょ。ケガだの死だのの心配がない職場に移ったとして、そりゃおじさんは心安らかになるかもしんないけど、あんたはどうなるの』

理恵は母親のことより、仕事のほうに食いついた。

「楽しくないだろうな」

『仕事に楽しさを求めるのもどうかと思うんだけどね』

「楽しくないより楽しいほうがいいな。だって、少なくとも毎日九時間はいる場所だもん。葵レストランは、爽やかな山のふもとにあって、素敵な店長と、かわいい同僚がいる完璧な職場だよ」

ベッドの上に座っていた美玖は膝を抱え、足首のバンダナに触れた。早いとこ洗わないと、と思いながらずっと外せずにいる。

『そうですか。こっちはガソリン臭と汗臭さが浸み込んだ常に湿ってるコンクリート敷きの事務所で、連日残業続きなんですけどね』

「理恵は嫌々働いてるの？」

『嫌々だね。もしイギリス王室に嫁《とつ》ぐことになったら、ソッコー辞めるもん』

「そうだね。辞めたくはなかったとしてもイギリス王室は、お嫁さんに運送会社で車検の手続きをさせてはおかないと思うよ」

『とはいえ、気のいい運転手もいて、お土産くれるんだよね』

「そうなんだよね。あそこの会社もみんないい人ばっかりだった」

『ばっかりって思ってんのはあんただけ。いい人ってのはそんなに存在しない。事務の人間は、あたし以外清々《すがすが》しいほどクズ揃い。まあ、あんたをクビにした時間の使い方が大層お上手な髪のない課長はいなくなったけどさ。もし、テンチョーサンが葵レストランを畳んでほかに移ったら、あんたついてく気はあるの？』

　理恵の書く「テンチョー」は新しいタイヤ名に見えてくる。

「ほかって、葵岳のふもとからよそへ移るってこと？」

『そう』

　バンダナの上から足首に触れた。

『あたしにとっちゃ、職場はお金のためっていう理由ただひとつだけだけど、あんたにとっちゃ、職場ってなんだろうね』

　あたしにとっての職場。

　窓に目を向ける。夜空に心許《こころもと》ない自分が浮かんで、こっちを見ていた。

「でも、いくらあたしがいたくても、クビになったらしょうがないもんね」

『またクビになりそうなヘマしたの？』

料理を台無しにしたことを教える。

『へーそりゃまたこれまでで最大の失敗をしたわけか』

足首がズキリと痛み、美玖は膝に額を押しつけて、痛いと呻く。

「なのに怒鳴りさえせず、クビにしないってことはさ、あたしの――」

『あたしのこと好きなのかな、なんつったら殴《なぐ》りに行くよ』

「ううん。あたしの解雇《かいこ》手続きが面倒くさいだけなのかなって」

『え？』

「クビにするのって手続きが面倒くさいって、前に人事の人から聞いたよ。できれば自分から辞めてほしいって。だから、店長も実はそう思ってるんじゃないかな」

『やだ、めっずらし～、あんたがそんなこと考えるなんて』

腹を抱えて笑うスタンプつき。

『そうだね。あんたが辞めたほうが店のためかもね』

その文面を読んだ美玖は、画面をタップしようとしていた指をピクリとも動かせなくなる。

しばらくすると、理恵から新たなメッセージが入った。

『今、どう思った？』

美玖はしばらくその一文を見つめた。

『ほら、それが今、あんたが出せる最良のカードだよ。辞めろって宣告されるまでは、しぶとくいてみたら？』

美玖は膝に額を押しつけそのまま動かなかった。――友だちっていいもんだなあ。

しばらくそうしていて、顔を上げた美玖は画面をタップする。

「やっぱり、あたしのこと好きっていうのもあるのかな」

『ねえっつってんだろ』

最後の返信は、辞書登録してあるかというぐらい瞬時に返ってきて、指先に風さえ感じるようだった。


右足だけ使うＡＴ車はこういう時、特にありがたさを実感させられる。

真っ赤な表面に白いサシが入ったフジがたわわに生って、清々しく甘酸っぱい香りを漂わせ始めた林檎畑の間を走り、いつもの時間に出勤した。杉を小型にしたような鉢植えに水をやっている登磨に、朝の挨拶を兼ねて昨日の礼を伝える。

「おはようございます、店長。昨日はご心配とご迷惑とお世話をおかけしてすみませんでした。しかしながら、おかげさまで痛みはもう引きました！」

気張ったらズキリとしたが、おくびにも出さないのは、これまでに培われてきた癖のようなものだ。弱みを見せたら、そこをピンポイントで狙われてしまう。

登磨は美玖の足に視線を走らせた。美玖の靴の下で、砂とアスファルトが擦れ合う音を立てる。登磨は視線を上げた。

「そりゃよかった。無理すんなよ」

「店長は足腰に不具合が出てませんか？」

腰をひねって見せる登磨。

「全然問題ない。何しろほら、オレは足柄《あしがら》山で熊と相撲《すもう》を取ってたぐらいだから」

「えー、熊を背負っただけじゃなくて相撲まで取ったんですか」

そうなのー、と歌うようにいいながら、登磨は水を切ったじょうろを玄関前の洗い場に置くと、バンダナを頭に巻いてアプローチを店内へと戻っていく。

「店長、これも、ありがとうございました」

登磨を追いかけながら、手洗いした後、アイロンをビシッとかけたバンダナを差し出した。

登磨は一瞥して意外そうな顔をした。

「別に返さなくてもいいんだけど。でもありがと」

受け取ると、わざわざ頭のバンダナを解いて、美玖が返したバンダナを巻いてくれた。登磨が顔を上向けた。

「あ、美玖ちゃんの匂いがする」

「えっ」

棒立ちになった。全く意識していなかったことを打ち込まれると、人間、固まるものだ。

動かなくなった美玖を見て、登磨が美玖の顔の前で何度か手を振る。

「え？　美玖ちゃん？　いっつもそんなこといってるから、オレもいってみただけなんだけど。なんか、ごめん」

「いっいいえ。ぜひぜひあたしの匂いを頭の上にのっけてお仕事に励《はげ》んでくだされっ」

言葉がまともではない。登磨が「承知《しょうち》つかまつった」と返した。

美玖は咳払いして仕切り直す。

「ええと、今日は瑛太君は？」

「学校。部活ある日なんだと」

瑛太は、体力をつけるためだとして、テニス部に入った。ひょっとして、早苗《さなえ》がいるからだろうか。

キセキレイが洗い場に降りてくると、コンクリートに溜《た》まっていた水を飲む。

「おはよう、きみちゃん。昨日はプレゼントありがとね。今日もよろしくね」

キセキレイは尾を振った。

カウンター内のガス台では、トロ火にかけられた人参《にんじん》とかぼちゃの豆乳スープが、寸胴鍋の中で揺れていた。秋の陽光を煮詰めたような色のスープに、光の粒が浮かんでいる。

鼻歌を歌っていた登磨が、穏やかに立ち昇る湯気の中、小皿にすくったスープの味を見た。

前の職場と違って、ここは落ち着いている。余裕がある。

怒鳴り声の代わりに鳥の声が響き、パソコンのエラー音の代わりに川のせせらぎが聞こえ、途切れない音は電話ではなく笑い声。

辞めたくない——。

登磨がこっちを見た。小皿をすすいで、スープを注ぎ、美玖へと差し出す。

ふーふーと吹いてから口に含むのを、登磨が期待のこもった顔で覗き込んできた。

「ど？　どぉ？」

煮込まれた鶏《にわとり》の出汁と人参とかぼちゃの旨味と甘味が引き出されて、こっくりとしている。丁寧に裏ごしされたそれは絹のような舌ざわり。豆乳がベースになっているので、さらりとしていながら、質のいい生クリームとバターによってコクが出ている。

感想を伝えてから、「今でも充分なんです。上品な味で。けど、もう少し……うーん、何が足りないんだろう」

腕を組んで、本人は自覚があるのかないのか、片頬を膨らませている。かわいいが、だからといって甘くなってはいけない。

「今ひとつはっきりしてないっていうか、つかみどころがないってゆーか……」

登磨の膨らんだ頬が引っ込んだ。

「……スープのことだよね？」

「もちろんです……あ、シナモン！　そうだシナモンがいいです。スパイシーなピリッとした甘さが、逆に人参とかぼちゃの優しい甘みをさらに豊かにすると思います」

「分かった」

登磨は美玖の意見を取り入れ、シナモンを加えた。

「ありがとうございます」

美玖は声を弾ませる。

「何が」

「シナモン、加えてくださって」

「あったりまえじゃん」

登磨は大きな笑みを浮かべた。

葵レストランでの勤務初日、登磨は美玖に告げたことがある。作っているうちに独りよがりに陥ることがあるかもしれない。だからお客様に近いところからの感想が欲しい。遠慮せずにどんどんいってくれ、と。

前の職場では、上の者が下の者に意見を求めることはなかったし、下の者が上の者に提案することもなかった。一度、美玖が改善策を提案したら、お前に何が分かると怒鳴られた。きっと体制や余裕のない状況に追い詰められてのことだったと思うが、そんなことがあったために登磨が意見を取り入れてくれるのは余計に感動するのだ。

午後、三沢夫妻が神奈川に戻る前にと店に立ち寄ってくれた。

形式的な挨拶を交わしたあと、蘭は奥から二番目のスツールに座って、美玖がいつも腰かける席に、携えていた紙袋を置いた。オムライスをオーダーしたので、幸次が意外そうな顔をする。

「卵、嫌いじゃなかったっけ？」

「あの子から昨日、幸運の鳥の羽をもらったから、なんだかそろそろ克服してもいい頃かなって思ったりしてね。それに今日がここに来る最後だから、記念に」

「そんなことないよ。また来られるよ、ね？」

来ない、と宣言したようないい方に、幸次は狼狽《うろた》え、登磨と美玖に気を遣う。

登磨は柔和な表情のまま、冷蔵庫を開けた。幸次が軽く手を上げる。

「あ、じゃあ、ぼくも同じのをお願いします」

「かしこまりました」

玉ねぎを刻み始めた。美玖はお客さんの精算をしながら、刻まれていく玉ねぎの量を目測する。思い出すのは、山盛りの玉ねぎ。再びあの量を刻むようであれば、体を張ってでも止めねばならない。

あっという間に半玉がみじん切りにされた。昨日は、鼻をぐずぐずいわせていた登磨だったが、今日は、少量だからか、それとも別な理由からなのか、平気なようだ。

登磨は残りの半玉の玉ねぎをまな板の向こうへ置くと、サッと拭いて鶏肉をのせた。美玖は胸をなでおろして、半分をラップで包んで冷蔵庫に引っ込める。

美玖は登山者に弁当を売り、オーダーのおにぎりを握りながら、登磨の動きと調理の進み具合を見て、サラダ用の梨をカットしていく。登磨の動きが少なければ少ないほど、彼の役に立っているということになり、ひいては、お客さんに貢献《こうけん》できているというふうに思えてテンションが上がる。

カウンター内の登磨を、蘭の目は追い続けていた。

チキンライスを木の葉型に盛ると、登磨は卵をひとつひとつ割っていく。

蘭は知っているだろう。登磨がふたついっぺんに割れることを。そしてそれなのにあえてひとつひとつ割る理由も。

その間に美玖はフライパンを拭ってガス台に戻し、梨とハムのサラダに、冷蔵庫から取り出したアンチョビとクリームチーズのドレッシングを回しかける。

シンクの上の大型のフォークとスプーンを目当てに、めいっぱい背伸びをして手を伸ばすと、登磨がサッと取ってくれた。それを両手に持って、サラダをザクザクと和《あ》え、器に取り分ける。

たっぷりのバターが溶ける熱いフライパンに、卵を流し込む。じゅわあぁ、と粗《あら》い音を上げて泡立ち、それは間もなくきめ細かな音に変わり、同時に深く厚みのある香りが立った。フライパンを振ってあっという間に丸める。チキンライスの上にぽってりとのせられたラグビーボール形の卵から、なめらかな湯気が立ち昇る。

美玖は人参とかぼちゃの豆乳スープとオムライスをトレーにのせ、木製のスプーンを添えると、ふたりに運んだ。

彼女はスプーンを手にすると、深呼吸してそっと卵の上から刺し入れた。柔らかな亀裂《きれつ》が走り、あっさりと割れて半熟卵が流れ出る。閉じ込められていた湯気が、一気に溢れた。

覗き込んでいた幸次が感嘆する。

自家製のトマトケチャップを帯にしたそれは、コントラストが美しく、卵とバターのふくよかな香りと、ケチャップの甘酸っぱい香りを上げている。

蘭は、すくい取った半熟卵が震えるのをじっと見つめていたが、滴《したた》り落ちる寸前で思い切ったように口に運んだ。

幸次が息をのむ。登磨は洗い物を始めた。蘭はひと口ひと口、味わっていく。

美玖は幸次にも勧めた。

「温かいうちにどうぞ」

「あ、はい」

幸次はスプーンに山盛りにしたオムライスを吹いてから大きく頬張った。目を見張る。

「ふわふわで、とろっとろ。卵の甘さとケチャップの酸味がちょうどいいです。チキンライスのご飯も軟《やわ》らかすぎず硬すぎず、ケチャップご飯のおこげが香ばしい。鶏肉もジューシーだし。半透明《はんとうめい》の玉ねぎの柔らかいシャキシャキ感といったらもうっ」

興奮してまくし立てる幸次に、登磨は穏やかな笑みを浮かべる。

「ありがとうございます。おっしゃるとおりです」

登磨がいうと、どういうわけか不遜《ふそん》ではなくなる。美玖は笑った。おどけているのかと思ったらしい幸次も、太い眉をハの字にして笑う。

黙々と食べ進めている蘭だったが、スプーンを口に運ぶごとに、表情から張り詰めたものが消えていくことに、美玖は気づいた。

過去にふたりの間に何があったとしても、登磨の料理と葵レストランは、その気持ちを解し、笑顔を引き出す。そういう職場に、自分は立たせてもらっているのだと改めて実感する。

美玖はゆっくりと息を吐いてそして、ほっこりと微笑んだ。


ほぼ同時に皿を空にした三沢夫妻。蘭は一切感想を述べることなく、腰を上げた。

「ごちそうさま」

「蘭ちゃん、店長さんたちにお礼のプレゼントを持ってきてたよね」

幸次が紙袋を見やる。蘭は紙袋を取り上げると、「ううん、いい」と首を横に振った。

「え、でも」

「いいの」

語気の強さに幸次は引き下がった。

美玖は幸次から代金を受け取る。お釣りを間違えることはなかった。

ドアが開いた音に美玖が顔を向けると、釣竿《つりざお》を担いだ佐々木のじいさんが入ってくる。

「いらっしゃい、佐々木さん」

「やあ。おや、こりゃあ、新婚さんいらっしゃーい」

美玖に片手を上げたじいさんは、新婚さんにご機嫌な挨拶をする。登磨は三沢夫妻に「ありがとうございました、またお越しくださいませ」と見送りの言葉を述べると、佐々木のじいさんに、「いらっしゃい、釣れた？」と普段通りに話しかけた。

蘭はそんな登磨にもう一切目を向けることなく、踵《きびす》を返した。外に出ていく妻を夫が追う。

美玖はお見送りしようと外へ出た。

車に乗り込んだ蘭が窓を開けた。エンジンがかかるのと同時に、カーオーディオが聞こえてくる。

「あの。本当に店長に渡さなくてよろしいのですか？」

幸次は「店長さんたちに」といったが、違うと思う。案じる美玖に、蘭の顔が曇《くも》った。運転席から幸次が「渡したら？」とそっと促す。

蘭は深呼吸すると、助手席から出た。美玖の手を引いて車から離れ、紙袋から中身を取り出す。それは、ラップに包まれた塩むすびだった。

「蘭さんの手作りですか？」

蘭は頷く。

「だったらやっぱり直接渡したほうが……」

美玖がいい終わらないうちに、蘭はラップを剝がしておにぎりを真っ二つに割ってしまった。

ボロボロとご飯が落ちると、それを目当てにキセキレイが飛んできた。蘭は以前ほどではないが、少し後退《あとずさ》る。美玖は、蘭の手の中でご飯に紛れているものに、目を奪われた。

「――指輪……。危な……間違って食べてたら歯を欠いてしまいます」

「そう。だから入れたの」

咄嗟に左の薬指に注目すれば、そこにはちゃんと結婚指輪がはまっている。それならこれは——。

「でも、あんなのを食べさせられたら、おにぎりでケガさせてやろうなんてそんなみっともないことする気力、消えちゃった」

指輪から顔を上げた蘭は、真っ直ぐに美玖を見る。

「これ、あなたに預けるわ。好きにしていい。登磨——オーナーに返しても、捨てても、あなたに任せる」

「いや、いやいやいや。重いですよ。あたし、こればっかりは荷が——」

「味見してたでしょ」

蘭の声が尖る。脈絡のない切り返しに、美玖は面食らった。

「おにぎりだって、あなたが作ったものを一発で分かってもらえてた」

「はい？」

「あなたは登磨をサポートできてた。あたしにはできなかった。あんなに息の合った調理を見せられたんだから。だから任せたいの」

「『だから』……？　え？　ん？　だから？　すみません、ちんぷんかんぷんです」

蘭は顔をクシャリとさせた。美玖は言葉を詰まらせる。

「悪いわね。あたしはやっぱりあなたみたいになれない。あたし……」

蘭が踵を返す。

「蘭さん！」

呼びかけたが蘭は振り返らず、助手席に滑り込んだ。幸次が狼狽え顔で蘭を見るが、蘭が手で車を出すよう指示したため、幸次は釈然《しゃくぜん》としない様子のまま、美玖に会釈をしてハンドルを回す。

助手席の窓ガラスに映った燃える葵岳と、両手に顔を埋《うず》める蘭がダブった。

店に入る前に、水道で指輪を丁寧に洗った。指輪には、細かい傷が無数に入っている。宝石店で売っているような代物ではなく、デパートの催事場《さいじじょう》で展開されているような、カジュアルなものだ。指輪の内側に刻印があるかと思って確かめるも、何もない。

――返してもいい、と蘭はいった。

返すってことは、一度もらったってことだ。美玖は洗い終わった指輪をエプロンのポケットに収め、蘭がしたように上からそっと押さえた。何か感じるかと思ったが、それは何の信号も送ってこず、ただひたすら硬いだけだった。

風が強く吹いた。葵岳を見上げる。炎《ほのお》の色をした葉が空へ舞い上がっていく。

紅葉の時期が、終わろうとしている――。

店長、蘭さんは歩き出しました。おつらそうなご様子でしたが、幸せに向かって行かれましたよ。

客足がパタリと絶えた。美玖が窓の外を見ると、いつの間にか日は沈んでしまっていた。五時前だが、秋の山の日暮れは早い。放課後にやってきた瑛太も交えて閉店後の片づけに精を出す。

床を掃《は》いていた美玖は、鼻歌を歌いながら洗い物をしている登磨に尋ねた。

「店長その歌、いつも歌ってますが、好きなんですか？」

「はい？　歌？　オレ、歌ってた？」

「あ〜あ。じじいになると栓が緩まって、自覚ないままにダダ洩《も》れさせるんだな」

カウンターを拭いていた瑛太が鼻で笑う。

「あのな瑛太、君はことあるごとにオレのことをじじいだカレー臭だバーモント州だとこきおろしてるけどね、オレまだ二十五だってこと忘れてねえか。君だって、あと十一年もすりゃ二十五になってんだよ。そうこうしてるうちに、いつの間にか腐敗臭させるようになんだよ。みんなそうやって生きてるんだよ。ケムシだってネズミだってアメン――」

瑛太はあくびをした。全く聞く気はないようだ。登磨は瑛太を諦《あきら》めて美玖に顔を向けた。

「好きっていうか、昔大ヒットした歌じゃない？　どこ行ってもかかってなかったっけ」

「そうかもしれませんね」

美玖が静かに同意すると、登磨は我が意を得たりとばかりに表情を明るくする。

「だから、気がつくと頭の中に流れてるから歌ってるだけ。そーゆーのあるっしょ」

「それだけですか」

瑛太が、「そのアーティスト、最近引退したよな……」とぽつりといった。店内に存外に大きく響き、静けさを際立たせる。

美玖は登磨に視線を移すが、彼の目に動揺はない。チャンスをうかがっていた美玖は、今しかないと、カウンターの中に入り、指輪を差し出した。

「これ、蘭さんから預かりました」

登磨は手を止めて、美玖の手のひらを覗き込んだ。まばたきしたのち、小さく、ああと息を吸い込みながら声を上げた。

「ああ、うん、これね。あ〜、はいはい」

思い出したように頷く。

少し躊躇《ちゅうちょ》したものの、美玖は下ろされたままの登磨の手を取った。水仕事をしていたのに温かい。指輪をその手にのせる。

眉をかきながら、指輪に視線を落としていた登磨だったが、間もなく顔を上げ、置く場所を求めて辺りを見回した。そして結局、コックコートの胸ポケットに落としたのだった。

美玖の手に指輪の感触が残っている。登磨の胸ポケットに入っても冷たく硬いままなのだろうか。

「あのさ、なんで前の店を辞めたわけ？」

瑛太の疑問は、もうひとつの美玖の疑問にも通じる。なぜ、蘭さんの前からもいなくなったのか。

「え、何、急に」

おどけてお茶を濁そうとした登磨を、瑛太と美玖が真っ直ぐに見る。登磨は後ろ頭をかいた。

「料理長とのいざこざだよ」

「いざこざぁ？　登磨がぁ？」

　意外過ぎるあまり、メガネがずれるほど瑛太の顔は歪んだ。

　登磨はテキパキと洗いながら語り出した。


　——あれは土曜日の夜だった。

　てんてこ舞いの厨房《ちゅうぼう》に一件加わったオーダーは、卵なしで、というもの。

　フロア係によると、そのお客さんはアレルギー体質ではないが、卵が苦手なのだという。具材だけでなく、ソースや生地などにも使わないでほしいとのこと。

　登磨がいたレストランでは、旨味とモチモチとした歯ごたえを出すために卵を練り込んだ自家製の生パスタを扱っていた。もちろん、アレルギー対応もしているからオーダーを受ければ卵抜きの麺を作ることもできる。

　怒号が飛び交い、シェフが入り乱れ、うずたかく積み上げられた皿が運び込まれる厨房。次から次に注文をこなさねばならない戦場のようなそこで、茹で上がったタコのような料理長はオーダーを聞くや否や命じた。

——アレルギーじゃなきゃ、食ったとこで死にゃあしねえだろ。今はとにかく早く食わせろ。客の回転率が重要だ。店に長居させるな——。

つまり、ストックしてある卵入りのパスタ生地を使えということだ。

オーダーしたお客さんにどういう事情があって苦手なのか知らないが、「食べない」と決めている人に、黙って出すのは裏切り行為だ。登磨はそう進言した。

――は？　何甘《あめ》ぇことぬかしてんだ明智ぃ。この状況を見ろ。いいから卵を使え、分かりゃしねえんだ。大体、拘るくらいなら家で自分で作ればいいんだ。たかだか苦手っつう理由で手間かけさせやがる。空気読めっつうんだ――。

「普段は家で作ってるんだろう。だが外で食べたくなる日だってある。そういう日に、オレは上司の指示という名のもとに、やってしまった。オレは、わざわざ足を運んでくれて信頼して一食を預けてくれた、そのお客さんを裏切ったんだ。上司にも、体制にも、がっかりした。けど何より、それに従った自分が情けなかった」

フロアで待つお客さんの前に挨拶に出た登磨は、自分が裏切った相手を知った。

「客を裏切ったといってんのか、それとも彼女を裏切ったっていってんのか」

瑛太の「彼女」という言葉に、登磨の片眉が小さく跳ね上がる。勘がいいなと苦笑いした。

登磨は腕組みをして耳の後ろをかいた。その格好《かっこう》のまま、束《つか》の間《ま》沈黙する。

コオロギやスズムシの声が大きくなる。

「区別はない」

登磨がいい切る。

「ああ？　誤魔化すんじゃねえよ」

「誤魔化すも何も、ないもんはない」

　ないな、と美玖も思う。登磨の料理する姿を見れば分かる。食べる人を想って、ひとつひとつ丁寧に間違いなく取り組んでいるそこに、食べる人への区別はない。

　だからこそ、登磨は自分がしたことが許せなかったのだろう。

　その日を境に蘭と別れ、職場も離れた登磨。

　独身最後の日、登磨の前に、彼からもらった指輪を持って現れた蘭。

　結婚式の日、登磨は大事に育てられた辛ければ辛いほど甘くなる玉ねぎを刻みまくり、蘭は気持ちがストレートに出るおにぎりにさらに指輪を埋め込んだ。

　胸が切々と痛む。上司がそんな指示を出さなければ、登磨が不本意な指示に従わなかったら、彼は青森に戻らず、そして——蘭と結婚していたかもしれない。

　美玖は床に目を落として深呼吸した。

　ああ、そうか。見えなかった自分の気持ちはこれだったのか。彼を好きだが、好きだからこそ、ふたりの気持ちが分かり、余計に苦しくて悲しいのだ。

「謝ったほうが良かったか」

　登磨の長いまつげの奥の目が、思慮深い闇を湛えている。

「『オレはあなたを裏切ってしまいましたごめんなさい』って」

　ずっと、これまでずっと心の中にわだかまっていたのだろうと美玖は察した。料理を作る者が、食べる者の信頼に背いた。ましてその相手が……。

「らしくねえ」

瑛太がダルそうに吐き出す。

「お前にらしくねえことされても、気色悪いだけだ」

登磨が目尻にささやかなしわを集める。

美玖は窓へ顔を向ける。店内が映る窓に、泣き出しそうな顔をした自身が映った。

登磨は両手を組んで、気持ちよさそうに伸びる。

「ここはいいよ。なんだって、正直にやれるから」

どこまでもここなら伸びることができる。

「一回潰れた人間を、ここは許してくれるんだもんなあ」

登磨と窓越しに目が合った。登磨はにっと笑う。美玖はまばたきをして滲《にじ》む涙をうやむやにし、口角を上げた。

登磨がいう、ここというのは、葵岳なのか店なのか、あるいはその両方なのか。「ここ」は誰でも、たとえオーナーであっても区別なくくつろがせた上で、そして幸せへと背を押すのかもしれない。だからこそ、私も――。

帰宅してから、美玖は夕飯におにぎりを作った。

普段から、朝は父が起きるより先に出勤してしまうので一日のうちで顔を合わせるのは夕飯時だけだ。父は昨日のいい争いをまだ引きずっていて、少ししゅんとした様子で帰ってきた。

片や美玖は、そこまでじゃない。

「父さん、おかえりっ」

「ただいま」と返すその声も、鳴らす仏壇《ぶつだん》のリンもしみったれている。

そんな父が、食卓に着いておにぎりを見たら「お？」という顔になった。

「おにぎりなんて珍しいなあ」

口調が和らぐ。わずかに持ち直したようだ。美玖は腰に手を当てた。

「たまにはね」

どれ、いただきます、と父親が頬張るのを、美玖は眺めている。

「どお？」

「ん？　何が？」

「おにぎり、どお？」

父親はキョトンとしたが、握り飯をしげしげと見て、

「塩むすびだな」

「そのまんまじゃん」

美玖は笑った。

「塩加減が絶妙だな」

「そう、よかった」

父が不味《まず》いといったのを聞いたことがない。だから必ず褒めてくれるというのは織り込みずみだ。それでもそういう感想をもらえると嬉しい。

「よく葵岳で食べたよね」

「そう、だな」

父は柔らかな不承知の表情を浮かべ、食べ進めていく。

美玖はそれ以上押さず、言葉をのみ込む。押しどころと引き際が肝《きも》だ。

山のてっぺんで食べるのは、格別だよ、と美玖は心の中で父に告げた。

第四話　四十年のミルフィーユ

大好きな人は、何度呼んだっていい。

大好きな人には、何度も呼ばれたい。

いつか会えなくなってしまったとしても、重ねられたその声は、力になるから――。

年が明けて半月ばかりが経《た》った。年末に膝《ひざ》を越える雪が降《ふ》ったきり、まとまった雪はない。

野菜ジュースを飲んだコップを洗おうと、シンクに引っかけていた食器用スポンジを取ったら、凍《こお》っていた。高野豆腐《こうやどうふ》の風情がある。どうりで夜中、いつもはうるさく唸《うな》る古い冷蔵庫《れいぞうこ》がうんともすんともいわなかったわけだ。美玖《みく》は納得し、スポンジを握《にぎ》り潰《つぶ》して氷を砕《くだ》いた。

薄水色に凍った空を、一族だろうか、編隊を組んだ白鳥が呼び合いながら渡っていく。その声を聞くと、乗り捨てられたブランコを思い出す。揺《ゆ》らす者のいなくなったまま揺れ続けなければならない音がそっくりなのだ。音は丸く、そして少し悲しい。

広がる田んぼは、刈《か》り取られたあとの稲《いね》の切り口がザクザクと雪の下から覗《のぞ》き、畑は崩《くず》れた畝《うね》に沿って茶色と白の縞々《しましま》になっている。立ち枯《が》れたトウモロコシのひげが寒風になびいて、かさかさと音を鳴らす。幹を支えられた林檎《りんご》の木は雪をかぶって、立ったまま転寝《うたたね》しているようにしんとし、孤高《ここう》のカラスが留まって辺りを睥睨《へいげい》していた。

　農道沿いの藁《わら》の腹巻をした松の向こうに、粉砂糖で薄化粧《うすげしょう》をした葵岳《あおいだけ》が見えている。春から秋にかけての、浮き立ったような雰囲気《ふんいき》はみじんもない。凛《りん》として荘厳《そうごん》。

美玖は葵岳から視線を外した。気を取られてはいけない。今見るべきは自分の足元である。

路肩には、年末に降った雪が寄せられたまま硬《かた》く凍りついて砂をかぶっている。アスファルトをうっすらと覆《おお》った雪が風で流されて現れるのは、黒光りしたアイスバーン。去年はスリップした拍子《ひょうし》にブレーキをベタ踏《ぶ》みしてしまい、ハンドルがロックされて車体がスピン。ガードレールが途切れた先で待ち受けていた杉の木にぶつかった。スタッドレスタイヤも、これだけ凍れば歯が立たない。４ＷＤはマストだが、ほんとにひどい時はチェーンを巻く。

駐車場は、周囲に除雪した雪を五十センチばかり寄せて、あとは凍りついたアスファルトだけだ。

車から降り、ワイパーを立ててから葵レストランに入った。

　朝ドラが終わった頃、お客さんが見え始めた。トレッキング目当ての人とくつろぎ目当ての人が半々くらい。しかも今日は病院の休診日のため、尚《なお》のこと賑《にぎ》わっていた。

　店内は薪《まき》ストーブの温《ぬく》もりにすっぽり包み込まれ、郷愁《きょうしゅう》を誘《さそ》う香りで満たされている。

　フロアの奥に設置してあるそれに薪をくべる美玖。鼻歌を歌いながら、短角《たんかく》牛のシチューをくつくつ煮ている登磨《とうま》。

「店長、惜しい。そこ違います」

美玖は登磨の鼻歌にダメ出しをする。

「あれ、どうだったっけ？」

素直《すなお》に教えを乞う登磨。登磨は美玖の勧めによって新しい歌を覚えている最中である。

「こうです」

美玖が歌った途端《とたん》、店内は吹雪がやんだ瞬間のような静寂《せいじゃく》にのまれ、佐々木《ささき》のじいさんは珈琲《コーヒー》をこぼした。瑛太《えいた》がすかさずおしぼりを渡す。まるで準備していたような素早さである。

「美玖さん、今のは登磨のほうが合ってたように聞こえましたよ」

瑛太が、拭《ぬぐ》い終わった佐々木のじいさんからおしぼりを受け取りながら意見してきた。

「そう？　あたしには違うように聞こえたんだけど」

「いや、美玖さんがおん……じゃなくて、なんていうか、アレンジが利《き》きすぎててちょっと原形をとどめてないっていうか」

「いやあ、私も登磨君は割と正確に歌ってたと思うけどね」

「佐々木さん、この歌知ってるんですか？」

「ああ知ってるよ。孫娘が好きで、私も一緒になって聞いてるうちに好きになった」

今度孫と握手会に行くのだと、頬《ほお》を緩《ゆる》める。美玖も微笑《ほほえ》ましい気持ちになった。

登磨が入り口へ顔を向ける。

「いらっしゃいませ」

白髪《しらが》の痩《や》せっぽちで小柄な老婆《ろうば》が入ってきた。毛糸の帽子《ぼうし》をかぶり、登山用の分厚いダウンジャケットとナイロンのパンツを着用し、ごついブーツを履いている。いずれも年季が入った品だ。歩くたびにブーツの底につけられている滑《すべ》り止めの金具が、「おばあさん」には不釣り合いな音を立てる。

「こんにちは。いいかしら」

掠《かす》れ声《ごえ》は朗《ほが》らか。後ろ手に閉められる扉の向こうに、タクシーが立ち去るのが見えた。

「はい。お好きなお席にどうぞ」

美玖は軍手を取りながら老婦人に近づいていく。

彼女は、店内を見回し、空いているカウンター席の端にちょこんと座った。少し震《ふる》える手で手袋と帽子を取ると、ラミネートしたメニュー表を手にする。表のメニュー看板《かんばん》には今月のおすすめのみ掲示しているが、店内にはレギュラーのメニュー表も置いてあるのだ。

「あら、このお店は親切ね。大きな字だわ」

登磨の癖字《くせじ》をものともしないらしい。

今月のおすすめ

サンドイッチミルフィーユ

短角牛のシチュー（店長が忍耐《にんたい》と気持ちを込めて丸一日煮込みました）

寒ブリのカルパッチョ　野菜ゼリーよせ
冬野菜のバーニャカウダ

おばあさんが片手を軽く上げて美玖を呼んだ。

「サンドイッチとジンジャー珈琲をお願いしますね」

「かしこまりました」

「このバーニャカウダというのはどんなものかしら？」

「ええと、しゃぶしゃぶですね」

美玖が自分なりに最も分かりやすい説明をすると、瑛太がテーブルの脚に足をぶつけた。

「熱々のオリーブオイルと、ニンニクとか牛乳とか混ぜたタレに野菜をつけて食べるんです」

瑛太の説明を聞いて、あらそう、チーズにつけるあのお料理みたいね、と納得した彼女は改めて店内を見回す。

「こちら、今の時期は登山する方はいかが？　多いかしら」

「冬の間は比較的少ないです」

「あたしは冬山が好きだわ。だってあたし、虫が苦手でしょ？」

「そうなんですか」

あら、ご存《ぞん》知《じ》なかったの？　というようにおばあさんの薄い眉《まゆ》が上がった。

「そうよ。だから山は冬の時期が好きなの。見晴らしもよくなるでしょう。結構降った先月からこっち、お天気がいい日が続いたから、お山の雪もだいぶとけたんじゃないかしら。今日も降らないみたいだから、来ちゃった」

　肩をすくめて見せる姿は、なかなかにキュート。

「おひとりで登られるんですか？」

「ええ。息子が来ることになってるんですけど、先に登っちゃいましょう。途中で追いつかれるはずよ」

　彼女は携帯を開いて、遠ざけたり近づけたりしながら画面を確認する。

　そうこうしているうちにジンジャー珈琲が入ったので、サンドイッチと共に運んだ。

「きれいな層のサンドイッチねえ。ミルフィーユというのも頷《うなず》けるわ。確か千枚の葉という意味だったかしら？」

「はい」

「あたしってこれくらい薄いパンが好きでしょ？　いい色にこんがりトーストされてるわね。具はレタスとベーコンと、これは薄焼き卵？　こっちのオレンジ色のはチーズかしら」

「はい。チェダーチーズのスライスです」

　登磨が説明する。

「チーズね、最近食べてないわ。卵は何味？　お砂糖？　お塩？」

「塩とブラックペッパーです」

「それは結構」

おばあさんは大いに頷く。鷹揚《おうよう》な女王様のようで、美玖は思わず頬を緩める。

「あたしほら、最近、塩気のない物ばかり食べてるでしょ？　味気なくって。食事ぐらいしか楽しみがないんだもの、好きな味をいただきたいじゃない。あなたもそう思うでしょ？」

半ば強引に賛同を求められた登磨だが、いつも通り目元を柔《やわ》らかくして「そうですね」と柔軟に受け答えしている。

「お手数をおかけするけど、こちらと、もうひとつ追加で、包んでいただける？　ぜひ、お山でいただきたいの」

ワックスペーパーに包み、潰れないようにフードパックに詰めて美玖が渡すと、ジンジャー珈琲を飲み終えたおばあさんは、小さなリュックに入れた。

「それじゃあごきげんよう」

「ごきげんよう」

美玖はつられてそう返して、見送った。

カップを片づけたり、調理補助をしたりしながら、とっくに姿の見えなくなった登山口を見つめソワソワしていると、登磨がいった。

「美玖ちゃん、様子見てくるかい？　行っていいよ。ただし、よくよく気をつけるならね」

美玖の表情が明るくなりかけたが、すぐに、職場をないがしろにすることになると気づいて、躊躇《ためら》いを見せる。

「なんなら、オレが行こうか」

コックコートの首元のボタンに手をかける。

「オレも心配だしね。あんなちっちゃいばあちゃんが、雪が残るあの岩を乗り越えられるか」

「いえ。あたしが行きます！」

美玖は、出入り口に釘《くぎ》で引っかけていたダウンジャケットとマフラーを取ると、引っかけながら外に飛び出した。

「オレも！」

続こうとした瑛太を「遠足じゃないんだぞ」と襟首《えりくび》をつかんで登磨が引き戻す。

「美玖ちゃんこれ持ってって」

登磨がステンレスのミニボトルのふたをキュッと閉めると、差し出した。片道一時間半ほどの山道だが、飲み物があれば心強い。

「ありがとうございます！　いってきます！」

ジャケットのポケットから手袋を出し、ボトルを収めながら登山口へ駆《か》けた。

登山道に入った瞬間、ふつりと音が絶えた。耳が詰まったかのような静けさに包まれる。音のなさがプレッシャーとなってのしかかる。濃い雪の匂《にお》いに、鼓動《こどう》が速まってきた。

人の姿がない灰茶色と白色だけの光景は、凜と張り詰めていた。雪は音だけでなく、生き物までも吸い込んでしまったかに思われてくる。頭上に張り出す枝には、雪が積もり、その枝から重たそうなつららがざっくりと下がっていた。木々と雪と氷の間から、薄水色の水彩《すいさい》絵の具を吹きつけたような空が見える。

脳裏に、擦《す》り切れた画がストロボを焚《た》かれたかのようにパッと現れた。

掠めた手。何もない空に翻《ひるがえ》る黄色いダウンジャケット。墓標《ぼひょう》を思わせるコンベアの支柱――。

身がすくんだ。

チチッチュ－イチュ－イッチチチッ。

高い鳴き声が張り詰めた空気を破る。目の前を一条の光が横切った。

光の尾を引いた鮮やかな黄色い鳥は、手前の枝に留まると、長い尾で枝を叩《たた》きながら、喉《のど》元《もと》を膨《ふく》らませて力強い声を発する。

脳裏から今さっきの映像が消えていた。

気が抜けた美玖はうっかり深呼吸してしまい、キンと冷えた空気が鼻に沁《し》みて、咳《せ》き込む。咳《せき》が治まるのを待って、口呼吸に切り替えた。ゆっくりと冷たい空気を胸に入れ、静かに吐き出していく。白い息が目の前を覆う。

息の霧《きり》が晴れた時、美玖は口角を引き上げ、笑顔を作っていた。

大声で歌ってみたら、枝から雪がどどっと落ちた。

夏は覆いかぶさる木々で道の見通しは利かなかったが、今は、進む先がすっきりと見えた。

主のいなくなった蜘蛛《くも》の古巣を、雪の水滴が彩《いろど》っている。設計図もなしによくこんなに精巧な幾何学模様《きかがくもよう》を描《か》けるものだと、蜘蛛は好きではないが感心はする。しかも、尻《しり》でである。人間には無理だろう。

いくつかの足跡《あしあと》がついた雪道をひたすら登っていく。積雪は足首を越えた。間もなくおばあさんに追いついた。斜面が急になり始める所に差しかかっていた。おばあさんは膝に手をついて息を整えている。

「大丈夫ですかー」

美玖は彼女の元へ急ぐ。呼びかけに応じて顔を向けたおばあさんは青ざめていて、汗もびっしょりかいていた。

「あら、あなたはお店の……」

切れ切れな声。

「青木《あおき》美玖と申します」

「あたしは本永律子《もとながりつこ》。ここまでいらしてくださったの？　ありがとう」

律子は上体を起こした。首に巻いたタオルで口元を覆い、えへんと痰《たん》の絡《から》んだ咳をすると、顔の汗を拭う。

「もう少し行けば、座れる程度のスペースがあります。そこまで頑張《がんば》りましょう」

美玖は律子のリュックを背負い、先導《せんどう》した。

「慣れてらっしゃるのねえ」

「何回も登ってるので。でも、冬は十一年ぶりです」

去年の冬は、幸いにして弁当を頂上へ届けてほしいという依頼《いらい》はなかった。

「葵岳は初めてですか？」

「息子が七歳の時に登ったことがあるわ。もう四十年も前になるわよね。ここの山、七歳児参りがあるでしょう？　隣町からの参加もＯＫって聞いたものだから、息子を参加させたわけ。それでほらあたし、気づかれないようにこっそり後をつけたじゃない？」

うふふ、と笑う。その笑い声も雑音交じりの息切れで返ってくるので、美玖は彼女の負担になってはいけないと、それ以上は話しかけないことにした。

山道の三分の一、階段でいうところの踊り場のようになった所に切り株があった。美玖はハンカチを敷いて律子の腰を下ろさせた。

「喉渇《かわ》きませんか？」

ジャケットのポケットからはみ出ているボトルを取り出し、ふたに注ぐ。湯気《ゆげ》を上げるのは、ジンジャー珈琲だった。

律子に差し出すと、彼女は感謝しながら、「大丈夫よ、あたしも持ってきてるから。リュック、持ってもらっちゃって助かるわ、どうもありがとう」と美玖からリュックを受け取って、中からペットボトルを取り出した。美玖が初めて見るパッケージ。化学式のような数字が書かれてあって、入っている液体は無色。

震える手でふたを開けようとしたが、なかなか開けられないでいるので、美玖は代わりに開けてあげた。人差し指と親指だけで開けたのを、律子は「まあ！」と目を丸くして、まるで器用な熊《くま》を目《ま》の当たりにしたように感動する。

律子が喉を潤している間に、美玖は靴の紐《ひも》を一旦《いったん》解き、足の先から丁寧《ていねい》に締めていった。最後は手のひらに紐を絡めて強く締め上げ、固く結ぶ。

「あなたご家族は？　お若いけど、もしかして結婚《けっこん》されてたりするの？」

「いいえ。家族は父がおります」

律子はそれで、美玖の母親には事情があるのだろうと察したらしく、深くは尋ねてこなかった。

そばの木の一番下に、キセキレイが舞い降りた。この凍《い》てついた空気の中、きみちゃんは美玖たちにつき合ってくれていたらしい。胸を膨らませて元気にさえずる。その透明《とうめい》な鳴き声は、静寂を湛《たた》えた雪の葵岳に染み渡った。

「キセキレイだわ。珍《めずら》しいこと」

律子が目を閉じて、耳を澄《す》ませる。

「あの子、しょっちゅう現れますよ」

「あらそうなの。人に懐《なつ》いているのかしら」

「そうみたいです」

「キセキレイなんていい名前よね。キセキを起こしてくれそうでしょ？」

律子はどんな奇跡を起こしてほしいのだろう。美玖は、彼女の重なる目尻のしわを見つめる。

「ほんとにまあ、いい声で歌うわねえ。春の雪解け水には、こういうさえずりも溶け込んでいるでしょ？　だから湧《わ》き水《みず》はおいしいのよ」

ゆっくりと目を開けた老婦人は、手の中の、数式が書かれたペットボトルに視線を落とした。親指で数字を擦《こす》って、またひと口飲むとおもむろに腰を上げた。

「元気が出たわ。さあ、行きましょう」

　ふたりは再び登り始めた。硬くしまった雪ばかりだと思い込んでいると、いきなり柔らかい雪を踏み抜いて、膝まで埋まってしまうということがあった。幸いにもそうなるのは前を行く美玖だったので、ついてくる律子に危険は及ばない。

「若い頃、夫が休みの日にはね」

　律子の声を、背中越しに聞く。

「ふたりで、あちこちの山へ登ってたのよ」

　これまで登った山の数々を披露《ひろう》する。美玖は相槌《あいづち》を打ちながら、律子が足を置きやすい場所を判断し、彼女の歩幅《ほはば》を計って小刻みに踏み出していく。律子が美玖の足跡を辿《たど》ってくれると、役に立てている気がして嬉《うれ》しい。

「息子が生まれてからは、息子も一緒に。初めの頃はおんぶしたわ。そのうち自分の足で登れるようになったでしょ？　ところが、しばらくは、帰り道は疲れてやっぱりおんぶをねだるの。夫もそんな息子の成長を楽しみにしていたっけ」

　律子の声が、記憶《きおく》の中の母の声と重なる。

母さんもまた、あたしの成長を楽しみにしていたはずだ。美玖が山登りを好きになったのには、母におんぶしてもらえるというのもあった。しっかりと支えてくれる背中の温もりと、美玖の名前を象《かたど》る声の心地よさ。上手《うま》くいかないことも悲しいことも怖いことも、全部ひっくるめて何も心配ないと安心させてくれた。その温もりが、自分を呼ぶその声が、たとえ何が降りかかったとしても味方はいて、帰る場所があることを教えてくれた。

美玖は洟《はな》を啜《すす》って、雪を踏み締める。足の下で凍った雪がザク、ザクと大きな音を立てた。

「ところが小学校に入る直前、夫は、ほら、病気で亡くなっちゃったじゃない？」

途中までしみじみとした口調だったのが、突然さらりとしたものに変わった。

振り返ると、律子は登ってきた道を見下ろしていた。

「随分来たわ」

肩で息をしているので、美玖は配慮して、休憩《きゅうけい》を促す。

ペットボトルの液体で喉を潤す律子の手の震えは、さっきよりひどく、口元から水をこぼした。

「大丈夫ですか？　ご気分は悪くないですか？」

「平気よ。年を取ったということね。ご心配おかけするわ」

美玖は口元を拭う律子を見つめていたが、胸に去来するのは母だった。母は、年を取ったといえるほど生きられなかった。母が生きていたら、一緒にまたこの道を登っただろう。今度は自分が手を引こう。もし母がつらくなったらおぶってあげよう。

そんな状況がこの先あるわけがないと分かっているのに、想定せずにいられない。

ひと息ついた律子がいった。

「二番目の夫とは」

「再婚されたんですか」

「ええ。息子が中学校に入る時に。でも息子と夫の折り合いが悪くて、二年で離婚したの」

なんと返していいのか分からず、美玖は黙る。

「美玖さんは、お父様と仲がよろしいのかしら」

「はい。時々いさかいになったりしますが、基本的には悪くないです」

「それが一番ね。たまにいい争いしてまたおしゃべりして、お茶飲んだり、ご飯食べたりっていうのが一番」

息子さんとはいかがですかと美玖は口先まで出かかったが、お客さんの事情をこちらから聞き出すのは褒《ほ》められた行為ではないと判断してのみ込んだ。それに、おっつけやってくるというのなら、仲は悪くないはずだ。

「息子には、いろいろと我慢《がまん》をさせてきたわ。なのにあの子は、あたしを困らせることはなかった」

美玖は視線を少し遠くへ向けた。氷にコーティングされた枝からつららが下がり、その一本一本に淡《あわ》い陽光と、並んで座る美玖と律子が映《うつ》り込んでいる。何かの拍子で枝が揺さぶられると、ふたりの姿は反射する白銀色の光にかき消された。

「そろそろ、行きますか」

促すと、そうねと同意したものの、座ったまま。

「疲れましたか？　戻りましょうか？」

「戻るなんてとんでもない。これが最後かもしれないの。たとえ息子が来られなくても、登っている間は息子と一緒のような気がするから」

だから諦《あきら》めたくないの。律子はすっかり紫《むらさき》色になっている唇を嚙《か》み締める。

美玖は胸に切ない痛みを覚えた。

背後には、急斜面が下へ向かって延び、雪に二筋、足跡が続いている。自分たちが辿ってきた道だ。雪に足を取られ、枯れた枝や朽ちた木が行く手を阻《はば》むそこを、自分たちは潜《くぐ》ったり乗り越えたりして一歩一歩、確かに登ってきたのだ。

律子は勢いをつけて立ち上がった。よろめいたので、美玖は支える。

「あらごめんなさいね」

数歩進んだが、律子の歩みははかばかしくない。美玖が立ち止まって待つと、律子は「一旦休むと、歩き出すのに苦労するわね」などと強がりをいう。それでも途中で引き返すつもりはないようだ。

ならばと、美玖は小さな老婦人の体重を目測した。美玖自身より七、八キロは確実に少ないと見た。頬はこけ、目は落ちくぼんでいる顔を見て、あるいは十キロ……と推定《すいてい》する。

「よかったら、おんぶしますよ」と律子に背を向けてしゃがみ込む。

「そんな」

老婦人は口をぽかんと開けて眉を寄せた。

「そんなこと、させられないわ。それに無理よ、そうでしょう?」

「大丈夫です。あたし、柔道《じゅうどう》やってたんで。練習では自分より重い子を背負って坂道を走ってたんですよ。律子さんはあたしより若干、軽そうにお見受けしました」

瑛太がいたら、「若干?」とツッコまれそうだが、そこは女子のプライドというものがある。

「いいえ、あなたがケガでもしたら大変。あたしは平気よ、自分で登るわ」

「じゃあ、こうしましょう。ご存知でしょうが、この先には短い鎖場《くさりば》があります。もしかしたら、鎖場はあたしでも無理かもしれません。なので、そこから頂上までは律子さんに登っていただいて、そこまではおぶさって体力を温存する、というのは」

「……そう、ねぇ……」

律子は迷っていたが、美玖が頼み込むようにして説得すると、なんとか折れてくれた。

背中にもたれた律子は目測よりもさらに軽く、肩にのった手は、カゲロウを思わせる。美玖はマフラーを外し、律子と自分を結んだ。

重くないはずなのに、美玖の足の運びが格段に鈍《にぶ》くなった。

「大丈夫?　降りたほうがいいかしら」

律子が心配そうに覗き込む。

「大丈夫です」

美玖は体を揺すって背負い直す。しっかりしなきゃ。律子さんを不安にさせてはいけない。心配させてはいけない。彼女を連れて行けるのはあたししかいない。

母が頭をよぎる。

律子さんを守れるのはあたしだけなんだから。あたしは彼女の命を背負ってるんだから。

時折響《ひび》くきみちゃんの声に励《はげ》まされながら、黙々と登る。途中、汗がひどくなる前にジャケットのファスナーを下げて体温調節をした。

いくら軽いといっても、雪山を人ひとり背負って登るのはこたえる。鎖場まで来た時には全身の筋肉が震えていた。

「ありがとう。大丈夫？」

「はい。全然、なんとも、ありません」

案じた律子に、むふーむふーと、興奮《こうふん》した牛のような呼吸をしながら、美玖は笑って見せる。

「それより、ここ、登れそうですか？」

確認すると、律子は喉を反らせて見上げた。この時期は、かち割氷に見える岩。

「こんなに立派な岩だったかしら。昔より岩が大きくなったみたいね。ねえ？」

そんなことは……と否定しようとして、美玖は律子の心情を汲《く》んだ。

「はい。育ってますね、確実に」

律子は美玖に視線を移すと、口を真一文字に結んだ確信めいた表情で頷いた。

美玖は、岩肌に垂《た》れる鎖を拾い上げた。ズシリと重く、頼りがいがある。

肩越しに律子を見ると、表情はうっすら硬く、眉の間に淡くしわが刻まれていた。それでも律子は、まなじりを決して鎖に手を伸ばした。

その時だった。下から雪を踏む足音と人の声が聞こえてきた。

「美玖ちゃーん」

「あ、店長だ」

美玖の顔がパァッと明るくなる。さっきまでの闘牛場《とうぎゅうじょう》でひと暴《あば》れしてきたような牛から、草原で草をはむ乳牛に変わったかのように息が整った。

木立の間から登磨の姿が見えた途端、日が射《さ》したように辺りが明るくなる。そのため、その後ろにもうひとり男性の姿があったのに、すぐそばに来るまで気づかなかった。

年の頃は五十前ぐらい。背は登磨より頭ひとつ分小さく、ひょろりとした体つきをしている。口の周りや眉間《みけん》に、切り傷にも見えるしわがあった。彼は険しい顔で詰め寄ってきた。

「母さん、なんでこんな無謀《むぼう》なことを！　自分が何をしてるのか分かってるのか！」

大の大人の剣幕《けんまく》に、美玖はキョトンとする。説明を求めて登磨に視線を向けると、彼はすぐ横に来てささやいた。

「彼、律子さんの息子の勲《いさお》さん」

説明になってはいない。美玖は、へえとああ～、の間のような返事をして勲に目を向けると、彼は下山しようと、律子の腕を無造作に引っ張っているところだった。律子は抵抗する。

「せっかく、おんぶまでしてもらってここまで登ったのよ。もうちょっとで頂上じゃない。なのに引き返すなんて」

「だからそれが間違ってるっていってるだろ。人様にまで迷惑かけて！　すみません、大変だったでしょう」

後半は険しい顔のまま声だけは抑えて、美玖に謝る。

「いいえ、そんなことありませんよ」

そういったのは美玖ではない。律子である。澄まし顔で答えているが、声は震えている。

「この方は柔道をやってらして、あたしなんか簡単に背負えるのよ。ここまで何の苦もなく登ってくださったわ」

「そう思ってるのは母さんだけだ。この人には迷惑なんだよっ、ほんとにすみません」

「いいえっ……」

これまた律子だ。美玖は目をぱちくりさせる。

「この方は、自ら進んでおんぶしてくださったの。何もあたしが無理やり乗ったわけじゃないでしょ？　とても親切な方なの」

「その親切につけ込みやがって。たいがいにしてくれよ。病院を勝手に抜け出して、スタッフが大慌《おおあわ》てで探し回ってたんだぞ。メール見て腰を抜かしたよ。まさかこんなことするなんて。母さん、何考えてるんだよ」

律子の話から美玖がイメージしていたのは、理解ある優しい息子というものだったが、頭ごなしに怒鳴りつける目の前の男は、想像とかけ離れていた。

「だって、これが最後でしょう？」

律子の言葉に、勲が息をのむ。

「だったら、もう、いいじゃないの」

とても冷静に、真《ま》っ直《す》ぐに、律子は息子を見つめる。勲も律子を見据《みす》える。

「まあまあ、そこらへんで」

成り行きを眺めていた登磨が、絶妙のタイミングで口を挟《はさ》む。ふたりの気が逸《そ》らされた。

「ここから頂上まではほんとにすぐです。どうですか、ここまで来たらもう登ってもいいんじゃありませんか」

「店長さんまで、何いってんですか。登るったって、この人にはもう無理ですよ」

勲が憤り交じりに吐き捨てた。律子の目の周りが赤くなる。

「そんなことないわよ。登れるわよ。これよりもっと険しい山だって登ってきたんだから」

「いつの話だよ、いつまでも同じ体でいると思うなよ」

律子の握る鎖が小さく音を立てた。登磨の視線がそちらへ流れる。

「じゃあ、こうしましょう。律子さんは私がおんぶします」

登磨の申し出に目を丸くする勲。

「いや、いくら店長さんでも無理でしょう。この岩を、人を背負って登るなんて」

「できないことはないですよ。マッターホルンのトラットリアまで鹿《しか》背負って届けたことありますから」

真面目《まじめ》な顔でいってのけた登磨は、「といっても、岩場は通りませんでしたが」と朗らかにつけ加え、律子のそばにしゃがんだ。

律子がその背中を見下ろした時、ひと粒の雪がその背に舞い降りた。

四人は揃《そろ》って顔を上げる。遥《はる》か空からふわりふわりと舞ってくる白い花びら。

「降ってきましたね。急いだほうがいいかもしれません。いくら低くて子どもでも登れる山とはいえ、山は山ですから、あまり舐《な》められません」

登磨が促すと、律子は頷き背中に身を預けようとした。

「待って」

勲が律子の肩を引いた。そして、オレが、とそばにしゃがむ。律子が目を見張った。

「オレがおぶる……母さんのほうは、大丈夫か？」

気をのまれていた律子だったが、ひとつ、息をついた彼女は、小さくてもはっきりした口調でいった。

「大丈夫よ」

青森の県南地域では、節分《せつぶん》の豆といったら大豆ではなく落花生《らっかせい》である。町のスーパーにも鬼《おに》の面と共に落花生が陳列《ちんれつ》されていた。

十一年前の二月三日。早朝。

一週間前から母は、ずっと風邪《かぜ》っぴきのままだった。

「母さん、大丈夫？」

「大丈夫よ」

案じる美玖に、母は笑顔でそうはっきりと答えた。風邪が治ってからでもいいんじゃないかと父は案じ、せめて気温が上がった昼頃にしないかと譲歩《じょうほ》も試《こころ》みたが、母は平気だってば、とお気に入りの黄色いダウンジャケットに袖を通した。

「節分はね、次の日から新しい一年が始まろうっていう立春《りっしゅん》の前日なわけでしょ。それに、朝のほうが空気は新品で清々《すがすが》しいし、登山者が少ないほうがゆっくりできるじゃない」

頂上の社《やしろ》に落花生をお供《そな》えして祈願し、その落花生を食べると一年間無病息災で過ごせると信じていた。それは子どもの頃からの習慣らしく、だからその日も、当然山に登ろうとしたわけだ。

その時は父も美玖も、しょうがないねえ、と苦笑いしていた。

あの日の気温はマイナス十℃。連日降っていた雪は根雪となり層を成していた。

靴跡がいくつかついていたから、近日登った人はいるらしいが、その時は誰とも出くわさなかった。

道中、美玖と父が心地よく息を弾《はず》ませているのに、母は青ざめ苦しそうな呼吸を繰り返して、全身から湯気を上げるほど大量の汗をかいていた。眉をハの字にして振り返る娘に、母は同じことを繰り返す。

「大丈夫よ」

とてもじゃないが、大丈夫とは思えない笑顔と震える声。鎖場では父が手を引き、美玖が背中を押した。途中、何度も危うい時があった――。

「大丈夫よ」


「美玖ちゃん、おーい」

美玖は、呼びかけられる声にやっと気づいて、登磨に顔を向けた。ゆっくりとまばたきして、当惑しているような登磨の顔を認知すると、ハッと背筋《せすじ》を伸ばした。

「すみません。えっと、なんでしたっけ」

「……律子さんを支えてくれって頼んでたんだ、けど……どうした？」

「いいえ、何でもないです。律子さんを支えるんですね。お任せくださいっ」

腕を曲げて力こぶを作るような格好《かっこう》をして見せたが、登磨の顔はわずかに曇《くも》ったような気がした。

登磨はダウンジャケットを脱いで、老婦人と勲を結び先に登り始めた。時々勲を振り返る。

「足裏全体をついてください。足で登ろうとしないで、全身で行くようにイメージして」

息を切らして少しずつ登っていく息子を、背中の母親が励ます。頑張って、もう少しよ。

息子は口では何も答えないが、足を前に出すことでそれに応《こた》えている。

あの日、美玖も母親にそう声をかけた。

――母さん大丈夫？　もう少しだよ、頑張って。

母はゆらりと頷いて、やぁだ、あたしったら美玖に励まされてるわ、とか細い声で軽口を叩いて見せてから、ちょっと真面目な顔をして美玖に尋ねた。

ねえ、母さんは迷惑かけてる？

――そんなことないよ。

美玖はそう答えたのだった。

美玖の手の中で鎖が軋《きし》む。

迷惑かけてる。だからもう戻ろうといえばよかった。

あんなことになるなら、一瞬にして声さえ届かない所へ行かれてしまうくらいなら、あの時だけは「頑張って」じゃなくて「迷惑だ」と冷たい言葉をかけたほうが……。あの時はそれが一番温かい言葉だったんじゃなかったろうか……。

勲の足が滑った。美玖に向かって律子の背中が迫る。肝《きも》を冷やす間もなく、登磨が足を大きく開いて身を乗り出すと勲の胸倉を素早くつかまえた。勲が鎖にしがみつく。美玖も慌てて片手で律子の背中を支えた。

登磨のかけ声に合わせて、美玖はふたりの体を押し上げる。

「すみません」

真っ青な顔の勲。何度もつばをのみ込む。

「落っこちちゃうかと思っちゃったわ」

律子の声は震えていたが、表情は気丈にも明るい。勲の足のほうが震えていた。

「少し休みますか」

美玖が勲に尋ねる。

「今ショックを受けていらっしゃるようですし」

母が？　と勲は背中を気にした。

「いえ、勲さんが」

「そう、見えますか。ショック受けてるとすれば、それは店長さんにですよ」

勲は喉を反らせて見上げる。店長は次の足を置く場所を黙々と見定めていた。

「鎖につかまって、あなたに支えてもらっていたとはいえ、腕一本で引き上げるって……落ちる恐怖《きょうふ》を上回りましたよ。鹿を背負ったというのが本当な気がしてきました」

勲は再び足を前に出し始めた。勲の肩につかまる律子の手に力がこもるのを、美玖は見て取った。それはつかまるというより、励ましているように受け取れた。

記憶にある最も古い葵岳登山では、母におぶってもらった。それが、一年か二年後には、手を引っ張ってもらうのに変わった。おんぶを卒業してしまったことが寂しかったが、今度は、両親の手の温もりを知ることができた。さらに、同じ目線で歩ける喜びを感じられるようにもなった。

頂上に一番乗りした登磨が、勲の腕を引く。同時に美玖も力の限り押し上げた。

勲が無事山頂に這《は》い上がる。

美玖たち以外、頂上には誰もいなかった。頂上を踏んだ律子は、胸を大きく開いて深呼吸する。

「山はいいわね」

あの日、登り切った母もそういった。

「しんどくても足を前に出し続けていれば、いずれてっぺんに到達できるもの。今日は人様の力に頼っちゃったけど」

美玖も顔を上向けた。ふもとにいた時よりも近くなった空を、ねずみ色の雲が流れてくる。

「母さんを背負うことになるなんて、想像もしていなかった」

勲は地面に手をついて、荒《あら》い呼吸を繰り返している。

「あたしだって、息子におんぶされることになるとは想定外だったわ」

おんぶは、おそらく山登りのことだけではないのだろう。

「ありがとう、よく頑張ったわね」

腰に手を当てた小柄な女王様は、息子を見下ろして労った。勲は荒い息のまま苦笑いする。

「美玖さん、店長さん、ありがとうございます。息子とまた登るという夢が叶《かな》いました」

律子はふたりに礼をいったあと社に手を合わせ、丁寧に感謝を述べたのち、「息子が、元気で暮らせますように」と祈った。自分のことじゃなく、中年の息子について祈りを捧げる彼女の小さく丸まった背中を、美玖は見守る。その息子は頬の内側を噛んで、複雑な視線を向けていた。

祈願を終えた律子は、社の格子扉に目を眇《すが》めた。

「あら、蜘蛛の巣。苦手だけど、こんなに素敵な模様を描けるところは尊敬《そんけい》できるわね。設計図は蜘蛛の頭の中にあるのかしら。人生にも、完璧な模様が描ける蜘蛛みたいな設計図があればいいのにねぇ」

実感が込められた呟きは風に流されていく。

いつ生まれ、いつ立ち上がり、歩き始め、壁にぶち当たり、乗り越え、老い、そしていつ、どんな終焉《しゅうえん》を迎えるのかという設計図。一ミリたりとも狂わず逸脱もない一生。

「まあっ、お地蔵さんもいたのね。昔、お社のそばには何もなかった気がしたけど」

美玖はお地蔵さんを静かに見やる。しゃがんでお地蔵さんにも手を合わせた律子は、眉を顰《ひそ》めた。

「そういえば、この山で亡くなった方がいらっしゃったわね」

はい、と返事をした美玖を律子は振《ふ》り仰《あお》いだ。美玖はお地蔵さんに視線を据えたまま動かなかった。

律子たちと同じように、十一年前、無事に登頂を果たした母は、落花生を供えて社に手を合わせると、掠れ声を張り上げて例年通り祈願した。

「家内安全。無病息災。すべてこの世は事もなし。みんな、楽しく笑って毎日を送るので、そこのところよろしく！」

「またこの人は、そこのところよろしくしなかったら承知しないよっていう脅迫じみたお願いの仕方するんだから。体調が悪い時ぐらい、お淑《しと》やかに祈願すればいいのになあ」

「ほんとだよ。それに母さん、自分の健康を第一にお願いしてよ」

呆《あき》れている父と美玖を後目《しりめ》に、あたしのは明日になれば治ってるやつだから、と青ざめた顔を自信ありげにニヤリとさせたのだった。

下山ルートは幾通りかあり、青木一家では、節分の日のお参りに限って正規の登山道でも七歳児参りのルートでもない、第三の道を下るのを信条としていた。

その第三ルートは、左手が鬱蒼《うっそう》とした林で、逆に右手はぽっかりと拓《ひら》かれた崖《がけ》になっている。冬晴れの日であれば、空を歩いているような気分にさせられるのだ。反面、腰高の防護《ぼうご》柵《さく》の遥か下は採石場跡地で、土埃《つちぼこり》に覆われたベルトコンベアや錆《さ》びた鉄の柱が残され、寒風が吹くたびに咆哮《ほうこう》のような音を響かせる。当時の美玖にとっては、爽快《そうかい》感もあるが、薄気味悪さも感じる微妙な道だった。

だが母は、この拓けたルートで帰るのが「運を拓く」としてお気に入りだった。

人がひとりギリギリ通れるぐらいの道を一列になり、父を先頭に美玖、母と続く。道は雑木林寄りの左半分が、黄土《おうど》色の髪の毛のような草に覆われており、崖寄りの半分には雪がせり出すように積もっていた。登り同様、この道を通った人がほかにもいたようだが、足跡は数えるほどしかなく、それもかなり薄くなっている。

林の奥に洞窟《どうくつ》がある所まで来た時、美玖は背後の母を確かめた。

吹いてくる風に帽子からはみ出た髪の毛を流しながら、母はのぼせたような顔で防護柵に手を添えてついてきていた。更《さら》なる不安を感じた美玖は、「母さん気をつけて」と、母に近づいた。

その時だった。ひと際強い風が吹いた。母の体が揺らいだ。

「あ」

母の声が聞こえた。悲鳴ではない。それはたとえるなら、忘れ物に気がついた時に出すような声。日常にありふれた、平凡な声。

鮮やかな黄色いダウンジャケットが何もない宙《ちゅう》に飛び出した。

「母さん！」

手を伸ばす。指先が裾《すそ》を掠った。父の手も、同じように母へと伸びる。が、届かない。

そして、遥か下で音がした。

思わず防護柵から身を乗り出した美玖を、父が羽交《はが》い絞めにする。危ない、とか、やめろ、とか叫んでいたと思うが、美玖には獣《けもの》の咆哮にしか聞き取れなかった。父の声は背中を痺《しび》れさせるほど大きいのに、実際耳から入る声は水の底にいるかのようにくぐもっていた。きっと美玖からも、同じような声が出ていたはずだ。

そこからしばらくの記憶がない。父が携帯電話で助けを求めるまで、美玖はその場にへたり込んでいたらしい。

目の前に広がる空間のように、美玖の意識はぽっかりとしてしまっていた。

まぶたに残るのは、ゆっくりと母が落ちていく映像。耳に残るのは、日常の母の声と、砂袋が放り投げられたような音。

助けが来たのはかなり時間が経ってからだ。しかも、母のほうではなく、美玖たちのほうに。採石場までのルートは分断されていて、辿り着くのに時間がかかるとのことだった。

数日後、母の体が引き上げられたが、美玖は母を見せてもらえなかった。

ごねてごねて、やっと見せてもらった手は、鋭い亀裂《きれつ》が走る白い骨に、食いちぎられたような赤黒い肉がこびりついたものだった。

「弁当、オレの分まで買ってたのか」

律子から差し出されたサンドイッチに、勲が驚く。

本永親子は社のそばにあるベンチに並んで腰かけていた。

「来てくれるって思ってたもの」

「呼び出しといてよくいう。というか、オレがメールを見なかったらどうしてたんだ」

「見るわよ。だってあたしが電話してもあなた出ないけど、病院の人が電話したら出るでしょ。そしたら見るじゃない、メール」

勲は頭をかきむしった。ぶつぶつといいながらおしぼりのビニール袋を開けて、律子に渡す。

「勲、ちゃんと食事は摂《と》ってる？　あなたの背中、あのお嬢《じょう》ちゃんより痩せていて、乗り心地が悪かったわ」

「食べてるよ。母さんこそ、食べろよ」

息子は強くいって、サンドイッチにかぶりついた。眉の間にもどかしさを滲《にじ》ませながらガツガツと食べていく。その姿を律子はサンドイッチを両手で持ったまま、包み込むようなまなざしで眺めていた。

登磨と美玖は濡《ぬ》れ縁《えん》に腰かけ、足をブラブラさせながらふたりの会話を聞いていた。

ひと切れお腹《なか》に収めた勲は腰を叩く。

「母さんのおかげで腰も足も、もうガタガタだ」

息子の強気な悪態に、律子が口に手を添えてくつくつと笑った。

「人生には、無理をしなきゃならない時があるでしょう」

「それを人に強要するな」

「あたしだって途中までは無理したのよ」

「……そうだけどさ」

勲は律子から視線を外した。

「無理は、あまりするもんじゃない」

「ええ、そうね。そう頻繁にはできないけど、無理をしてやり切った時の自信と、充実感と解放感っていうのは癖になるでしょ？」

自分が立ち続けるために、次に向かうために、無理をしなきゃならない時がある。

ふいに、絞りだされたような勲の言葉が耳に入ってきた。

——無理は人を殺すんだよ。

美玖はギクリとしてそちらに顔を向けた。勲はサンドイッチをかじっている。律子はたっぷりと景色を眺めている。今の言葉は、おそらく律子には届いていない。それは風にのって美玖だけに聞こえた言葉。

美玖の母は、あの日、無理をした。その挙句《あげく》に、死んでしまった。

だが、何をいっても今となってはもうどうしようもない。

律子のいうことも、勲のいうことも、美玖には分かる。どっちが正しいとかじゃないのだ。

押し黙った美玖を登磨が、疲れた？　と気遣う。

「え？　ぜ、全然ですっ」

慌てて笑顔を取り繕った美玖に、登磨の目尻がピクリとした。その一瞬を見逃さなかった美玖は、

「お腹空いちゃったからかも」

と、つけ加える。登磨はそっか、と目元を柔らかくした。

「帰ったら分厚いサンドイッチ食べさせるから、下りも頑張れ」

「はいっ」

元気よく返事をした美玖に、登磨は笑顔を向けた。

美玖は、店長は誰かに似ていると思う。好奇心に輝いたり、時に湖《みずうみ》のようにしんとしたり、基本的には優しくて穏《おだ》やかだが、アナグマを解体したり美玖が鎖場から落ちた時などには荒々しさを見せたこともある。——誰に似てるんだろう……。

律子は改めて、サンドイッチの断面を見た。こんがりトーストされたパンの間に、爽《さわ》やかな黄緑色のレタス、香ばしく焼かれて波打つベーコン、タンポポ色した薄焼き卵、オレンジ色のコクのあるチェダーチーズの四種類が、幾重にも折り畳まれ、層を作っている。

「カラフルね。重ね方とか順番とか厚さとか。設計図があるのかしら」

「いいえ、行き当たりばったりに重ねています」

登磨が軽やかに答える。

「行き当たりばったりのほうが、食感も味も面白くなるもんですよ」

しげしげと見ながら、律子は頷いて頬張る。

「おいしゅうございます」

律子が目元を柔らかくした。美玖と登磨も顔を綻《ほころ》ばせ、勲は苦笑いした。

美玖は景色へ目を転じる。

町が広がっている。

冷たく白い雪と、温かく黒い泥《どろ》とが交じり合った町に、人々は暮らしている。

三百六十度町を一望できる葵岳は、いつもこうして周囲を見ているのだろう。

そういえばと、美玖は気づいた。

あたしは冬の葵岳に十一年ぶりに登れた。

あたしは、ここで、こうして笑えた。


駐車場と農道の境目《さかいめ》で、美玖と登磨は本永親子のセダンを見送った。

「律子さんと勲さんが、お互いを呼ぶ声、柔らかで温かかったですね」

「そう？　分かんなかったなあ」

登磨は肩のストレッチをしながら、店に足を向ける。

美玖は葵岳の登山口へ視線を振った。誰も下りてこない登山口。

呼び合う鳴き声が降ってきて顔を上げると、白鳥がV字編隊を組んで飛んでいくのが見えた。

「みんな、大事な人をもっと呼べばいいんですよ。大事な人からもっと呼んでもらえばいいんです」

その人が、去る前に。

瑛太が店の扉から顔を出した。

「美玖さん、おかえり。登磨、弁当の注文が入ってるよ！」

「はいよー。帰ろ、美玖ちゃん」

呼ばれて、美玖は顔を戻すと、登磨が手招きしている。

美玖は頰を緩めて駆けだした。

第五話　リスタートのトリュフチョコ

チョコレートは冬の季語《きご》だ。

酸《す》っぱくて苦味があるものでも、チョコレートでコーティングしてしまえば、それは逆に互いを引き立てる効果的なアクセントになる。

ただ、そのためにはチョコレートという甘いメッキは、核《かく》となるものの酸味や苦味と渡り合えるほど、相応に厚くなければいけない。

雪は降《ふ》ったりやんだり、寒さは緩《ゆる》んだりぶり返したりしながら、葵レストランに美玖《みく》が勤めて二度目の一月がそろそろ終わろうとしていた。

町まで続く農道脇の果樹園では、剪定《せんてい》作業が始まっている。

駐車場のわずかなくぼみには薄く氷が張り、去年の、赤く錆《さ》びた葉を閉じ込めていた。

週の真ん中、昼下がり。葵岳《あおいだけ》にカツーン、カツーンという夜中ならかなりなホラー感を醸《かも》し出す音が響《ひび》いている。美玖が店の前に張った氷を割っている音だ。ツルハシで。

端《はし》に寄せられていた雪が昼にとけて駐車場に流れ出し、夜になると冷やされるということを繰《く》り返して、分厚い氷に成長する。ツルハシを使うのは、北国の冬でよく使われる先端に金属が仕込まれたスコップでは、歯が立たないからだ。

さっきまで賑《にぎ》わっていたお昼の葵レストランに、今は誰もいない。

「おはよう美玖ちゃん。精が出るねえ」

席が空《す》いたのを見計らったかのように絶妙のタイミングで佐々木《ささき》のじいさんがやってきた。

「おはようございます。今日はあったかいですね」

「一℃だってさ。いい陽気だよね。こんな日は氷なんて放っとけばいいじゃないの。それに春になれば、すっかりとけるんだから」

「いいんですよ、佐々木さんたちの安全のためなら」

身を反らせてツルハシを振り上げる。

「美玖ちゃんは口が上手だよね。とにかく、ケガはしないようにね」

佐々木のじいさんが店に入っていく。

美玖は引き続きツルハシをえんやこーら、と振り下ろす。カツーン。

数分後。風を切って叩《たた》きつけられたツルハシに、いつもとは違う二重の手ごたえ。

「わ」

間の抜けた声を上げた時には、ツルハシのくちばし部分が跳《は》ね飛んでメニュー看板《かんばん》のど真ん中をぶち抜いていた。

白菜と鹿《しか》肉のフリット（はさみ揚《あ》げ）
小川原湖《おがわらこ》のヤマトシジミのパスタ（店長が買いつけてきた、今が旬の大粒《おおつぶ》シジミ！）
寒じめほう✖✖✖✖✖タージュ

ビターチョコレートアーモンドのケーキ（店長のように甘くて深い味わいです！）


美玖はガクリ、と膝《ひざ》をつく。……店長の字を、店長のメニューをっ。

美玖の背後を、チュチュチュッ、と鳴きながら、キセキレイが空中を跳ねるように飛び去って行く。なんて申し開きをすればいいんだろう……あなたの胸をぶち抜きました、ははは
って、そんな妄想《もうそう》で遊んでる場合じゃない。ぶち抜いたのは、寒じめほうれん草のポタージユだって。

看板とツルハシを両脇に抱えてそっと店に入ると、登磨《とうま》はフリットを揚げ鍋《なべ》から引き上げているところだった。

カウンター席で珈琲《コーヒー》を飲んでいる佐々木のじいさんに、後ろから声をかけた。

「……佐々木さん。ケガはしませんでしたが、ツルハシは折れちゃいました」

佐々木のじいさんは勢いよく振り返る。折れたツルハシのくちばしと太い柄《え》を抱えて、悄然《しょうぜん》としている美玖を見て、上着に珈琲をこぼした。

ガスを止めてカウンターから出てきた登磨がツルハシを見ると、まるで感心したかのように眉《まゆ》を上げた。

「おおっ、やっちゃったねえ。気持ちいいほど見事に折ったね！」

「すみません。そしてすみませんついでに、看板もです。ぶち抜きました」

脇に抱えたメニュー看板を恐《おそ》る恐《おそ》る差し出す。

登磨は腹を抱えて笑った。

「タイミングいいよ、美玖ちゃん。ちょうど新しくしようと思ってたから。お客さんも来ないし、オレちょっと行って買ってくるわ。ひとりだけど任せていい？」

今日は瑛太《えいた》が学校へ行っている。

「任せてくださいっ」

佐々木のじいさんの軽トラと、登磨のSUV車を見送った美玖は、調理台を片づけて、生ゴミの入ったポリ袋を裏口のポリバケツへ捨てた。店内に戻ってくると、店の前に『あけちふぁ〜む』の軽トラが停まるのが見えた。荷台から、登磨の父親がコンテナを下ろしていく。美玖は挨拶《あいさつ》をし、大根《だいこん》や人参《にんじん》などが盛り上がるコンテナを店内に運び込む。

「猪《いのしし》や鹿にやられて、売り物になんないものもあるんだわ。昔はこの辺りで猪なんか出なかったのにな」

カウンターの内側に置かれたコンテナを顎《あご》で指し、おじさんがぼやく。それでも雪の下に埋められていた野菜たちは瑞々《みずみず》しい。美玖は伝票を切って渡した。

「登磨は？」

「ええと、買い出しです」

馬鹿《ばか》力の従業員が折ったツルハシと、穴を開けた看板を買いに行きました、とは明かせない。

「じゃあひとりで留守番の美玖ちゃんに、プレゼントをあげようかな」

白いレースペーパーの巾着《きんちゃく》包みを差し出された。白くて丸いものがたくさん透けている。

「なんでしょう」

「開けてごらん。うちのやつが作ったんだ。実は、美玖ちゃんに差し入れしてくれって持たされたんだわ」

帽子を浮かせて頭をかくおじさんに促され、美玖は口を結んでいる金色に縁どりされたショコラ色のリボンを解《ほど》いた。ふわりと甘い香りが立ち昇り、マッシュルーム大のチョコレートが現れる。

「わあ、トリュフですね素敵《すてき》です」

「今はチョコレートの時期だろ？」

「バレンタインですね！　食べていいんですか？」

返事を待たずに、すでに摘《つ》まみ上げている美玖。

「いただきます」

パクリとひと口で食べた。

「あまーい！……う……酸っぱ、い、し、渋《しぶ》っ」

口をすぼめ身をよじった美玖を見て、おじさんが大笑いする。

「ほら、だからオレはいったんだよアレに。よしなさいって。半日も台所にこもって手間暇《ひま》かけた挙句《あげく》、できたのがコレなんだもんな」

「ひ、ひょっとしてジョミだったりします？」

「ああ、そんなことといってたな。ジョミをどうやったもんだかグミにして、チョコレートで包んだって」

この辺りでジョミと呼ばれる正式名称ガマズミは、赤い色をした小さな果実で、町の特産品だ。神の実とも呼ばれて、かつて山に入ったマタギたちが、お腹《なか》が空くとそれを食べてしのいだと聞いたことがある。道の駅や産直に行けば、ジュースになって高値で売られており、ミルクに少量を加えたり炭酸《たんさん》で割ったりして飲む。

美玖はおばさんの気持ちを汲《く》んだ。

「ほかにないインパクトがあるし、チョコレートはなめらかで口当たりがいいです。……あっ、これおもしろいですよ。ジョミとチョコレートが口の中で混ざってこなれてきたら、ちょうどよくなりました！　時間差で、いろんな味が楽しめますねっ」

「はは。そう伝えとくよ。美玖ちゃんも作ったりするのかい？　チョコレート」

「え。ええと、いえ……」

美玖は反射的に壁にかかっているコックコートへ目を走らせた。

実は去年、登磨宛に連日届く大量のチョコレートに慄《おのの》きつつも、果敢《かかん》にクラッシュ胡桃《くるみ》入りのダークチョコレートをあげたのだ、市販の。登磨は美玖の目の前で開けて頬張《ほおば》ると「おっ。甘くなくてオレこれ好きだわ、ありがとう」と満面の笑みを浮かべてくれた。

今年は、どうしようか。

「じゃ、オレはそろそろ帰るわ」

　おじさんが軽トラに乗り込む。

「野菜、ありがとうございます。おばさんにも、ごちそうさまでしたとお伝えください」

「はいよ」

　美玖は、駐車場と道路の境目《さかいめ》まで出て行って、軽トラを見送った。

　踵《きびす》を返し、店へ足を向ける。

　日当たりのいい道が続いている。登山口が視界の端に入った。手前は濡《ぬ》れた枯れ葉が敷き詰められていて足に優しそうに見えているが、奥へ進むにつれて雪が覆《おお》うようになり、また徐々に深くもなっていく。そこに五センチぐらいの足跡《あしあと》が点々と一直線についていた。山道から吹いてくる風は冷たい。

　山の「入り口」とはいうが「出口」という言葉はあまり耳にしない。母さんはここから入ったものの、無事に出ることはできなかった。

　今、葵岳から自分はどう見えているのだろう。

　チチチッチューイ。

　きみちゃんの澄《す》んだ声が高らかに響き渡り、美玖は我《われ》に返った。

　気持ちを引きずられないよう両手で口角を押し上げると、レンガのアプローチを踏《ふ》む。

　ふいに、美玖の鼻が獣臭《けものしゅう》を捉えた。足を止める。

　何か、いる。

　美玖は息を詰めて視線を忙《せわ》しなく動かし、その発するものが何もので、どこにいて何をしているのかを探る。

店内から、何かがほんの少し引きずられるような物音がした。へっぴり腰の忍び足で、一歩二歩と近づく。今度は物が落ちる音。獣臭も強くなる。鼓動《こどう》が徐々に速まっていく。ドアを開けて大声を出せば驚いて逃げてくれるだろう。そう見当をつける。

と、美玖の耳にかすかだが、ギィィィという渋い鳴き声が届いた。その瞬間、恐怖《きょうふ》も同情も店を守るという気持ちさえもぶっ飛んだ。外壁に立てかけていた錆びた鉄製ショベルをひっつかむと、ドアをむしり取るように開けて飛び込む。うごめいていた気配がふつりと途切れた。美玖は鋭い視線をフロアに走らせる。いない。

カウンターのほうから湿《しめ》った毛皮の臭いがした。息を殺してこっちをうかがう、刺《さ》すような緊張《きんちょう》感と敵意。

美玖の脳裏に、亀裂《きれつ》が走る白い骨が、ちぎれた肉が浮かび、頭の中が一瞬で沸騰《ふっとう》した。絶対逃がさない。潰《つぶ》してやる。ショベルをギリリと握《にぎ》り締め、構える。

表で車のドアの開閉音がする。しかし美玖の耳には入らない。美玖はカウンターの出入り口に立った。

シンクの前に、ジャガイモや人参が砕《くだ》けて散らばっており、七十センチほどの犬のような生き物が二頭いた。黄土《おうど》色の毛皮。太く長い尾。

やはり、狐《きつね》。身を低くしたままこっちを見た。目がギラギラと光っている。背を丸く膨《ふく》らませると、顔が見えなくなるほどガバリと口を開け、ツルハシを思わせる牙《きば》を剥《む》いて威嚇《いかく》してきた。

ギイイイイ！

　美玖は目を見開く。ぞわわわと寒気が足先から頭へ駆《か》け上った。

「あああああ！」

　怯《ひる》んだ気持ちを打ち消すように、口角が裂《さ》けるほど開けて腹の底から叫んだ美玖は、ショベルを掲《かか》げて二匹目がけて飛び込む。狐も弾丸《だんがん》のように突進してくる。狙い定めてショベルを力いっぱい振り下ろす。

　と、美玖は横から強い衝撃を受け、作業台に倒された。ショベルが手から飛び出し、グラスや器に当たって激しい音を立てる。足元を、疾風《しっぷう》と共に振動《しんどう》が駆け抜けていった。

　体に温かな重さを感じ、優しい香りを嗅《か》いだ。美玖は固く閉じていた目を開ける。

　登磨が覆いかぶさっていた。

　登磨の両腕が美玖の背中に回り、大きな手が肩を包んでいる。もう片手は頭を支えていた。

　美玖の冷たい恐怖と怒りと緊張が一気にとけていき、代わりに胸が締めつけられた。

　表のほうで、自転車のブレーキ音がして、わあっ狐⁉　という瑛太の悲鳴が聞こえた。

「登磨っ、なんだアレ！　狐が走ってったけど⁉」

　大声と共に駆け込んできた瑛太の声が、ぴたりと途絶える。

　美玖は顔を表のドアへと向けたが、逆光で瑛太の顔は見えない。作業台に手をついて登磨が身を起こす。山の冷たい風が、軽くなった体の上を通り抜けていった。

「なっ」

瑛太が絶句する。

「何やってんだ登磨ああぁぁぁ！」

空気が割れんばかりに怒鳴りながら、瑛太がひと息にカウンターを飛び越えると、その勢いのまま登磨に回し蹴《げ》りをぶち込んだ。

ドアにはクローズの札がかかっている。来店したお客さんは店内の惨状《さんじょう》を見て、訳を聞くと、驚いたり同情したりして帰っていった。

店内の床には砕けたグラスや皿、食い荒《あ》らされた野菜が散らばり、ショベルが投げ出されている。その周りを縁取るように白いジョミトリュフが転がっていた。

短い廊下の先にある裏口のドアは、半分開いて、キイ……キイ……と寒々しい音を立てて揺《ゆ》れ、その向こうのポリバケツはひっくり返って、青いゴミ袋が破れ生ゴミが散乱していた。

テーブル席で美玖は、瑛太の蹴りで負った登磨の口角の傷を手当てし、瑛太はテーブルを挟《はさ》んで片手で頬杖《ほおづえ》をついている。ピアノを弾くように右手の指を小指側からテーブルに打ちつけ続けていた。

登磨が美玖に覆いかぶさった理由を説明された瑛太は、安堵《あんど》したものの、まだ燻《くすぶ》っているようだ。

シンクを一滴の水が打った。イライラとしたテーブルでのピアノ演奏《えんそう》がぴたりと止まる。

『あんなの見たら、誰だって誤解《ごかい》するだろ」

「お前ぐらいだ」

「ああ？」

まなじりを決して身を乗り出した瑛太の額を、拳《こぶし》で押し返す登磨。登磨の顔がそちらを向けば、美玖は脱脂綿《だっしめん》で追いかける。

普段だったら、登磨の手当てに張り切るところだが、今は力が抜けたままだ。ぽっかりしている。何も考えられない。何も考えたくない。ここで働いていたらこういうことは想定内のはずだったのに。なのに、タガが外れてしまった。この二年ほどの中で、一番大きな失敗だ。

手当てを終えた美玖は、膝《ひざ》におでこがくっつくぐらい頭を下げた。

「すみませんでした。あたしがポリバケツも裏口もちゃんと閉めてなかったから、狐を呼び寄せてしまったんです。おまけにお皿やコップを割ってしまって……」

「美玖さんのせいじゃないです。女の人をひとりで留守番させとく、天井知らずの馬鹿のせいです。今回は狐だったからよかったけど、別のイキモノだったら」

「オレも油断してた。すまん」

登磨は頭を下げた。

瑛太は目の周りを赤く染めて登磨の脳天《のうてん》を睨《にら》みつけている。

「瑛太君、心配してくれてありがとう。あの……店長も。ご迷惑おかけしました。あたし、気をつけますから。その、ええと……熊《くま》じゃなくてよかった、ですよね」

言葉が上滑《うわすべ》りしているのを自覚する。もっと何かちゃんとしたことをいいたいのだが、何も思いつかない。

口角に脱脂綿を貼られた登磨は、立ち上がって用具置き場へ行った。ほうきとちりとりを取って、グラスのかけらを集め始める。

散乱したかけらには血痕《けっこん》と黄土色の毛が付着していた。逃げる時にケガしたのだろう。美玖も床に膝をついてかけらに手を伸《の》ばす。表の入り口からの強い光が美玖の顔に濃い影を作り出し、鋭い破片の一枚一枚には無表情の美玖が映《うつ》った。

裏口のドアが、キイ……キイ……と寂《さび》しく鳴く。その音は、未《いま》だに耳についている旧採石場の音と酷似《こくじ》していた。

美玖の手が、ゆっくりと動きを止めた。

「……十一年前、母は葵岳から旧採石場に落ちたんです」

美玖がぽつりと漏《も》らした言葉に、瑛太が息をのむ。彼は当時、まだ小学校に入ってもいないほど幼いからこの事故のことは知らないだろう。登磨は中学生か高校生。もしかしたら知っていたかもしれない。

知っていようがいまいが、登磨は美玖が葵岳に登ることを制限することはなかった。もし知っていてそうしているのであれば、それが登磨の「一回潰れた人間を、ここは許してくれる」という考えの表れなのかもしれない。つまりは、リスタートへの導《みちび》き——。

あの時父は、崖下を覗《のぞ》こうとする美玖を抱き締めて目を覆った。見るな、見るんじゃない。

強い力で押さえる父の手は、バラバラになりそうなほど震《ふる》えていた。

「後になって父と市川《いちかわ》さんが話しているのを漏れ聞いたところ、遺体《いたい》の周りには狐の糞《ふん》や毛が散らばり足跡が残っていたそうです。野生の狐なんて、十年以上は生きないですよね。かじったのはさっきの狐じゃないのに、あたしは潰そうとしたんです。確実に仕留められる鉄のショベルを選び取って」

彼らには悪いことしましたといった美玖は、笑っていた。

割れたガラスに映る場違いな自身の笑みを見て、急につまらなくなった。

あたし、どうして笑っているんだろう。

手のひらに痛みを覚え、目を伏せると、膝の上で震えていた、あの時の父の手のように。

その手をこじ開けるようにゆっくりと開いて、しげしげと見れば、拳を握った爪のあとに加えて、ショベルを握り締めたあとがまだ残っている。

あ～あ、この手は自分の母親をつかめなかったくせに。

家族の無病息災を祈った母を、助けられなかったくせに。

何度、悔《く》やんで罪悪感でいっぱいになって、生きていたくなくなったか知れない。あと数秒早く手を伸ばしてあの手をつかんでいたら、母は食いちぎられはしなかった。

手のひらを擦《こす》る。あとはなかなか消えない。

登磨は以前、命がもったいないといった。命をありがたいといった。

瑛太は、生きるために殺すといった。

なのに、あたしは感謝でも生きるためでもなく、どす黒い恨みのままに命を奪おうとした。

目を背けた先にあったのは、散らばっているトリュフ。コーティングの甘いホワイトチョコレートの一部が剝《は》げ、きつい酸味の黒いジョミが覗いている。

そのそばの、一番よく尖《とが》った三角形のかけらをそっと左手で拾う。

握り込むと、手のひらに冷たい痛みを感じた。

「潰すためなら、どれだけでも力を発揮《はっき》するんだね、あたしってやつは……っ」

右手にパンチを打ち込むように左手が空を切った。ほうきの柄《え》が、床で跳ねる。

ガラスの先が右手から数センチの所でぴたりと止まる。

ハッとして視線を上げると、登磨に手首をつかまれていた。

「はいはいはい。危ないねえ。よしそれじゃ一旦置こうか。置こう。ね、美玖ちゃんがケガしちゃうからね」

美玖がいくら腕に力を入れても、それ以上ピクリとも動かせない。

「こういうことはもうなし。しないの。分かったね」

自分の目を覗き込む登磨のまなざしは、切なくなるほど優しい。どこまでも穏《おだ》やかな口調と表情に、張り詰めていたものが緩んだ。

ついに、かけらが美玖の手から落ちた。

カシャン……。

その音は優しい波紋のように葵レストランに広がっていく。

瑛太が、一歩近づいた。

「美玖さんは、オレの命を助けてくれました」

美玖は瑛太を見上げた。登磨につかまれた左手がゆっくりと下ろされる。

「だから、そういうふうに思わないでください」

美玖は右手を見た。ショベルのあとは消えている。涙がこぼれ、左手のひらの傷を伝ってピンク色に変わった。


お客さんが狐侵入の情報をSNSで流したらしく、地元の新聞社やテレビ局までもが駆けつけてきた。

野次馬の話だと、最近、町内の畑にも出没しているという。ウサギや鶏《にわとり》もやられたそうだ。

後片づけとマスコミの対応をすませた時には、八時を回っていた。

家に帰ると、車の音を聞きつけたらしく父が玄関まで出てきていた。顔に焦《あせ》りの色が浮かんでいるのを見て、美玖はテレビのニュースを見たのだと感づいた。

「美玖、大丈夫だったか。ケガはないのか」

美玖は、ない、と明るく答えて家に上がる。

普通、ケガの有無を真っ先に報道するから、ケガをしていないことはとっくに知っているはず。それでも父は聞かずにおれないのだ。ただ、破片《はへん》による手のひらの傷は、マスコミには明かす必要のないことだったから、黙っていた。よって父の知るところではない。美玖は手を軽く握って絆創膏《ばんそうこう》を隠した。

「やっぱりあんな所、辞めたほうがいいんじゃないのか」

「お腹空いたぁ、今日の夕飯なあに」

聞こえないふりをする美玖は冷蔵庫《れいぞうこ》を覗いて、おおっチャーハンだ、と声を弾《はず》ませる。ラップされた皿をレンジで温めている間に、父の寝室に入り箪笥《たんす》の上にある小さな仏壇《ぶつだん》に手を合わせた。

線香の煙《けむり》が、大きく口を開けて笑っている母の顔をなでていく。苦悩も悲哀《ひあい》も当然あっただろうに、写真の中の母はいつも笑っている。そんな母を見ると、どんなにしんどい時でも美玖は笑顔を作る。

母にとって、笑顔は、自然体だったのかもしれない。でもあたしは……。

レンジがピーピーと鳴る。腰を上げ、父がいる居間を通って台所に戻り、レンジを開けた。ラップの内側に水滴をつけて、隙間《すきま》から湯気を上げるチャーハンにぼんやりと視線を置く。どれぐらいそうしていたか、水滴がほぼ流れ落ちたところで我に返り、取り出した。

居間に移動し、父のはす向かいに座る。

「いただきまーす」

手を合わせて口いっぱいに頬張った。

「なあ、美玖。何度もいうようだけど、何もあんな所に拘《こだわ》る必要なんかないだろう。なんだったら、父さんの知り合いに頼んで、新しい就職先を見つけてもらってもいいんだぞ」

「ありがとう、でもあたしは葵レストランがいいな」

「でもな美玖」

「父さん、これいろんな味が混じってるね」

父は一旦口を閉じた。美玖は黙々と食べていく。父が仕切り直すように咳払《せきばら》いした。

「今日、スーパーで紫蘇《しそ》チーズという調味料を見つけてな」

美玖は顔を上げて、うん、と話を促す。父は「それと、ほら前に買ったタバスコと柚子胡椒《ゆずこしょう》。それから中途半端《はんぱ》に残っていたラー油あっただろう、あれと……」と説明する。

今日のチャーハンは、しこたま調味料をぶち込まれたせいで、味が不明瞭《ふめいりょう》になっていた。

父さん、シンプルで、作った人の気持ちが真《ま》っ直《す》ぐに分かる料理があるんだよ。これじゃあ、気持ちが隠れてて見えないよ。ねえ、父さん？

テレビ見たよ〜、と理恵《りえ》からスマホにメッセージが届いた。

『狐が侵入したんだって？　大変だったね。嚙《か》まれなくてよかったわ』

「うん、店長に助けられた」

こういう時、文字はありがたい。スタンプをガンガン使って、いくらでも明るく装える。

『ちょっとぉ、テンチョーサン、ギネス級のイケメンじゃないの、ヤバイねアレ。紹介して』

理恵の捌《さば》けた明るさに救われる。

「やだよ」

『じゃあ、隣の男の子！』

「あの子はまだ中二だよ」

『マジで？　将来すげえ期待できるんだけど』

「店長、脈あると思う？」

『ねえよ』

「だってあたしを助けてくれたんだよ、王子様みたいに」

『だから、ねえよ。そういう場面に出くわしたら誰だって助けるよ。反射だよ、脊髄《せきずい》反射。飛んできた虫を潰すのと一緒』

「虫、て」

返信が途切れた。美玖がスマホから手を離した時、ぶぶっと鈍い音を立てて震えた。

『おじさん、さすがに今回は強くいってきたんじゃない？』

スタンプのない一文。これが真っ先に聞きたかったことだろう。理恵は実のところ、心根が優しいのだ。

なんて返そう。父の顔が浮かぶ。今父は、仏壇のある寝室で横になっているはずだ。

『あんたも分かってるんだろうけど、おじさんはあんたを心配してるんだもんね』

「うん」

『美玖、大丈夫？』

今日の一件で、母親の事故が蘇《よみがえ》り、参ってないかと案じてくれている。

「大丈夫じゃないよー。狐がいなくなったあとも顔が引きつっちゃったままで、なかなか上手に笑えなかったんだから」

泣き笑いのスタンプをつけて茶化した。

『じゃあ今日のことで、やっとあんたのメッキが剝げたんだね』

「メッキ？」

『笑顔のことだよ。世の中には楽しいことと嬉《うれ》しいことしかないみたいな甘々なメッキで、ずーっとあんた、隠してたでしょ』

楽しく笑って毎日を送る——母の願いだった。最後の、願いだった。

欠けたトリュフを思い出す。白いコーティングチョコレートが剝げて、酸っぱくてえぐみのある黒いジョミが覗いていたっけ。

母さん、あたしの笑顔は本物じゃない、メッキだったらしいよ。

「ってことは、芯《しん》になってるジョミが本当のあたしってこと？」

『は？　ジョミ？』

美玖はトリュフチョコレートの件を説明した。

『そういうことね。そうそう、メッキの中のあんたはジョミだったんだよ。禿《は》げてよかったね』

輝くやかん頭のスタンプが返ってきて、美玖は思わずニヤッとした。

「剝げて、でしょ。剝げてよかったの？」

『いいんじゃないの？　だってメッキなんて、剝離《はくり》前提で塗《ぬ》ってるみたいなもんだからさ』

胸が温《ぬく》もる。ハートマークをいっぱいつけて返信した。ぽぽぽぽ、とシャボン玉みたいに上昇していくやつだ。


二日後。カレンダーが新しくなり、新しい看板に書かれたおすすめメニューも一新する。

やわらか白金豚のハーブグリル（ジューシーで臭みのない柔《やわ》らかなステーキ）
ぷりっぷりカニのリゾット（店長のように優しく滋味《じみ》豊かなお粥《かゆ》が体を温めます）
旨味《うまみ》たっぷりえびとホッキガイのソテー
トリュフチョコレート

昼下がり、席はほぼ埋まっていた。薪《まき》ストーブのそばでトリュフ用の胡桃を割っていた美玖に、おばあちゃんが、とりゅっふてなんだべと聞いてきたので、チョコバナナみたいなものですよと美玖なりの簡潔な説明で瑛太を蹴躓《けつまず》かせていると、出入り口のドアが開いた。いらっしゃいませ、と迎えようとして、その言葉を途中までしか口にできなかった。スーツを着てネームタグを提げたそのお客さんは、外回り中の父だったのだ。

ここ二日、父は何か考えているようで、いつも以上に口数が少なかった。別に機嫌を損ねている風でもない。美玖は山にも登っていないし、父が知る限りケガだってしていない。狐に遭遇したとはいえ、美玖に危害が及んだわけではない。父を悩ませることはないと思われるが、どうしたのだろう。しかも、ずっと葵岳には近づこうとしなかったのに。

父は用心深い目つきで美玖を一瞥《いちべつ》した。頬が緊張で強張っている。

美玖は父のそばへ行こうとした。が、なぜか足が動かない。

父は一直線にカウンターへ向かう。美玖に何かしら声をかけるとか、微笑むとかしてもよさそうなものだ。テーブルを片づけていた瑛太がいらっしゃいませ、と声をかけたものの、父が発する雰囲気《ふんいき》に何かを感じ取ったらしく手を止め目で追うばかり。

父が登磨に何かいった。登磨はいつもの柔らかな表情のまま包丁を静かに置く。父が登磨を伴《ともな》い出ていった。

気を取られていた美玖は瑛太に呼ばれた。

「あちらのお客様からの追加で、トリュフチョコをお願いします」

テーブル席では、リゾットと白金豚のグリルを食べ終えたご婦人たちがおしゃべりに興《きょう》じている。

美玖は絆創膏を貼った手に、薄いビニール手袋をはめた。ふたりが出ていったドアを気にしながら、冷蔵庫からトリュフと生クリームを取り出す。手早くホイップクリームを作ったあと、棚から苺《いちご》ジャムの瓶《びん》を取った。

紅茶を淹《い》れている瑛太が気づいて、怪訝《けげん》そうな顔をする。メニューのトリュフチョコレートは、純白のホイップクリームを添えたもので、苺ジャムの出番はなかったから。

「――アレンジか何かするんですか」

「お客様たち盛り上がってるみたいだから、せっかくなら、ちょっとかわいくしようかと思って」

瓶のふたを開けようと手に力を込めたら、左手の傷が圧迫されて痛みを覚えた。顔に出たかもしれない。瑛太が瓶を取り上げると、開けて、美玖の右手に返してよこした。

「ありがとう」

ホイップクリームにジャムを混ぜて、柔らかな桜色にする。春を呼ぶような色だ。それを丸い皿に点々と絞り出していき、パールに似たアラザンをのせ、トリュフを並べた。

「オッケー。かわいいじゃないの～」

軽くテンションを上げて瑛太に皿を差し出すと、美玖は横歩きで瑛太の後ろを通って、出口へ向かおうとした。その腕を瑛太がつかむ。

「どこ行くんですか」

美玖は額をかいて、誤魔化《ごまか》し笑みを浮かべる。瑛太はドアを見やって美玖に顔を戻した。

「やめたほうがいいですよ。あんまりいい感じじゃなかったですし」

「ごめんね、瑛太君にまで心配かけて。あれ、うちの父なんだ」

瑛太の手の力が緩み、美玖の腕は解放された。ご婦人グループのお客さんが「トリュフまだだべか〜」と催促する。

「はい、ただいま」

美玖は答えて、瑛太に「ごめん、ちょっとの間お願い。何かあったらすぐに呼んで」と頼んで、外に出た。

父の声がしている。その声を辿《たど》って建物の横へ足を向ける。

——あの子は無茶もしますし、失敗もします。何も従業員はあの子じゃなくても……ほかに優秀な人はいるでしょう。

屋根から落ちた雪が、軒下《のきした》に盛り上がっている。その表面は半透明《はんとうめい》の氷でコーティングされていた。そこから離れて、父と店長が向かい合っている。登磨は両手を自然に下ろして、静かな視線を父に注いでいる。

「この山は穏やかに見えて荒々しいところがあるんです。それは店長さんだってご存知《ぞんじ》でしょう。私はこの山で最愛《さいあい》の妻を失いました。今度はあの子を失ってしまうんじゃないかと、美玖がここにお世話になってからこっち、気が気じゃない状態が続いているんです。ケガの手当てをしているあの子を見るにつけ、いつか取り返しのつかないことになるんじゃないか、そう思ってしまって怖いんですよ。分かってください」

父が登磨に頭を下げた。登磨は何もいわない。

父が頭を上げる。

「それに、おとといは、狐が店内に入ったそうですね。あの子の母親は、狐に遺体をかじられてたんです。これ以上、あの子に傷ついてほしくない」

美玖は胸元で手を握った。父の想《おも》いが、胸を震わせる。視線が落ちる。

「店長さん、お願いです。娘を解雇《かいこ》してもらえないでしょうか」

美玖は目を見開く。

「父さん！」

思わず飛び出して父の腕を取った。父は美玖を見て気まずそうな顔をした。

「父さんの気持ちはありがたいし分かるけど、あたしはここで働きたいの。お弁当の配達もあたしが自分からやりたくてやらせてもらってるの。そりゃ失敗することだってあるけど、でも役に立ってることもあると思う」

肯定《こうてい》や援護を期待して登磨をチラッと見る。しかし彼は、静謐《せいひつ》なまなざしを父に向けたきり、口を噤《つぐ》んでいる。美玖の胸がひんやりとしていく。

その時、「あの、ちょっといいですか」と瑛太がやってきた。父は目をしばたたいて、ハキハキした口調の少年を見る。

「瑛太」

登磨が静かに制する。だが瑛太は続ける。

「オレは崖《がけ》から落ちそうになったところを、美玖さんに助けられました」

父が目を剝く。

「……なんだって？」

「美玖さんがいなかったら、オレはここに立っていなかった。あなたとこうして話していることもなかった。美玖さんがいなかったらオレは死んでいました。だからクビにしろなんていわないでください」

　父は束の間、言葉が出ないようだった。風が木々を抜ける音を聞き、鳥が森から飛び立ったあとやっと声を絞り出した。

「それは、娘だって死にかけたってことじゃないか」

　全員が父に注目した。

「やっぱり、そんな危険が伴う仕事をさせとくわけにいかない。辞めなさい、美玖！」

「父さん、ここはあたしの職場でしょう。これはあたしの仕事だよ。どこでどういうことをするかは、個人の問題でしょう。やりたいことが見つかったら、それを貫《つらぬ》くのに問題はあるの？」

「ケガをしてもか」

「また笑えなくなってもか」

　言葉をのむ美玖。

「母さんが死んでから、しばらくお前は能面のような顔をしていたが、何がきっかけか、やっと笑えるようになったな」

　きっかけは、家では決して泣かなかった父が、黄色い車の運転席でハンドルに突っ伏して肩を震わせているのを見たからだ。胸が潰れそうだった。父は、母を失った悲しみに加えて、美玖のことも背負っているのだと知った。

その光景を目の当《ま》たりにした美玖から出たのは、涙じゃなく、笑顔だ。

「初めはな、美玖がやっと笑えるようになったとほっとしたんだ。だが、ふとした時にな、ちぐはぐなことに気がついたんだ。不自然な笑顔だった。美玖、なあ、お前は今も時々、あの頃のような顔をすることがある。分かってるか？　それでも、最近になってようやくぎこちなさが解けてきたってのに、こんな所に勤めて、また笑えなくなったりしたらどうするんだ、ん？　お前はいろいろ我慢して頑張《がんば》ってきたんだ。これ以上つらい思いをする必要はないんだぞ」

「つ、つらいなんてことはないよ。あたしは大丈夫」

美玖は笑みを浮かべた。なのに、どういうわけか父は眉を寄せ、ほら、とため息をついた。瑛太も顔を曇《くも》らせている。登磨は……静寂を湛《たた》えた面持《おもも》ちで美玖を見ていた。

ああそうか、やっと分かった。本物じゃないから、メッキだから、美玖が笑うと相手は時々、困ったような微妙な顔をしたのか。

「美玖、母親というのはな、命を懸《か》けて子を産むんだ。お前は母さんが命懸けで産んだ子なんだよ。自分を大事にしなさい」

押し殺した低い声でいい聞かせると、登磨に向かって「考えてみてもらえませんか、よろしくお願いします」ともう一度深々と頭を下げた。

美玖はきつく拳を握る。手のひらの治りかけた傷がよじれ、痛みを伴って開いていく。

帰宅すると、父はまだ帰ってきていないようだった。調味料やプロパンガスの請求書、お寺の寄付の領収書などでごちゃごちゃしている台所のテーブルに、今朝、父が食べたのだろう、半分の林檎《りんご》が残っていた。

切ったばかりの時は、バター色の蜜《みつ》が瑞々《みずみず》しく美しかった林檎の切り口は、乾いて不面目《ふめんぼく》な茶色に変色している。今更《いまさら》もう遅いが、ラップをして冷蔵庫にしまった。美玖は、片割れを見つけると、いつもそうせずにはいられない。

自分の部屋に入った美玖は理恵に電話して、今日のことを話した。

『おじさんきついんだね』

理恵が呟《つぶや》いた。

『十一年って短くはないじゃん。あんたも、そりゃ傷ついたろうけど、少しずつ癒《い》えてきてるわけでしょ。なのに、おじさんはその時のまま痛めつけられ続けている。ひずみが出るよ。言葉は悪いけど、地縛霊《じばくれい》と一緒』

「本当に口が悪いなあ。でも、理恵のいうのはもっともかも」

美玖は膝を抱え、絆創膏を貼った手のひらを見る。

『で、解雇を頼まれたテンチョーサンはどうした？』

父を見送ったあと俯《うつむ》いた美玖の目に、店に戻っていく登磨のブーツの踵《かかと》が入ってきた。ごついその踵は左右どちらかに傾《かたむ》くことなく、平等にすり減っている。それが少し、悲しい気がした。

　店に戻って間もなく、おばさまグループが腰を上げた。精算する美玖に、一番大柄な女性がトリュフが絶品だったという感想を述べたあと、「ホイップクリームの桜色も上品だべし、パールのアラザンは清楚《せいそ》だんだども、華《はな》やかでおしゃれだったわあ」と、つけ加え、ほかの三人と顔を見合わせて、ね？　とスマホを振った。ＳＮＳに載《の》せたようだ。

　美玖と瑛太は目配せし合った。

「ありがとうございます。お気に召《め》しましたらぜひまたお越しください。今月いっぱいは作っておりますので」

　賑やかな彼女たちが去ったあと、エビの殻《から》を剝いていた登磨と目が合った。美玖はプラスかマイナスか、どっちでもいいから意見を期待して登磨の言葉を待ったが、彼は手元に顔を戻してしまった。何も、いってもらえなかった。父のことにも解雇云々《うんぬん》のことにも、触れなかった。

『その場で「彼女は必要です！」ってビシッといってもよさそうなもんだけどね』

　理恵のビシッとした口調が鼓膜《こまく》を震わせた。

「まだあたし、告白されてないよ」

控《ひか》えめにいったら、理恵は『まだも何も、未来永劫《えいごう》されねえよ』とキレぎみに否定するのである。

「理恵に何が分かるのよ」

『分かるわけねえべ、あんたの話から推定《すいてい》してるだけなんだから』

「じゃあ、いっぺん店に来てみてよ」

『山は好きじゃないんだよね』

茶髪を指に巻きつけているのが容易《ようい》に想像できる口調でいった。

「葵レストランは山じゃなくて山のふもとにあるんだって。春は優しい穏やかさがあって、夏はキラキラして爽《さわ》やかで秋は……」

『話を戻すけど、テンチョーサンがさ、あんたを店員として必要ですっていってくれてもいいのにってこと』

理恵は興味のない話から興味のある話へ軌道《きどう》修正した。

「店員として必要っていわれても、すっごく嬉しい」

『かわいそうに』

「なんか方法がないかなあ」

『おじさんを説得する方法？　それともテンチョーサンの気を引く方法？』

「店長の気を引く方法があるの？」

美玖は電話なのについ膝を乗り出す。

『話の取っかかりからいって、ここはまず親父《おやじ》さんのほうだろ』

電話のあと、台所でトリュフ製作に挑んでいると、表から車二台分のエンジン音が聞こえた。ビニール手袋を取って玄関へ向かう。ドアを開けると、ドアノブに手を伸ばした格好《かっこう》のままびっくり顔の父と、その背後に代行の車が去っていくのが見えた。

「おかえりっ」

出迎える時こそ必ず笑顔。しかし自覚できるほど、硬《かた》い笑み。

「ただいま」

父は少し気まずいような、消沈したような様子で入ってきた。その様子を見て、父は多分、今日の行動が成功したと思っていないだろうと察し、美玖にしても蒸《む》し返したい話題ではないので、触れないことに決める。

「ご飯は？」

「食べてきた。すまない、連絡するの忘れた」

父の腕に引っかかっているコートを取りながら、チラッと見えた腕時計の針は、いつもより二時間ぐらい遅い。

「ううん、あたしのほうこそ、聞かなかったもんね」

美玖のシャキシャキとした答えに、父は救われたように眉の間を開いた。ふたり暮らしで、どっちも沈んでいたら家の中は立ち行かなくなる。どちらかでも明るくなければ。そしてたいがい、明るさ担当は美玖だ。

台所の前を通りかかった父が鼻を動かした。

「なんだか甘い匂《にお》いがする……」

「トリュフ作ってるの。そういう父さんはお酒臭い」

「市川さんとこでな、呑《の》んでたから」

コートをハンガーにかけている美玖の背後を通って、父は寝室に入った。

美玖は台所に戻ってトリュフの続きを始める。調理台は、粉の入った黒いボトル、ハンドブレンダーなどでいっぱい。床には宅配便の伝票が貼られた外装が落ちている。

美玖は届いたばかりの黒いボトルに添付された「使い方」と書かれた説明書を読み、トリュフをマッシュルーム大に丸めていく。これが難しい。チョコでコーティングしたり転がしたりしているうちに、なぜかおにぎり大になってしまうのだ。

背後の居間からテレビの音が聞こえてきたので、美玖は父に尋ねた。

「明日の土曜日、お墓参《はかまい》り以外に予定ある？」

明日はふたりとも休みだ。もし二月三日が出勤日に当たっていたとしても、例年通り、墓参りのために休みをもらっていただろう。

「特にはないが、どうした？」

美玖はできたばかりの白いトリュフとお茶を出し、父のはす向かいに座った。

「おにぎりかい？」

「トリュフ」

父は、いい切った娘の度胸に敬服《けいふく》のまなざしを向ける。美玖は肘《ひじ》を食卓にのせて身を乗り出した。触れないでおこうと決めたのはあくまで今日の一件。

「あのさ、葵岳に登らない？」

父の瞳《ひとみ》が、立ち昇る煎茶《せんちゃ》の湯気の向こうで揺れる。

「オレもか？」

「うん」

「どうして」

「どうして？　節分《せつぶん》だからだよ」

「オレは、いい」

父は疲れ切ったように吐き出した。あまりに予想通りの返答に、美玖はこういう話をしている状況なのに、いやこういう状況だからか笑ってしまいそうになる。

「父さん、あのさ。ずっと母さんが死んだ時間に留《とど》まっていなくてもいいんじゃないのかな」

父が目に険を滲《にじ》ませる。

「オレには、そこから動くほうがきついんだ」

「あたしだって、誰彼構わずに、動こうとはいわないよ。父さんだからいうんだよ。痛みが分かるから、いうんだよ」

それに、あの事故から一切近づかなかった葵岳に、命日の前日に足を向けたのは、狐侵入の件以外で父の心境に何かの兆《きざ》しがあったからなのではないだろうか、と美玖はいいほうへ捉《とら》えたい。深く息を吸った。

「……まあ気が変わったら一緒に登ろう。とりあえず、父さんの分のおにぎりも頼んであるし。お墓参りに行く前に登るから、出発時間は――」

気が変わったら、といいながら父の参加前提で計画を伝えていく美玖に、父は呆気《あっけ》にとられる。何しろその押し切り方は、神社に祈願する母のスタイルを踏襲《とうしゅう》したものだから。

「明日で」

父がカレンダーを見やった。

「十一年になるのか」

「……そうだよ。母さんと最後に見た頂上からの景色を、あたしは見ようと思う」

ねえ父さん、回復するのは母さんを裏切るのとは違うと思うよ。

節分の朝は、例年通りの二月らしい白い空だった。

父の黄色い車は、エンジンの調子が悪くて、まるで行きたくなくてごねているようだ。

「あたしの車で行こうか」

助手席で、膝の上に水やタオル、絆創膏に、それと手作りのトリュフを詰めたリュックを乗せた美玖が提案したが、父はそれには答えず、うーん……たまにおかしくなるんだよなあ、と困惑した顔のまま何度もイグニッションを回し続ける。

そろそろ手首も限界だろうと心配し始めたところで、やっとエンジンがかかった。父はほっと息を吐く。父の安堵は、目的地に行けるからではなく、黄色い車がまだ動いてくれるという理由からなのは、容易に想像できる。

夜中、美玖がトイレに起きた時、父の寝室には明かりがついていた。

父さんは行かないっていうだろうか、と懸念しながら床についた美玖だったが、起きてみるとすっかり支度《したく》を整えた父が、玄関マットに背筋《せすじ》を伸ばして座って、登山靴の埃《ほこり》を払っていた。

車中、父は淡々《たんたん》と「忘れ物はない？　落花生《らっかせい》は持ったかい」と確認してきた。

「落花生の代わりにトリュフチョコにした。今年は趣向《しゅこう》を変えたお豆ということで」

「昨日作ってたおにぎりのやつかい。美玖がお菓子《かし》を作るのは初めてじゃないかな」

「うん。初めて作った記念にお供《そな》えしたくて」

そうか、と父は行く先を見据《みす》えたまま、小さく頷《うなず》いた。

葵岳駐車場には自家用車が二、三台停まっていた。

車から降りると、店の扉が開いて佐々木のじいさんが顔を出した。

「やっぱり美玖ちゃんだ。今日は休みだって登磨君から聞いてたけど、出勤してきたのかい？」

嬉しそうに目を細める。

「いえ、今日はちょっと……」

「休むことはいいことだ。でも美玖ちゃんがいない葵レストランはつまらんねえ。登磨君も瑛太君もつまらなそうにしてるよ」

「店長が？」

美玖は顔を明るくして前のめりになる。気圧《けお》されて、佐々木のじいさんは店を振り向き、

「まあ、登磨君は大人だから表には出さないけど、気持ちの中は明るくはないだろうね。多分」と、ぼやかした。

「あ、そうだ。頼んでたおにぎりを受け取らなきゃ。父さん、ちょっと店に寄っていこう？」

窓越しに運転席を覗き込む。父は一拍の間を置いたのち静かにドアを開けた。美玖は後ろに下がる。

父が運転席から降りると、佐々木のじいさんが意外そうな顔をした。この山に関してなら専門家といっていい佐々木のじいさんが、あの事故を知らないわけがない。

佐々木のじいさんと挨拶を交わす父は、顔には穏やかな笑みを浮かべているが、両脇に下ろされた手は握られている。

すりガラスだった部分を防犯ガラスに替えたドアを開けると、登磨がガスに向かっており、瑛太がカウンターを拭《ふ》いていた。

「あ、美玖さん」

瑛太が表情を明るくする。

「おはようございます」

美玖のそばにやってきて、瑛太は顔を引き締め背後の父にペコリと頭を下げた。父がぎこ

ちなく片手を上げたのが、視界の隅に見える。

登磨が父へ微笑《ほほえ》んだ。父が会釈《えしゃく》をしたのが、これまた視界の隅に映った。

佐々木のじいさんに勧められて、父はカウンター席に腰を下ろす。

「登磨君、青木《あおき》さんたちに珈琲を頼むよ。私のおごりだ」

「えっいいんですか？　ありがとうございます！　次、ご馳走《ちそう》させてくださいね」

礼をいう間にも注文が入る。美玖は登磨を手伝おうと立ち上がった。

「いいよ、今日はお客様なんだから」

登磨に制された美玖は、珍《めずら》しくその言葉の裏を読もうとした。

従業員じゃなく、お客様。

珈琲を淹れるカウンターの中の登磨と香りと湯気とまろやかな日差しの光景は、やはり完成されていた。何かが不足してもいけないし、そして何かが加えられても、いけない。だとしたら、自分は加えられてはいけない存在だったのだろうか。

ふたりの前に珈琲が置かれると、父の肩が深く上下した。重厚で格調高い香りが立つ。美玖はカップを手に取る。毎日嗅いでいるが、今日はどこかその香りもよそよそしい。

父もおもむろに手を伸ばした。ゆっくり味わったのち、「旨《うま》いなあ」と目尻のしわを深くする。

美玖は父の横顔から登磨に視線を転じた。店長は品のいい温厚な笑みを湛えている。

ふいにドアが開けられた。美玖が振り向くと、ロングコートを着た男性が立っていた。深く頭を下げる。

「お久しぶりです。その節は大変お世話になりました」

一緒に葵岳を登った本永律子《もとながりつこ》の息子の勲《いさお》だった。

店に入るなり深々と腰を折る勲に、事情を知らない父が怪訝な顔をする。

「まあどうぞおかけください」

またもや佐々木のじいさんが颯爽《さっそう》と立ち上がり、自分が座っていたイスを勧めた。入り口から佐々木のじいさん、勲、美玖、父の席順になる。美玖は、勲と父にそれぞれを紹介した。

スツールに落ち着いた勲は、温かいジンジャー珈琲とサンドイッチを頼んでから口を開いた。

「先日、母が亡くなりました」

ストーブの薪がはぜる。美玖の隣で、父が息をのんだ。美玖も言葉が出ない。

佐々木のじいさんと、調理の手を止めた登磨がお悔やみを述べ、瑛太もそれに倣《なら》う。

「母は、葵岳に登った時にいただいたサンドイッチをいたく気に入っておりまして。もう一度食べたいと……」

勲はふつりと言葉を切ってカウンターに落ちる自分の影と対峙《たいじ》した。美玖は律子によく似たその横顔を見守る。

勲が咳払いして続ける。

「もう一度食べたいと、いっておりました」

勲を見つめる父の視線を、美玖は耳の後ろに感じる。

「母は、あの日の帰り、車の中でサンドイッチを取り出しまして、自分の人生の層はどうなってるのだろう、と葵岳にかざして横からしみじみ眺めていました」

あの日、律子さんとは数時間しか一緒にいなかったが、彼女がそうする姿は簡単に思い浮かんだ。彼女の人生の層は、どう彩《いろど》られていたのだろう。

そして、ここにいるみんなの層はどうなっているのだろう。

皆がなんとなく押し黙る中、登磨が熱したフライパンに卵を流し込んだ。卵が焼ける音や、ベーコンの脂が跳ねる音などに励《はげ》まされるようにして勲は再び口を開く。

「病院に戻ってから数日すると、母は意識を失いました。目元の、重なるしわを見下ろしているうちに、前にいっていた地層のことが思い出されまして。四種類の具が層を成すサンドイッチが、自分たちの四十年の人生と重なりました。それで、母の地層の中にはオレがいるってことに唐突《とうとつ》に気づいたんです……。母には苦労をかけたし、たくさん我慢も強《し》いてきたんだなと、改めて知らしめられました」

「それ、律子さんもおっしゃってましたよ」

美玖が明かす。勲が首を傾《かし》げた。

「何をでしょう？　母は、なんと……」

「勲さんに我慢をさせてきた、と」

「母がそんなことを」

勲の顔が歪《ゆが》んだ。唇《くちびる》に力を込めて目を伏せる。

「オレは我慢した覚えなんかひとつもありません……そう、言葉にすればよかった」

就職で家を出てからは、忙しさと億劫《おっくう》さでめったに帰らなかった。

そんな折、秋口に病院から電話があって駆けつけた勲に告げられたのは、律子の余命だった。

サンドイッチとジンジャー珈琲が慎《つつ》ましい音を立てて、勲の前に置かれる。爽やかで奥深い香りが美玖の鼻腔《びこう》に届いた。いつもより丸みがあるから、もしかしたらはちみつを多めに加えたのかもしれない。

「あの時の登山はギリギリだったはずです。よりにもよってあんな体でなぜ、と腹すら立ちましたよ。無理して命を縮めて何の意味があるんだって」

勲が山頂でこぼした「無理は人を殺すんだよ」という言葉を美玖は思い出した。

「……だから、登ったんじゃないでしょうか」

「あんな状態の母が無理をしてまで登らなきゃならない理由が、こんな小さな山のどこにあるっていうんですか」

「律子さんにとっては小さくはなかった。だって七歳児参りの思い出があったんですから」

「七歳児参り？……ああ、確かにありましたね。しかし、そんなのが理由になりますか」

口調は辛《かろ》うじて穏やかさを保っているが、歯を食いしばる音が聞こえた。薪がはぜ、木の筋に沿って滲むように火が渡っていくかすかな音が、店内に沁《し》み込んでいく。

「なりますよ」

ぽつりと言った父に、全員が注目した。

「自分の子が初めて自力で登り切ろうかっていうのは、大きな思い出になるものです」

父は実直な口調で告げる。勲は一瞬戸惑いの表情をしたが、数秒後には思い出し笑いを浮かべた。

「そういえば、母は、隠れてついてきてましたっけ。木立の間に身を潜《ひそ》めているつもりだったんでしょうが、オレにはバレバレでした」

みんなが温かな笑みをこぼし、勲はため息交じりに少し笑った。

「オレ、もう、目さえ開けることができなくなってた母に、『頑張ってくれ』と繰り返しました。今まで放ったらかしにしておいて何が頑張れだってとこなんですが。代わりに、もう頑張らなくていいって、いってやるべきだったかもしれません。でもオレはそれがいえなかった。どうしても、いえなかった」

勲の前のジンジャー珈琲の湯気がかき乱される。太ももに置かれた手はチノパンをわしづかみにして、その関節を真っ白にしていた。

頑張ってほしいし頑張らないでほしい。

身内としては身が引き裂かれる思いだっただろう。

人生には、無理をしなきゃならない時がある。

律子さんはそんなことをいっていた、と美玖は思い出す。

頑張らなきゃいけない時というのは、たとえば、頑張った先に幸せが待っている時なんじゃないだろうか。ベッドの上の律子さんが苦痛に耐《た》えて耐えて耐え抜いたとして、その先に、いったいどんな幸福があったというのだろう。

「母を励ますつもりが、オレ自身の力になっていたようです。母の回復を信じるための。そうやってオレは、死にかけの婆《ばあ》さんから、希望をもらい続けていたのかもしれません」

――母さんは、あんなになってさえ、ずっとオレを支え続けてくれていたんです……。

美玖の背中に、律子の残酷な軽さと平穏《へいおん》な温もりが蘇ってくる。

律子さんが無理を押して登ったのは、勲さんを元気づけるためだったのかもしれない。自分がいなくなっても、勲さんの人生は続く。息子さんの幸福を祈るために。つまりは、それが律子さんの「頑張った先にある幸福」だったのだ。

美玖は、十一年前の今日登った母を想った。家族の幸せを願い笑顔の写真を残した母を。

「自分のことばっかり考えて生きてきたのはオレのほうで、こんなオレは、母にとってどういう存在だったんだろう――」

細くなった珈琲の湯気に、静謐な視線を注いでいた父が、深く息を吸い込むといった。

「あなたは、母親が命を懸けてこの世に生み出した人間です」

勲は顔をクシャリとさせ、自分の中に落とし込むように二回頷いた。サンドイッチにかぶりつく。何口か無言で頬張っていたが、ジンジャー珈琲で流し込むと、やっぱり設計図がないんですね、と泣きそうな顔で笑った。

「これも旨いんですが、あの日、母と食べたサンドイッチは、あの日限りの味だったんですね。……サンドイッチの地層、千枚の葉よりも多いな……」

彫刻刀でつけた傷のような目尻のしわに、透明な涙が浸み込んでいく。その傷が美玖には優しく見えた。

亡き母親への土産《みやげ》として残りのサンドイッチを手に、勲は帰っていった。

「美玖ちゃんには、ご注文のおにぎり」

登磨が美玖へ紙袋を渡した。

「わあ！　ありがとうございます」

胸に抱くと、まだほのかに温かい。代金を払おうとしたら、「いいよ」と遠慮された。

「そういうわけにいきません」

「じゃあ、本日のサービスってことで」

「さーびす？　そんなのいいですよ」

押しつけ合っていると、横からシミが浮くしわだらけの手が美玖の手を包んだ。佐々木のじいさんである。

「美玖ちゃん、登磨君の意を汲んであげて、ここはご馳走になろう」

老人は、神様の親戚《しんせき》だけあって悟りきった顔でいい聞かせた。

父と娘の十一年ぶりの葵岳登山に対するサービス、という意味なのだろうか。つい、父をうかがうと、その眉の間に、バツの悪さのような当惑のような、居心地の悪さのようなものをささやかに滲ませていた。

みんなの温かさに見送られて登山口へ踏み込んだ美玖は、父がついて来ないことに気がついて振り向いた。父は美玖の数歩後ろで登山道を見上げている。その背後の駐車場では、黄色の車が目立っていた。

車を買う時、色を指定したのは母だ。黒を欲しがる父を「駐車場のどこに停めてもすぐ分かるから黄色になさいよ」とねじ伏せたのだ。

確かに遠くからでも間違えることはない。子どもの頃、人ごみで母を一発で見つけられたみたいに、あの車は決して埋もれることはない。

駐車場で静かに休む車が、美玖と父を見守っているような気がした。

「行こう、父さん」

声をかけると、父は深呼吸して美玖に続いた。

十一年前の正月明けのその日、夕飯の食材を買いに出ようとしていた母が、カレンダーを見上げて「あ、今日は結婚記念日だ」といった。結婚記念日なのに、あいにく父は出張中で、明日まで帰ってこない。

「せっかくだから、外に食べに行こうか」

「やった！」

この町は飲食店が少ないし、外食するという習慣もあまりなかったため、美玖のテンションは上がった。

母の、一度行ってみたいという希望で、外食先はカラオケスナックになった。そこがどういう所か美玖は知らなかったが、母と外食できるなら、スナックだろうがビスケットだろうが構わない。

闇《やみ》がそこここに溜《た》まる狭《せま》い店内はカウンター席が五つ、四人がけのテーブル二台がギュウギュウに押し込められていた。そこにお客さんが二組。ミラーボールが忙しなく回り、煙草《たばこ》の焦《こ》げ跡が残るジュータンや壁は茶色に近い赤色。ごちゃごちゃと物がある狭いカウンターに、煙草をくわえた後期高齢者といったママがちんまりと、だが、どことなくすごみを醸し出して収まっていた。招き猫・信楽《しがらき》焼のタヌキ・老婆・福助《ふくすけ》・木彫《きぼ》りの熊……といった具合に。

ほかにスタッフの姿はなく、ひとりきりでやっているようだ。

達筆すぎて経文《きょうもん》にしか見えない毛筆書きのメニューを解読してあれこれ頼んだのち、母はマイクを握った。情熱の懐メロは、マイク越しだったからなのか、我が母ながら音痴《おんち》だった。機械トラブルでも起こったんじゃないかというぐらいの圧巻の音痴。そこにいたお客さんも高齢のママも、呆気に取られてぽかんとした。

母の汚名《おめい》を娘がそそぐべく、気概を持って歌ったところ、狙《ねら》い通り、みんなは美玖の歌《か》唱《しょう》力に圧倒されて言葉も出ない様子だった。

歌い終わったふたりの前に、頼んだメニューとは別に、真っ白く馬鹿でかいおにぎりが出てきた。

「あんたたち、運がいいね。あたしの昼飯が残ったすけ、これはサービスだよ」

おばあ……ママは紫煙《しえん》に顔をしかめて煙草を挟んだ指で差す。

なんとはなしにかぶりついた美玖は、目を見張った。

ふっくら握られたご飯には、香り高いオリーブオイルと、まろやかな旨味のある塩が馴染《なじ》んでいる。どちらも加減が絶妙で、ご飯の甘さと風味をこれ以上ないというぐらい引き立てていた。

「ほっぺたが落っこちそう！」

大興奮の美玖はこの感動を何とか言葉でママに伝えたいのに、それ以外出てこない。

「ああいいよ分かってる。あたしの作るもんだっきゃ、なんだって間違いねってことさ」

ママは、一生懸命言葉をひねり出そうとしている小学生に、目を細めた。

聞けば、米は特別なものではなく息子夫婦が育てているものだし、オリーブオイルも塩も量販店で売っているものらしい。何の変哲《へんてつ》もない材料が三つばかりでありながら、味わい深い。

「こんなにおいしいおにぎりを食べられて、楽しくて、なんか出張中の父さんに申し訳ないわね。内緒よ。父さん、繊細《せんさい》なところがあるから、のけ者にされたと知ったら凹《へこ》むからね」

ふたりは上機嫌で店を出て、今度は父さんも一緒に来て、塩むすびを食べようと約束した。

出張から戻ってくると、父は車を買い替えた。黄色はメーカー発注になるので時間がかかるといわれ、母は楽しみが先に延びたとかえって喜んだ。

そのひと月後、母は死んだ。

母の最期《さいご》の意思が投影された黄色い車が納車されたのは、そのわずか数日後だった。

「父さん」

道中、振り返って、遅れがちになる父を呼ぶ。父は顔を真っ赤にしてフーフーいいながら懸命に登ってくる。

「いやあ、年取ったなあ。こんなにしんどいなんてなあ」

年のせいにして苦笑いしているが、それだけではないだろう。

美玖は、父が来るのを待ってその手を取った。父は面食らった顔をする。

「昔は、父さんが引っ張ってくれたんだよ」

美玖は前を向いて引いていく。

「母さんも引っ張ってくれたんだよ」

そういうと、手の引きが緩くなって、「そうだったなあ。なんだか母さんも一緒に登ってるような気がするよ」と、父の声が背中に柔らかく触れた。

何組かの登山者とすれ違った。美玖たちは端に避《よ》けてやり過ごす。なんにもないこの冬の時期によく登るなあ、と父は不思議そうな顔をして見送った。それはあの人たちもそう思ってるよ、と美玖は笑う。

「なんでこの人たちは雪しかない山に登るんだろうって」

「なんでだろう、なあ……」

父が、ゆっくりと呟く。

鎖場《くさりば》に着いた頃には、父は木の幹に手を添えて、肩で息をしている状態だった。

「こんなに、岩は大きかったか？　前より――」

「成長してないよ、さあ行こう」

乗り越えれば頂上という大岩に父が苦戦していると、高く美しいさえずりが響いた。岩に縋《すが》りついたまま父が顔を上げた。そばの木の一番下の枝で、胸元が黄色い小鳥が鳴いている。

「キセキレイも応援してるね」

きみちゃんは黒くて丸い目をキョロキョロ動かして機嫌よく歌う。澄み切った歌声は木々にぶつかって、のびやかに反響した。

「ようし。どっこいしょう！」

かけ声と共に父は頂上に這《は》い上がった。が、膝が伸び切る前に雪面にどうっと倒れる。

「父さんっ」

助け起こすと、父は面目《めんぼく》なさそうに笑った。美玖の手をやんわりと解いて立ち上がり、端まで進むと景色を見渡した。美玖は父から少し離れてその後ろに立つ。

頂上では数人の登山者が社《やしろ》に手を合わせたり、葵レストランの弁当を食べたりしていた。

山から見下ろす町は、白と黒が混じり合って、徐々に近づいてきている春に心づもりをしているようだ。遥《はる》か八甲田《はっこうだ》連峰《れんぽう》から吹き渡ってくる透き通った冷風が心地いい。雲がたなびく空を、大きく逞《たくま》しい鳥が高く転がる声を発しながら泳いでいた。思うがままに舞うその姿は、しがらみとか、拘りとかいったことからは無縁に見える。

あの日、最後に母と見たのと同じだ――。

同じように鳥を見上げていた父が膝に手をついて身を屈《かが》めた。美玖は父の元へ駆け寄ろうとして足を止める。父は、体全体で息をして肩を震わせた。

美玖は背にお地蔵さんと封鎖《ふうさ》された登山道を感じながら、父の背中を見守る。

やがて父は腰を伸ばすと首に巻いたタオルで顔を拭《ぬぐ》った。大きく深呼吸するのが背中の隆起で知れる。まるで、生きているのを自身に知らしめるように何度も深呼吸した。

参拝者がいなくなったタイミングで、美玖は社に向かう。初めて母のように大きな声で日頃無事に過ごせている感謝と、これからの息災を祈願した。

お地蔵さんの台座に木製のトレーを置いて、おにぎりと昨日繰り返し作り直して、ピンポン玉ぐらいにまでは小さく改良できた白いトリュフチョコをお供えする。

「三人で食べる約束だったもんね。スナックのママのおにぎりと味が似てるかな。それと今年のお豆は特製」

石仏は平穏な表情を浮かべている。

父も手を合わせるのを待って、ふたりはベンチに腰を下ろし、父におしぼりとラップに包まれたおにぎりを渡した。透明なギフトバッグに詰めたトリュフも差し出そうとした時、風に乗って、美玖の耳に鼻歌が届いた。立ち上がって登り口を凝視すると、寝癖のついた頭がひょいっと覗いた。美玖は目を見開く。

「店長……っ！」

「お待たせしました。そうです私が店長です」

頂上に立った登磨に、父も驚いた顔で注目している。美玖は駆け寄った。

「どうしたんですか」

「ちょっとね」

登磨は地蔵の前に進み出ると、手を合わせた。美玖と父は顔を見合わせる。

「あれ、ナニコレ」

登磨がトリュフに気づいた。

「店長。これどうぞ」

美玖は手に持ったままのトリュフの入ったギフトバッグを差し出す。

「おおっ、旨そうなふかし饅頭《まんじゅう》」

「トリュフです」

美玖は極めて真面目《まじめ》な顔で訂正《ていせい》する。

「ありがとう！」

登磨はひとつ摘まみ、口に放り込むやいなやむせた。

「わあっ店長！　水！」

美玖は急いでベンチに取って返して、ペットボトルをつかむと駆け戻って、店長へ渡す。

ペットボトルを口元へ持っていったまま、父が賑やかなふたりをキョトンとした顔で眺めている。

「大きすぎましたか」

「大きさより、酸味が」

むせすぎて、ザラザラした声が返ってくる。美玖は、耳の薄い皮膚《ひふ》まで鮮紅《せんこう》色に染めてむせる登磨の腰を叩く。

「み、美玖ちゃん、ゲホゲホッ、腰は違う腰を叩くのは今じゃない」

「え、あ、そうなんですか」

背中をさする。

「トリュフの中身、ジョミなんです」

口を手の甲で拭った登磨が、手に垂《た》れた赤い液体に目を丸くする。

「おわっ、血だ！」

「ジョミですってば」

「口ン中に流れ出た。これって液体？」

「はい。前に店長が作ったカシスゼリーを参考に、ベジタブルゼラチンを使って、ナントカケーションに挑戦してみたんです」

登磨が虚《きょ》を突かれた顔で、マジで、と呟いた。

「チョコレートで何重にもコーティングしたし、味見もしたからバッチリと思ったんですが……すみません」

ペコリ、と頭を下げて、首をひねる。

「謝んなくていいよ。『甘いもの』って思い込んでたところに、予想外の酸味が来てたまげただけだから。それよりすごいよ、美玖ちゃん！」

予想外の言葉に、美玖は目をしばたたく。登磨はファインプレーをしたチームメンバーにするように美玖の肩を叩いた。

「教えてないのによく作ったわ。これ、だんだん味変わって面白いし、飽《あ》きないね。甘すぎないし」

一気に気分が上がる美玖。

「オレ好きだわ」

美玖は音がするほど急激に真っ赤になった。

「す、好きですかっ、あたしのこ」

「お供え物はいつもトリュフ？」

お供え物という単語に、沸騰《ふっとう》していた美玖の思考はパチンと切り替わる。

「いえ、これは今年初の試みです。このトリュフは、あたしに見立ててあるんです」

「トリュフを？」

「あたしはまだ渋くて酸っぱいジョミで、メッキの嘘《うそ》笑いで自分をコーティングしてきたけど、これからは違います。母さんみたいな本物の笑顔になるんだっていう宣言と」

　別のトリュフを摘まみ上げる。

「それでこっちのでは、甘い中にもちょっとビターで味わい深い人たちに包まれて、おかげでお菓子も作れるようになった『今の自分』を表しました。安心してもらおうと思って」

　登磨は目尻《めじり》にしわを集めた。長いまつげにささやかな陽光が注いでいて、柔らかく反射する。

　美玖はその陽光に目を細めて、それと、母が生きていたら、きっとこのトリュフを挟んで恋バナのひとつもしただろうなと思ったから、お供えしたんですよと胸の内で呟く。

　登磨が顔の横にトリュフ入りのギフトバッグを掲《かか》げる。

「これ全部食っていい？」

「も、もちろんです！　鼻血が出るまで召し上がってたもれ！」

「かたじけない」

　ギフトバッグを手にした登磨は社の濡《ぬ》れ縁《えん》に軽々と飛びのると、美玖特製のホワイトトリュフを食べ始めた。時々むせている。

　美玖はベンチに戻り、目の高さにおにぎりを掲げる。いただきます、と大きく頬張った。

　久しぶりに食べたその味は変わっていなかった。設計図のないおにぎりなのに不思議だ。

「父さんも食べなよ。これ、母さんと食べたおにぎりなんだから」

「母さんと？」

父が首を傾げて美玖を見た。美玖は、もうひと口おにぎりを口にしてからいった。

「縁っていうのは本当にあるのかもしれない。しかもこれ、あたしが『コッヘル デル モタキッラ』に勤めるきっかけになって、その上葵岳に登れるようになった、奇跡《きせき》のおにぎりでもあるんだよ」

　母が死んだ十一年前を境に、美玖は葵岳に登れなくなった。登山口までは行けるのだが、そこから先に踏み込めない。

　また家族みんなで登っていた頃のように登りたい。登山中、自然と笑顔になっていたし、心も満たされ弾んでいた。

　母の事故は葵岳のせいじゃないと頭では分かっているのだ。しかし、心はそう簡単にいかず、母を殺したのは葵岳だと憎んでしまう。

　黒い汚泥《おでい》のようなものが、胸の底に溜まっている。落ち着かず、混沌《こんとん》としている。こんな気持ちがずっと続くのかと思うと、正直げんなりで、そんな自分のことも嫌いになりそうだった。

　登りたい。この山とのわだかまりをなくしたい。登って、この気持ちを手放し、嫌いになりかけている自分自身とのわだかまりも消したい。

　明るい所と暗い所が入り混じるトンネル状の登山道を目で辿《たど》り、登るか登らないか決めかねて、美玖の足はもう何年もすくんだままだった。

美玖が高校を卒業した年、広い駐車場の端にハーフティンバー風の小さな建物ができた。気づいてはいたが、美玖は葵岳にばかり気を取られていて、建物には興味を持たなかった。噂《うわさ》で、そこがレストランだと耳にしていた程度だ。

しょっちゅう葵岳に来るわけではなかったが、来るたびにそのレストランは賑わっているようだった。働いている人を見たことはなかったし、どんな料理を出すのかなんという名前のレストランなのか、知りたいとも思わず、ただ登山口の前に立って頂上へ続く山道を眺めては、帰っていくことを繰り返していた。

十九の年の梅雨入りが発表された日、勤め先の運送会社から解雇をいい渡された美玖は、夜半から降り続いている雨の音を聞きながら、布団の中でまんじりともせずに考えていた。解雇をいい渡したあと、できれば辞職を申し出てほしかったと残念そうに顔を歪めた会社の人は、最後に「君ならどこへ行ってもやっていける」「新天地で活躍してください」と、普段の怒鳴り声からは想像もできない柔和な口調でそう送り出してくれた。

美玖は、母と別れてから、特に人に恵まれていると感じることが多くなっていたが、その会社の人たちも、体制のせいか、みんな疲れてギスギスしてしまっていただけで、やっぱり、思いやりのある人たちだったのだ。加えて、自分を落ち込ませるのは、身内の死以外、この世にそう多くはないと決めつけていたことから、美玖にとって解雇は、暗く沈む材料にはならなかった。

じゃあ何を一晩中考えていたかというと、これからの新しい世界をどうスタートすればいいのか、ということについてだった。

いつの間にか、外ではスズメがさえずっていて、朝の光がカーテンを通って、部屋を柔らかく照らしていた。

――物事のスタートには清々《すがすが》しい空気のほうがいい。

母の声が耳に蘇り、美玖はむくりと起きた。

やって来た葵岳登山口は霧に包まれており、そこに卵色の朝日が注いでいた。

雨上がりの空気は、山の気配が濃密で、精製されたエネルギーのようだった。

山の入り口に咲くアメジスト色のアジサイから、絶えず光のかけらが滴《したた》り落ちている。カッコウの声は柔らかくこだまし、しっとりとした森は今、目覚めようとしていた。

美玖が登山道をじっと見据えていると、胸元が黄色い小鳥がそばに舞い降りた。その野鳥は、美玖を怖がる様子もなく真《ま》っ直《す》ぐに見上げ、チチチッと弾むような鳴き声を上げては、尾を上下にひょこひょこ振った。

ドアが開く音に顔を向ければ、背の高い男が折り畳みの看板を小脇に抱えて建物から出てくるところだった。こんなに早く準備を始めるのかと驚いている美玖に、彼は澄んだ笑顔を向けてきた。「水色みたいな笑顔」というのが、第一印象になった。美玖も会釈をする。

彼が立てた看板には、ひどい癖字《くせじ》で、『コッヘル　デル　モタキッラ』と書かれてあった。

どういう意味だろう。コッヘルなら、アウトドアで使う鍋と器が一緒になったものであるが、モタキッラは思い浮かばない。

看板に不思議そうな目を向けていた美玖に、男が説明した。

「セキレイの調理器具って意味。この辺、セキレイが多いんだ。白いのとか黒いのとか。黄色いのもいるよ」

男の声は、深みがあり、山の空気によく馴染んでいた。

「君、ご飯食べた？」

いきなりそんなことを聞かれて、美玖は面食らう。辛うじていいえと答えると、男の顔に満面の笑みが浮かんだ。

「そりゃあラッキーだ。ご飯炊きあがったばっかりなんだ。おいで」

背を向けてアプローチを進んでいく。後頭部の髪の毛が跳ねてひょこひょこしている。その寝癖を見て、美玖は足を前に出した。

ドアの貼り紙をちらりと見てから入った店内は、木とご飯の香りで満たされている。

思わず深呼吸した。

カウンター席に座って少ししてから目の前に出されたのは、塩むすび。

ツヤツヤして、潰れることなくしっかりと形を保つご飯粒は、威風堂々《いふうどうどう》としていた。そこから立ち昇る湯気さえ絹のような気品があった。

ひと口食べた美玖は、目を見開いた。

あの時、おばあさんの、カラオケの、母さんと一緒に食べた——。

光の速さで現れる記憶《きおく》。脳裏にはっきりと蘇った朗《ほが》らかに笑う母の顔と声に、耳に残っていた最期の音や、「あ」という声が上書きされていく。

そうか。

美玖は突然理解した。

あたしは母さんに、そばにいてほしかった。どこにも行ってほしくなかった。

でも、そんなこと思わなくたって、母さんはいつもいたのだ。あたしの中に、ちゃんといたのだ。母さんと重ねてきた年月も、こうしてあたしの血肉を作ってきたのだ。

「どう？」

男が手を拭いながら、カウンターの向こうから感想を聞いた。美玖は大いに頷く。

「しっかり握ってあるのに、口の中ですぐに解れます。お米の味に雑味がなく、スッキリしてて、オリーブオイルと塩にお米の風味が引き立てられています。硬さも粘《ねば》りもちょうどよくて、嚙《か》み締めると、ひと粒ひと粒から深い旨味が出てきます」

あの時は表現できなかったが、今なら少しはできる。

「このおにぎりがあれば、天下泰平《たいへい》この世は事もなしって気がしてきますね」

男は目を見開いた。

美玖はさらに頬張って、大安心といわんばかりに満面の笑みを浮かべる。

「あたし、このおにぎりを食べたことがあるんです。今はもう月極《つきぎめ》駐車場になってしまいましたが、カラオケスナックがあって、そこのママが作ってくれたおにぎりです」

「君、食べたことあったんだ。オレのばあちゃんなんだ。機嫌のいい時は、メニューにはないおにぎりを出してた。残り物とかいって。この店、ばあちゃんの店を売って建てたんだよ」

男は店内を見回して、愛《いと》おしそうに目を細めた。改めてこの男を見て、遅まきながら、きれいな顔をしていることに気がついた。あのママの顔は忘れたが、漂わせるすごみと自由闊《かっ》達《たつ》ぶりは覚えていて、少し似ている。

「でも、あのママのとは、お塩が少しだけ違うかもしれません」

男の片眉が跳ねた。利《き》き酒ならぬ利きはちみつをする態でも見たかのように目を輝かせ、カウンターに両手をついて身を乗り出す。かすかないい香りに混じって熱が美玖に届いた。

「塩は、ばあちゃんのもオレのも同じ野田《のだ》村のやつ。ただ、震災《しんさい》挟んだから、いろんな理由で少し変わったかもしれない」

首肯《しゅこう》した美玖は、おにぎりを両手で持ったまま、ドアへ視線を向けた。すりガラス越しに求人の貼り紙の裏が見える。紙が飛ばされずに、ちゃんとそこに貼りついていることを確認すると、男に顔を戻した。

「あの、もしよかったらここで働かせてもらえませんか?」

キセキレイのさえずりが響く。

「あたし、葵岳が好きなんです」

自分自身の言葉を聞いた美玖は、鳥肌が立った。

ああ、あたしはこれがずっといいたかったんだ。

二年前のことを思い出して、設計図のないおにぎりでありながら味が同じなのは、塩むすびだからかと思い至った。作り手の気持ちがストレートに出るのだとすれば、味が同じであることは登磨のおにぎりに込める心情も信条も、ずっと一貫《いっかん》しているということになる。

「このおにぎりをね、母さんは、父さんにも食べさせたがってた」

「そうだったのか」

父はおにぎりに目を落とした。その父のまなざしに、美玖は謝った。

「ごめんね父さん」

父が美玖へ顔を向けた。

「父さんにあんなこといっときながら、あたしもね、葵レストランに出会う前まで、母さんの死にしがみついてたんだ」

それは「拘り」ともいえるかもしれない。せっかく褒めてくれた蘭《らん》にごめんなさい、と胸の内で謝る。

「だからこそ、父さんをここまで連れてきたかった。ここで、このおにぎりを食べてほしかった。……無理させちゃったかもしれないね。あたしのエゴを押しつけたかもしれない」

父は美玖を静かに眺めた。

きまり悪さと照れ臭さが入り混じった美玖は、おにぎりにかぶりつく。

「ところで店長、お店はどうしたんですか」

濡れ縁から投げ出した足をブラブラさせながら、トリュフをかじっている登磨に尋ねる。

「瑛太と早苗《さなえ》ちゃんが留守番してる」

「うん。おかげで、ついて来ようとした瑛太を引き止めてもらえた」

「お店、暇だったんですか」

「暇じゃないでしょー？　オレの頭の中じゃ店ン中、常にお客さんでワシャワシャしてるのですよ。そんな忙しいのを押して競歩で登ってきたわけ」

「忙しいところ、ありがとうございますっ」

登磨は感激している美玖を、急に軽やかさの消えた目でじっと見つめ、親指についたチョコを舐《な》め取った。

「当たり前でしょ。それに――」

濡れ縁から降りて、やって来る彼を目で追う美玖の顔から笑みが少しずつ引いていく。

登磨がふたりの前に立った。上背がある登磨に正面に立たれると、それだけで威圧感を覚えるようで、父は少し後ろに尻をずらす。

「私が今日、この場に立ったのは、先日、お申し出のあった娘さんの解雇の件をお話しするためです」

父が緊張するのが、美玖に伝わった。美玖の不安もかき立てられる。

「その件はお断りします」

美玖は口をぽかんと開けた。

「彼女にはうちで働き続けてもらいたいです。ドアや窓は、防犯ガラスにしました。弁当の配達より、店内の仕事をしてもらいます。ですから、先日の件はお断りさせていただきます」

登磨はきっぱりといい切った。

「……なぜ、そこまでご配慮を……。そこまでしていただくほど、うちの娘はあなたのお店に尽くせていないと思いますが」

父も訳が分からないでいる。登磨はちらりと美玖に視線を走らせた。

「美玖さんが、優秀なスタッフだからです」

「店長さん、それはいくらなんでもいいすぎでしょう」

父が、嬉しいような、でも騙《だま》されないぞというような複雑な顔をした。

「彼女がすることに、失敗はないんです。うちの店に見えるお客様たちは、空腹を満たすためだけに来るわけじゃありません。美玖さんは、ただただ私の指示に従ったり私の真似《まね》をしたりするだけではないんです。お客様のことを考えて動いてくれます。彼女は、うちの店にとって最も大切な『空腹を満たす』以外のことを担当してくれてるんです。その部分において、彼女がミスしたことは一度たりともありません」

父が、美玖に視線で問いかけるが、美玖も首を傾げる。何が何やらさっぱり。思い出すのは、ひたすらポンコツな自分である。

だが、登磨の言葉を心の中でなぞるうちに、褒められているような気もしてきて、傾げていた美玖の頭は徐々に立ち上がってきた。

登磨は何より、と続けた。

「彼女がいいましたよね。生き方だと。私も人並みには迷ったり悔しい思いをしたり後悔したりしてやってきました。自分の働く場は、生きる場所だし、生き方だと私も思います。奥さんを亡《な》くされたあなたのお気持ちもお察しします。ただ、忘れてほしくないのは、彼女だって母親をこの葵岳で亡くしてるってことです。それでも彼女はここのふもとで働くことを選んでるってことです。その理由を、気持ちをどうか汲んでやっていただけませんか」

父は、真っ直ぐに登磨を見ている。登磨も同じだ。

ふっと父の肩から力が抜ける。美玖に視線を転じた。

「この人のいうとおりだな。お前を辞めさせようとしたのは、父さんの感情の押しつけだった。悪かった。美玖の気持ちを無視していたんだ」

父は傷ついて凹みながらも、なけなしの力で心配してくれていたのだ。

湿っぽさを払うように深呼吸して美玖はペコリと頭を下げる。

「もうおとななのに、心配かけてごめんなさい」

「おとなだろうと子どもだろうと関係ないさ。おそらくお前が婆さんになっても、父さんはやっぱり心配するだろうな」

父は眉をハの字にして、笑みを浮かべた。

さえずりが降ってきて、美玖は空を仰《あお》いで目を細めた。登磨と父も顔を上げる。

鮮やかな黄色い胸をした小鳥が、広げた翼に風をはらんで自由に舞っていた。

慰《なぐさ》めか癒《いや》しか祝福か、その声は、空に葵岳に登山者に染み渡る。

「美玖さんが、あのキセキレイをきみちゃんと呼んでるんですよ」

「きみちゃん……そうか」

父の唇が震える。

「いい名前だ。何度でも、呼びたい名前だ」

青木　公子《きみこ》。

美玖は十年、父はそれ以上、共に生きて、毎日呼んできた名前だ。

父は山の風を胸いっぱいに取り込むと、安らかなため息をついた。

「ここには、こんなに広い空があって、いい風が吹いて、のんびりした町も、果ての連峰も一望できる。ここまで登って、ここに立って思い出したよ。母さんは、ここが好きだったってことを。嫌な記憶は幅《はば》を利かせたがるが、いい記憶を取り戻したくなったら、またここに来るよ」

おもむろにおにぎりを頬張って父は目を見張った。まじまじと見て、ああ確かにこりゃあ旨いな、と感じ入る。

それを見た美玖はパアッと顔を明るくして登磨に目配せした。登磨も眉を上げる。

父は娘の笑顔につられるように頬を緩めると、吹いてくる風に顔を向けて洟《はな》を啜《すす》った。

登磨は頂の端まで進むと、デニムのポケットから何かを取り出した。美玖がそばに行って覗くと、彼の手のひらで輝いているのは、見覚えのある指輪だった。

美玖の胸に数か月前の痛みが蘇った時、登磨が下界へ向かって腕を大きく振った。

銀色の光が、弧を描《えが》いて宙へ飛び出す。

美玖は小さく叫んで思わず身を乗り出した。

手がぐいっと引かれる。

振り向くと、登磨は指輪が消えたほうを凝視していた。その目は、寂しくなるほどに透明で、美玖から言葉を奪う。

登磨につかまれた左手を見下ろす。大きな手に包まれて絆創膏は見えなくなっていた。傷から、登磨の温もりが浸み込んでくる気がする。それは、痛みを覚えた胸まで達した。

「店長、あたし、トリュフが作れるように練習します」

「今のも悪くないけどね」

「いいえっ。みんなのほっぺたが落っこちるようなのを作りたいです」

鼻息荒く美玖が右手で拳を作ると、登磨は美玖をまじまじと見下ろした。

「で、ゆくゆくは、店長がお食事を作って、あたしがスイーツを担当できるようになりたいんです。だから、教えてください」

登磨は笑顔を見せた。

「了解」

水色の笑顔だった。

おにぎりを食べていた父が、ははっと笑った。

「おうい。父さんもこのおにぎりを食べたことがあるぞ！　数か月前だ」

ふたりは振り返った。大発見に喜ぶ父がおにぎりを掲げている。

「美玖のおにぎりは、店長さんのとそっくりじゃないか！」

美玖と登磨も顔を見合わせて、笑った。

遥か高い所から吹き降ろされる風が三人の間を抜けていく。

登磨が景色を見渡した。

「美玖ちゃんとこは毎年、この景色を眺めてきたんだな」

風に吹かれている登磨を凝視する。美玖の胸が震えた。

母と最後に見た景色を、あたしは見ている。

母さん、今年はあたしの好きな人も一緒だよ。

美玖は登磨の手を握る。登磨が握り返してくれた。奇跡のおにぎりを作る手で。

母の弾む声が、ふいに聞こえた。

楽しく笑って毎日を送るので、そこのところよろしく——。

澄んだ水の甘い匂いが溶け込む風は、春の兆しを含んでいた。

「美玖さんは、優秀なスタッフです。彼女がすることに、失敗はないんです。彼女はうちの店にとって最も大切なところを担当してくれてる、だって！　あたしが一番聞きたい理由じゃなかったけど、嬉しい！」

　美玖は電話の向こうの親友にまくし立てる。電話からは、理恵の声以外物音ひとつ聞こえてこない。彼女は今日、決算日だとかでまだ残業中という。そんな中、一段落《いちだんらく》ついたので美玖に電話してみたということだそうだ。

『少女漫画《まんが》みたいにとらえるそれ、眠たくなる』

　実際あくびが聞こえる深夜。美玖は目が冴《さ》えている。父が葵岳に登ってくれたことと登磨の言葉、葵レストランで働き続けられるというめでたいことが重なったので興奮して眠れそうにない。

「それにさ」

　美玖はトリュフチョコのことも伝えた。

「あたしをジョミに見立てたら、それを包んでくれるチョコレートは周りの人でもあるわけ。理恵とかね。母さんにね、『あたしはこんなに人に恵まれてるんだよ』って教えたよ」

『あんた……もお……っ』

　電話が置かれる音がして、洟をかむ音が遠く聞こえた。

「理恵って花粉症だった？　もう始まったの？　あのね、ショウガ珈琲が利くらしいよ」

『利くかっ』

「でね、店長は、あたしに見立てたトリュフを好きだって。これって、要するに店長はあたしを好きだってことでしょ」

『痛い痛い痛い。力技の思考変換を、専門用語でなんつーか知ってる？』

「ポジティブ思考」

『妄想！　もしくはストーカー心理』

「難しいこと分かんないな」

『難しくねえんだよ』

「あ、店長って誰かに似てるんだよね。明るいし優しいし穏やかで強くてきれいで、それでいてアナグマの解体なんかやっちゃうんだよ」

　理恵からはすぐに返事がなかった。

「理恵？　寝た？」

『それ、ひととは限らないんじゃないの』

「え？……そういえばあたしが岩から落っこちた時、骨折も脱臼《だっきゅう》もしなかったら、もはや人間じゃないって褒められたけど、そういうこと？」

『そうじゃねえよ。で、結局おじさんはなんつったの』

「ケガしないように頑張んなさいって。まだ心配そうだったけど、まずはそういってくれた」

『あ〜、あたしも自然の中でひと休みしたいなあ』

「おいでよ。今の時期の葵岳は空気が冴えてて雰囲気もクールだよ。気持ちがシャキッとする。もう少し暖かくなると、穏やかで陽気な感じになるし。絶品おにぎりもあるからさ」

『嫌な予感がするんだけど、あんたが握るの？』

「もちろん」

『げ、あんたの握る飯はしょっぱそう』

「うふふ、どうでしょう。極甘かもしれませんよ」

『うざいって』

美玖は喉《のど》を反らせて笑った。

カーテンの隙間から、皓々《こうこう》と輝くアイスイエローの月の下、くっきりと象《かたど》られた影絵の葵岳が見える。そのふもとには、自分の大好きな職場『コッヘル デル モタキッラ』があり、闇に溶け込んでいても美玖にははっきりと見えていた。

窓を開け、澄み切った風を受けながら、葵岳に向かって、いった。

家内安全。無病息災。すべてこの世は事もなし。みんな、これからも楽しく笑って毎日を送るので、そこのところよろしく！

あとがき

青森県にいて、地元の話を書いている。

目に映る景色《けしき》と、耳に入ってくる音と、肌に触れる風と、光と、匂いをそのまま書いている。

作中の舞台となった葵岳《あおいだけ》は、地元の名久井岳《なくいだけ》という山をモデルにした。標高六百十五メートル。東京スカイツリーより控えめ。

頂上付近には岩場も鎖場《くさりば》もあり、低いわりに険しい箇所がいくつかある。巨岩が積み重なりせり出してのしかかってくるような鎖場が、登山者の気持ちをどちらかと言えば高揚《こうよう》させる。

頂上は狭く、石碑《せきひ》のようなものが建っている。四方ぐるりと見渡せ、遠くの空から水色の風が常に吹いてくる。

この山に子どもの頃は何度か登った。保育園時代と小学校時代の遠足だ。遠足と言えば弁当だ。

おかずの定番は海苔《のり》を巻きこんだ卵焼き、唐揚げ、エビフライ。

普段は箸《はし》の先で向こうへ押しやっていたほうれん草のおひたしやブロッコリー、プチトマトも、弁当に入っていれば残さず食べたため、しっかり詰められていた。

手間のかかるおかずを、母はいつもより早起きして作ってくれた。

頂上で弁当のふたを開けて、やったー！　と喜ぶものの、帰ってから母に感謝を伝えることはなかった。母のほうも、弁当の出来を聞いてはこなかった。私はただ母に、岩場を鎖につかまって登ったことや茶緑色の蛇を見たこと、キイチゴを食べたこと、友だちが転んで泣いたこと、頂上を囲む笹が波のようにザーザー揺れて、うっかりすると引っぱられそうになってヒヤッとしたことを夢中で語るだけだった。母は、すっからかんの弁当箱を洗いながらふんふんと聞いていた。

私は過去に半年間だけ料理もどきをやったきり、ほとんど料理をしてこなかったのだが、この物語を書いてから、少しするようになった。

といっても、飯を炊《た》くのと卵を割ることである。飯は簡単だ。意味があるのかないのか分からず、また、きっちりした終わりが見えないままにこれくらいでいいのか、と妥協《だきょう》しつつ米を研《と》いで炊飯器にセットしてボタンを押せばいいのだ。コツは水の量を間違えないことと、いくつかあるボタンを押し間違えないことだけだ。簡単だ。

簡単なのに、ついこの間、失敗した。慣れてきた頃に失敗するというのはよくある。

水の分量を間違えたとか、保温ボタンを押していたとか、そういう生っちょろい失敗じゃない。米を入れずに炊飯《すいはん》したのだ。根本的な失敗である。これまで歩んできた人生の道のりを問われている気がした。

炊き上がりの合図に喜び勇んで炊飯器のふたを開けて、私は目を疑った。一度ふたを閉めてもう一度、今度はそっと開けてみた。

そっと開けたところで、炊飯器には、やはりどうしたって米はなかった。ただただ真っ黒な虚無《きょむ》空間がほかほかと温かいばかりである。

炊き上がりの合図ができるくらいなら、米が入っていない合図もしてくれよと炊飯器を叱《しか》った。炊飯器は特に返事をするわけでもなく、空っぽのまま、人がよさそうにほかほかとしていた。

卵に関してはこれを割ってフライパンでガッチガチに焼き上げたり、

溶いて電子レンジで加熱したりしている。レンジ加熱においては言わずと知れた爆発事故がしばしば取りざたされるので、多くの方はご存じだろう。卵は丸のままレンジ加熱すると爆発する。一度やったので、学習能力の高い私は二度目からは、卵を溶いて水を垂らしてレンジに入れるようにしているが、二回に一回は爆発させている。水の量と、溶き具合と、加熱時間に関係しているらしい。

　卵爆弾の油断ならないところは、レンジから出した後も、まれに鼬《いたち》の最後《さいご》っ屁《ぺ》のように爆発する時差式のところにある。私は油断して、レンジの外で爆発させ部屋中にゆで卵のかけらをまんべんなく撒き散らしたことが一度ならずある。私自身は学習能力が高いが、水と卵とレンジは学習能力が今一つ欠如しているらしいのだ。一刻も早く学習能力を向上させてほしい。

　おかげで、数時間後に頭から黄身《きみ》が落ちてきたし、数日後にからからに乾いた白身を踏んづけることにもなった。節分の豆みたいだと思ったが、撒いたのが豆ではなく卵なので、私の中の煩悩《ぼんのう》という鬼は払えないままだ。

出版するにあたって多くの方にお世話になった。
カバーイラストを手掛けてくださった小池ふみさん。カリカリサクサクなのが伝わってくるライスコロッケと、レモンとハーブを添えたふっくらと艶のいいイワナのムニエル。いつまでも眺めていたい。装幀をしてくださった田中久子さん。温かみがあって可愛らしいデザインに気持ちが明るくなり、ほっこりする。編集の山本美里さん。的確なご指摘をしてくださり、不具合が出ている個所や詰まったところには案を出して流れを良くしてくださった。彼女なくして書き上げることは不可能だった。

他、たくさんの方のお力をお借りした。おかげさまで青森県の小さな山のふもとにある小さなレストランで起こる悲喜《ひき》こもごもの物語を世に出すことができた。

お読みくださいまして、誠にありがとうございました。

髙森美由紀

『山の上のランチタイム』(二〇一九年十一月　中央公論新社)を改題したものです。

この作品はフィクションです。実在する人物、団体等とは一切関係ありません。

中公文庫

お山《やま》の上《うえ》のレストラン
——七歳《ななさい》児《じ》参《まい》りのふっくらムニエル

2024年２月25日　初版発行

著　者　髙森《たかもり》美《み》由《ゆ》紀《き》

発行者　安 部 順 一

発行所　中央公論新社

〒100-8152　東京都千代田区大手町1-7-1
電話　販売 03-5299-1730　編集 03-5299-1890
URL https://www.chuko.co.jp/

ＤＴＰ　平面惑星
印　刷　三晃印刷
製　本　小泉製本

Published by CHUOKORON-SHINSHA, INC.
Printed in Japan　ISBN978-4-12-207484-2 C1193

銀色の
マーメイド
古内一絵
イラスト／Re°(RED FLAGSHIP)
STORY
水泳部存続に奔走する龍一が目をつけたのは、《人魚》のように泳ぐ美少女・襟香。しかし、彼女にはある秘密が――。「マカン・マラン」シリーズの原点！
〈中公文庫〉

十六夜荘《いざよいそう》ノート
私は、身の程知らずだ。
行けるところまで、
行ってやる。
古内一絵
イラスト／田中千智
面識の無い大伯母・玉青から、高級住宅街にある「十六夜荘」を遺された雄哉。大伯母の真意を探るうち、遺産の真の姿が見えてきて──。文庫化を望む声多数！　古内一絵の人気作が登場!!
〈中公文庫〉